"SE VENDE"

Editorial Alaminos

Título: "SE VENDE" (21 Cuentos Violentos para Vendedores,
Compradores y Alquiladores de Casas)

© 2005, Sergio Andrade
© 2011, Sergio Andrade / Editorial Alaminos
Antiguo Libr. Actopan 118 / 42080 / Pachuca, Hidalgo (MEX)
editorialalaminos@gmail.com

ISBN:

"SE VENDE"

(21 CUENTOS *violentos* PARA VENDEDORES, COMPRADORES Y ALQUILADORES DE CASAS)

Sergio Andrade

Editorial Alaminos

NOTA DEL AUTOR.- Cualquier parecido de alguno(s) de los personajes de esta obra con cualquier persona viva, o semimuerta, está precisamente planeado de ese modo y a propósito.

A los que venden
y compran casas,
actividades arduas
absorbentes
enajenantes...

A los que las alquilan,
mensajeros de ilusiones...

A los que las habitan
dulce
inconsciente
fatídicamente...

¿ A CUENTO DE QUÉ ?

Para todos los animales, aquella parte de su medio ambiente en la que permanecen más tiempo y desarrollan sus actividades más necesarias y significativas, acaba siendo, por lo mismo, su *espacio*. Ahí, donde –prácticamente- nacen, los alimenta la madre, juega el padre con ellos, aprenden los primeros comportamientos, las primeras señales, se entretienen con los hermanos y, aunque a veces cambie la ubicación, tienen ellos a su vez a sus crías, a sus descendientes, a sus derivados, y se encargan en su propio tiempo de alimentarlos, de educarlos y de defenderlos, es: su *casa*.

Es precisamente ahí donde se aseguran la conservación y perpetuación de las especies, y por ello, la construcción o la consecución, el mantenimiento y la preservación de la casa, del hogar, son parte fundamental en la vida de todos los organismos y especies, desde los virus y los protozoos hasta los elefantes y ballenas.

Aunque existen intercambios y comunicación que aseguran que dos animales, inclusive de diferente especie, puedan convivir o llegar a "acuerdos" que les permitan disfrutar mutuamente de los beneficios de una casa u hogar para cada uno de ellos, solamente un animal ha llegado a desarrollar un sistema de intercambios comerciales que incluye una amplia gama de conductas –desde el lenguaje y los signos escritos hasta el uso del dinero –moneda- para conseguir, fabricar, construir, alquilar, vender y comprar no sólo las casas en que vive sino aquellas construcciones en que realiza otras de sus actividades importantes (oficinas, graneros y fábricas-*trabajo*; gimnasios-*ejercicio*; casas de campo-*descanso*; bares y cantinas-*convivencia*; teatros, estadios y cines-*diversión*; escuelas y universidades-*educación*; burdeles y clubes-

prostitución; hoteles-*alojamiento temporal*)-, ese animal es: el hombre, y las operaciones por medio de las cuales lleva a cabo los tratos comerciales a ese respecto son *eminentemente* "humanas".

Como eminentemente "humano" es el uso especializado –muchas veces- de intermediarios para efectuar las actividades y los intercambios que tienen que ver con el construir, comprar, vender y alquilar una casa, un terreno, cualquier inmueble.

Los pájaros construyen sus nidos, los cierran, los preparan, los adornan; las termitas realizan proezas de ingeniería en las que llegan a construir estructuras que, en comparación de proporciones entre lo construido y el tamaño de los cuerpos de los "operadores" que las construyeron, resultan más asombrosas que cualquier rascacielos de Tailandia, cualquier Torre *Sears* o cualquier Torre *Eiffel* o de Toronto; los castores americanos edifican presas…, pero el ser humano, el hombre, hace todo eso y además… lo vende, lo renta, lo alquila, lo hereda, lo negocia por medio de contratos, de bienes diversos, de dinero en efectivo, de documentos bancarios y comerciales. (Aún no hemos llegado a un nivel de desarrollo del estudio de los signos, señales e intercomunicaciones animales que nos permita reconocer si en efecto el colibrí "A" le renta su casa al colibrí "B", o si la hormiga "N" le explica en su particular lenguaje a la termita "J" que tiene veinte gramos de tierra floja que le sobró de las excavaciones que realizó y que desearía vendérselos a precio de remate…; mientras tanto, las particularidades económicas, emocionales y afectivas de los intercambios inmobiliarios nos siguen perteneciendo, en cuanto a especie.)

Sin embargo, lo que a primera vista podría parecer una ventaja o la prueba de un mayor desarrollo intelectual o social de nuestra especie, se muestra, bajo un análisis más detallado, simplemente como una característica particular, pues en los procesos mismos de intercambio de los bienes que están íntimamente ligados a los conceptos de *casa, hogar, vivienda* –y por su misma importancia, en donde están comprendidos todos los actos de protección y supervivencia para los individuos adultos de la especie y principalmente para sus crías-, aparecen en el hombre comportamientos, conductas y respuestas no sólo francamente "animales", sino que apuntan, y en muchas ocasiones *superan* a las particularidades más violentas de muchas de las especies calificadas por nosotros –los humanos- como *las más agresivas, peligrosas y violentas*.

Aun más, el hombre muestra en esos momentos y de manera muy especial, niveles de crueldad, de refinamiento, de retorcimiento y premeditación que no encontramos –ahí sí, jamás- en ninguna otra especie; y demuestra una casi inagotable capacidad para regocijarse o complacerse con el dolor, la dominación y el castigo de sus semejantes y –en gran medida, a veces como causa y a veces como efecto- de él mismo.

Es en esos momentos, en esas situaciones donde el hombre manifiesta una drástica involución y se desplaza en pocos segundos a estadios propios de las matanzas del terror en la Francia de Robespierre, del tráfico de esclavos, de la noche de San Bartolomé y siguientes, de las torturas de la Inquisición, de los genocidios de la evangelización, de las colonizaciones protestantes y católicas, de los exterminios y saqueos cometidos por los pueblos salvajes, de los asesinatos durante el segundo califato de los musulmanes, de los tiempos de Atila y el Visigodo Teodorico, de las peripecias de Judith, de Esaú, de Lot y de Caín… y hasta de la época de las cavernas y de los primates en los árboles y los homínidos y neanderthalensis y lagartos y serpientes y sus propios, incivilizados ancestros.

Las veintiuna historias de este libro, aunque sinceras y apasionadas, son, seguramente, sólo una pálida muestra de ello. Apenas una selección de los mínimos tropiezos cotidianos que constituyen la evidencia innegable de la única posible, inevitable, constante "*humanización*" del hombre.

Afortunadamente, la violencia es un término, también, más general, y comprende estados de ánimo y de acción, no necesariamente asociables a lo negativo. Por ello, en este libro de cuentos, me he decidido a incluir cuatro o cinco que no solamente sirvan para apaciguar los ánimos exacerbados por los otros, sino para mostrar la riqueza en la gama de sentimientos del hombre, y para demostrar que lo censurable no es la intensidad irracional de las emociones, sino la desorientada dirección en que -en muchas, lamentables ocasiones- se aplica.

PAISAJES CELESTIALES

Los dispositivos de seguridad actúan usualmente en dos sentidos. De ida y de regreso. Eso quiere decir que cuidan a uno pero también lo incomodan; que no dejan entrar extraños pero también limitan nuestras posibilidades de salir; que nos protegen de males externos pero a la vez nos impiden la libertad absoluta de movimientos.

Si no, que lo diga el ingeniero López, honesto padre de familia y digno profesional dueño de una casa muy decente en el Fraccionamiento Paseo de los Burgos, Municipio de Temixco, a unos minutos de Cuernavaca, en el Estado de Morelos. El ingeniero decidió hacer frente a la ola de robos a las casas, que asolaron el Fraccionamiento durante los primeros años de la década de los noventa, a finales del siglo pasado, y quiso hacerlo subiendo la altura de las bardas que circundaban su terreno y colocándoles aun encima, colados en el cemento, un montón de pedazos de vidrio y cascos de botella quebrados listos para cortar, y tres líneas de alambre de púas - debidamente electrificadas, lógico.

El terreno donde estaba su casa arrancaba de la Cerrada de Garibaldi y subía paulatinamente hasta llegar, unos cincuenta metros después, ya en los límites posteriores, a una altura de dos metros con respecto al nivel general de la calle. Atrás, espalda con espalda –por así decir-, estaban las bardas posteriores de los terrenos de las casas que daban a la otra calle. Ni del frente de la casa del ingeniero López ni desde la parte posterior, más alta, podían verse ni paisaje ninguno, ni grandes extensiones de tierra ni floridos valles ni puestas de sol maravillosas tras las montañas.

Por eso, el ingeniero López no tomó en cuenta ningunas consideraciones estéticas cuando decidió aumentar la altura de sus bardas y colocar sus alambres. El sólo quería saber de bardas altas, altas, muy altas, que

11

evitasen la entrada de ladrones *de segunda* –como les decía – a su propiedad. Así que resolvió llevar las bardas, de los dos metros de altura que medían originalmente, hasta los cuatro metros –sin contar la altura de los alambres que irían en la parte de hasta arriba. Compró arena, grava, cemento, varillas de una pulgada, alambrón recocido y contrató cuatro albañiles de los que conocía y normalmente utilizaba en sus trabajos.

Los problemas comenzaron cuando la barda de la parte de atrás de su terreno llegó a los tres metros.

El ingeniero escuchó el timbre de la casa y fue a abrir. Miércoles por la mañana. El hombre que había tocado se presentó:

–Ingeniero López?, soy su vecino de aquí atrás, el *Arquitecto* Guevara – le extendió la mano al ingeniero y le sonrió-, mucho gusto.

Aunque al ingeniero López no le gustó la entonación de la voz del visitante, especialmente el modo en que pronunció la palabra "*Arquitecto*", le contestó con afabilidad:

–Mucho gusto. En que puedo servirle?

El Arquitecto hizo expresión como de si podría pasar y hasta comenzó una inclinación del cuerpo hacia delante, pero el ingeniero sonó determinante:

–Sí, dígame..., perdone que no lo invite a pasar, estoy de salida; tengo que ir a llevar a mi señora a una junta en el colegio.

–No, yo lo entiendo –dijo el Arquitecto con una sonrisa nerviosa –, es algo rápido. Verá usted, vi que está subiendo su barda y resulta que...bueno, yo no se hasta dónde la pretende subir, verdad? pero resulta que pienso que si la sube más va a acabar tapándonos la poca vista que tenemos – el Arquitecto gesticulaba haciendo señas hacia su casa, en la parte de atrás-, si ya de por sí casi ni tenemos vista, ahora...si sube usted mucho su barda...

–Óigame, señor *Arquitecto* –ahora el que le dio a la palabra una intención especial fue el ingeniero López-, yo estoy haciendo la barda dentro de las dimensiones permitidas...

–Pero cuáles "permitidas" –lo interrumpió el Arquitecto Guevara –, ingeniero? Si usted sabe que aquí no hay límites especificados para las construcciones, no es tan elegante nuestro fraccionamiento! Así que si a "permitidas" vamos...usted podría hacerlas hasta de seis metros!

–Óigame, señor *Arquitecto*, pues no sería mala idea, porque ya sabe cómo están los robos, ya no se puede –le contestó convencido el ingeniero –; y lo de su vista...pues usted bien sabe que la vista de la casa de usted da para el otro lado, para donde tiene el frente la fachada de su casa, para *allá* es para donde usted debe ver, pues hacia allá es a donde a usted le corresponde tener su paisaje, *por*...

–Pero...–el arquitecto trató de interrumpirlo mas no lo consiguió.

- ...*que* la vista para el poniente nos corresponde a los que estamos de *este* lado del fraccionamiento y compramos con *esta* orientación; ahí donde usted se está quejando es la parte de atrás de su casa, que da directamente para la parte de atrás y el patio de la mía y de hecho ustedes, discúlpeme, no tendrían por qué tener vista ni para *nuestro* jardín ni para esta dirección..., imagínese que a mi mujer o a mi hija se le ocurriera bañarse sin ropa en la alberca ..., y luego está lo de que aunque aquí no hay muchas exigencias para eso de las restricciones en las construcciones, debería resultar claro –el Ingeniero escogía las palabras con cuidado para no llevar la conversación a terrenos peligrosos, pero a la vez quería ser lo suficientemente explícito: nadie, y menos *ese* arquitecto pretencioso, iba a impedirle subir sus bardas hasta el cielo si a él se le antojaba-, creo que debería resultarle *muy* claro, que si usted construye la pared de su casa tan cerca del límite con el vecino, que de hecho *no debería ser así*, tendría que hacerla como "muro ciego", s-i-n v-e-n-t-a-n-a-s; mire, qué cree? –mientras seguía hablando tomó impulsivamente al Arquitecto de la muñeca y lo jaló hacia adentro de su jardín, llevándolo hasta donde estaba la alberca; el Arquitecto perplejo se dejó llevar-, ¿que no nos damos cuenta? ¡Mire! –le señaló directamente a la ventana grande de uno de los dormitorios de la planta alta de la casa del Arquitecto, que estaba exactamente alineada con el jardín y la alberca del ingeniero López, y que ahora ya quedaba a sólo medio metro del punto en el que los albañiles agregaban y agregaban ladrillos y cemento –, esa ventana suya, por ejemplo, no tendría por qué haber sido colocada en esa pared...

–¿Pero entonces en dónde quería usted que la colocáramos?!!!

–¿Pues yo qué sé? En otro lado; hacia acá no se podía, o mejor dicho: no se debía. Por ejemplo, para allá..., o allá –el ingeniero señaló con su mano libre hacia otras posibles direcciones-, pero no hacia acá.

El Arquitecto Guevara reaccionó por fin y zafó su brazo de la mano del ingeniero, estaba confuso, sorprendido y anonadado; no esperó nunca respuestas tan contundentes ni juicios tan latentes y resentidos en la persona de su vecino:

–Y...entonces, para dónde íbamos a ver, si para este lado es para el único que se puede ver el paisaje desde esa altura?!

– ....

Aprovechando el silencio del ingeniero López, el Arquitecto continuó y trató de darle otro matiz a la conversación:

-Usted sabe, ingeniero –abrió las manos con las palmas hacia arriba, suplicantes-, que la vista bonita está para acá, para el poniente…usted sabe –se volteó, con su mano izquierda hizo delicadamente que el ingeniero volviera su cabeza hacia la misma dirección, y con la derecha diseñó en el aire un semicírculo que apuntaba a las alturas, a lo lejos – que aquí y en esa dirección las puestas de sol son hermosas, unos cielos de tonalidades casi tornasoladas que usted ni se imagina, bueno, con seguridad que ya las habrá visto…–el ingeniero veía hacia el cielo pero en otra dirección, se fijaba en la forma extraña de una nube muy blanca-; a veces, no me lo va usted a creer, a veces –el Arquitecto endulzó más la voz y se lanzó a su último intento-, mi esposa, mi mamacita, que ya es una señora grande, más de ochenta años, a veces viene los domingos, usted la habrá visto, y yo, nos vamos al cuarto de mi hija, que es ése, un ratito por las tardes de domingo para ver desde ahí los atardeceres y las puestas de sol maravillosas, paisajes verdaderamente celestiales; es un momento casi místico…y completamente familiar…no nos quite ese pequeño gran placer, Señor Ingeniero…

El ingeniero pensó que qué cursi y rebuscado era el Arquitecto…*"pequeño gran placer…"*, ¡mamón! Lo jaló, ahora del brazo hacia la puerta de salida y al llegar prácticamente lo colocó en la parte de afuera, quedando él en la de adentro, usando la división de los azulejos de la entrada como línea limítrofe imaginaria entre sus posiciones:

–Bueno, mi *Arquitecto*…me disculpará usted pero yo creo que mi señora ya está lista y se nos está haciendo tarde…

–Pero me promete usted que va a pensar en el asunto? Que por lo menos lo va a pensar? –dijo intencionadamente suplicante el Arquitecto.

–Pero si no hay nada qué pensar, señor….

–Guevara

–Señor Guevara, qué voy a tener qué pensar si yo creo que para las cinco de la tarde de hoy los albañiles llegaron por lo menos ya a los tres metros y medio…y con eso solamente, no creo que pueda usted ver mucho; lo que le subamos de ahí para arriba ya le va a dar a usted igual…–el ingeniero lo dijo sarcásticamente, sabía que con la barda a esa altura la hija de la familia Guevara iba a tener que hacer sus ensoñaciones de adolescente con un póster o con la pantalla de la computadora, porque lo que era con los atardeceres en las montañas de los rumbos de atrás de Temixco…-, lo siento más que nada por su mamacita, que, como usted dice, ya está grande…pero la verdad es que usted debió haber pensado en que tarde o temprano tendría problemas con esa ventana ahí, y por encima de todo –ya esto lo dijo el ingeniero

14

más suavemente, justificándose- está la seguridad de mis hijos, de mi familia y la mía propia; ahí sí me va usted a disculpar, pero eso está por encima de todo –lo último lo dijo dándole la mano y con la otra agarrándolo del hombro y haciéndole una ligera presión para enfilarlo rumbo a su casa.

El Arquitecto Guevara puso duro el cuerpo y se resistió a irse, cambió también completamente la intención de su voz:

–Ah! Quelingenierolópez... –levantó las cejas y ladeó la cabeza...- , tan firme y conclusivo...–el Ingeniero reparó de nuevo en los términos usados por el Arquitecto (*"firme y conclusivo..."*) –, pues vamos a ver entonces qué es lo que va a pasar, porque yo...

–Pues qué es lo que habría de pasar?! –el ingeniero sonrió de una manera especial, los dos hombres permanecían estrechándose las manos; de lejos podría decirse que dos amigos mutuamente afectuosos se despedían sin muchas ganas de irse-, que usted tiene que admitir que yo tengo derecho a subir mi barda y usted no tiene derecho a reclamar nada ni a tener una ventanota en esa pared que da a mi jardín –le apretó más la mano-, no se moleste pero ésa es la puritita verdad.

El Arquitecto aflojó la mano y se soltó del ingeniero; su cara estaba roja y el tono de su voz dijo más que las palabras:

–Pues ya veremos...ya veremos...tengo un par de buenos amigos en la Presidencia Municipal y estoy seguro de que ellos tendrán una opinión muy diferente a la suya...

–¿Quiere usted decir que ellos van a ser de la opinión de que yo no tengo derecho a proteger mi casa de los ladrones porque usted... y su "enternecedora", para usar palabras como las que usa usted, familia necesitan contemplar la naturaleza –el ingeniero López no levantaba la voz ni dejaba traslucir su coraje, pero sus ojos brillaban y su risa era nerviosa, nerviosa...-para pasar unos momentos vucólicos...?

–_B_ucólicos- lo corrigió el Arquitecto

–Eso dije!

–No, usted pronunció *"vucólicos"*, con "v" labio-dental...y es *"bucólicos"* con "b" de burro...!

–Como usted quiera! Lo que digo es que usted supone que *ellos* van a decir que yo no tengo derecho a levantar mi barda para que usted pueda pasar unos momentos *vucólicos* –el Ingeniero repitió a propósito el error- en compañía de su señora madre admirando el paisaje y de paso echando una mirada indiscreta a nuestras intimidades???

–Ya veremos... ya veremos... –el Arquitecto caminaba dando pasos hacia atrás sin dejar de ver al ingeniero López.

–¡¿Me está usted amenazando?!

–Para nada, ingeniero, sólo digo que ya las autoridades y las personas cuya opinión de veras pesa en este Municipio serán las que dirán quién de los dos tiene la razón...

–¿¿¿¡¡¡"*Quién de los dos*"!!??? –el Ingeniero abrió mucho los ojos y la boca.

El Arquitecto Guevara caminaba ya decidido viendo ahora sí hacia el final de la calle y dando la espalda como única respuesta al Ingeniero.

En el momento en que su esposa llegó, lista para salir, a donde estaba el ingeniero –a dos metros de la puerta, casi a media calle –, éste aún se reía nervioso y conservaba en la mano la piedra que había levantado del piso con la intención de aventársela al insolente, cursi y pretencioso Arquitecto. La esposa le preguntó que qué pasaba y el Ingeniero por respuesta dejó caer la piedra de su mano, se limpió una mano con la otra, luego las frotó viendo hacia la esquina donde había dado vuelta el Arquitecto y dijo sin mirar a su esposa:

–Ya veremos

Al salir de la junta pasaron a Price Club a comprar verduras, legumbres y algo de carne. Luego fueron de entrada por salida a la iglesia, recogieron a sus hijos de la secundaria y volvieron a la casa.

Cuando llegaron ya estaba ahí el citatorio.

El ingeniero lo leyó. Sabía de qué se trataba y entendió que quienes fueran los amigos del Arquitecto, trabajaban rápido. A pesar de eso no quiso dar a los albañiles la orden de parar el levantamiento de la barda; por el contrario, fue y les dijo:

–¡Órale cuates, échenle ganas! Doble raya si el día de hoy me terminan la barda hasta arriba, hasta los cuatros metros. ¡Aunque sea la parte de este lado! – luego dijo para sí, cuando ya caminaba para entrar a la sala de su casa – : Palo dado ni Dios lo quita.

El lunes compareció a las oficinas de la municipalidad. Llevaba en un portafolio café todos los documentos de su casa: escrituras, pagos de prediales, de luz, de agua, de alcantarillado, de vigilancia del fraccionamiento. Todo.

Discutió mucho tiempo con el encargado de Obras Públicas y Urbanización y tuvo que acabar reconociendo que no había sacado ni permiso ni autorización para hacer obras en su casa y levantar más la altura de su barda. Era un trámite simple, baratísimo y sin importancia, pero en este caso estrictamente necesario. A él se le había hecho fácil

16

saltárselo.

–De cualquier forma podríamos perdonarle la multa y dejar todo como está y sin problemas para usted, si suspende la obra y ya no sube más la barda. Si la para ahí, donde vaya…nos olvidamos del asunto y punto.

Así que de eso se trata, pensó el Ingeniero, *hijos de su…*

– Pues no –retrucó rápido –, eso sí yo creo que no se va a poder, señor secretario, porque gracias a Dios, los albañiles le echaron ganas a la obra y el sábado al medio día la terminaron cooompletita! Entonces, tendrá usted que cobrarme la multa y yo pues…ni modo, con todo el dolor de mi corazón tendré que pagársela.

En los cuatro meses siguientes le cayeron al ingeniero cinco inspecciones del Ayuntamiento y tres de la "Municipalidad". Gracias a su manera sistemática de hacer las cosas contaba con todos los papeles y había hecho en su oportunidad todos los trámites de registros de planos de construcción de la casa, alberca, electricidad, etc.; hasta los nuevos para la electrificación de los alambres sobre la nueva barda. No pudieron agarrarlo en nada.

Hasta que se les ocurrió lo del Sindicato.

Llegaron en octubre con orden de embargo, cruzaron unos engomados vergonzosos en las puertas de la casa y del garage y le entregaron otro citatorio; debía, entre demandas por juicios laborales y cuotas vencidas al Sindicato de Trabajadores de la Construcción y Conexas, la fabulosa cantidad de setecientos cincuenta mil pesos.

Las demandas las habían presentado los cuatro albañiles.

Todo el asunto, para el ingeniero, se convirtió a partir de ese momento en una pura cuestión de honor.

Peleó con garra y decisión todos los juicios. Los perdió. Se fue al amparo, apeló a instancias superiores…y no sirvió de nada. La ley protegió a los trabajadores y al Sindicato, aunque aquéllos habían recibido originalmente el equivalente de su pago y sus prestaciones, y éste, muchas veces, en otros casos, resolviese dar carpetazo a los asuntos de sus agremiados con mordidas de unos cuantos pesos.

Los problemas económicos del ingeniero se agudizaron con tantos pagos a abogados, arreglos de las demandas y cuotas y multas al Sindicato. Tuvo que vender su carro, su televisión de 49 pulgadas y su computadora; cancelar sus dos teléfonos celulares, sacar a los jovencitos del colegio particular, aprender a vivir pobremente y pasar penurias.

Pero él no tiró *su* barda.

Todo eso (y ¡más!) antes que tirarla o bajarle siquiera un centímetro.

17

Durante los dos años que duraron los pleitos con los albañiles desleales y traicioneros y el Sindicato vendido, el ingeniero nunca buscó al Arquitecto ni pasó frente a su casa. Lo mismo el otro. Ambos evitaban verse pero ni lo necesitaban. Tenían perfectamente grabados en la memoria los rasgos de cada uno y sabían que se habían golpeado recíprocamente en un lugar de su personalidad que no dejaba de doler. El ingeniero fue el que lo resintió más.

Su mujer lo dejó para irse con uno de los inspectores del municipio que llegaban semanalmente a llevarle papeles de requerimientos y oficios sobre permisos de construcción, su hijos comenzaron a reprobar los cursos de la escuela pública y uno de ellos acabó yéndose de la casa, deshecha moralmente ya de por sí.

Pero él no tiró su barda.

Ni la disminuyó.

Siguió la barda quedando ahí como un homenaje a la terquedad y al orgullo.

Y fue el ingeniero el que tuvo mejor puestos los pantalones, el espíritu mexicano más acendrado, la sangre de morelense más auténtica o, simplemente, un mayor grado de estupidez.

Compró una pistola calibre 22 con un viejo amigo de una tienda de materiales.

Llegó una tarde de domingo a la casa del Arquitecto Guevara y tocó el timbre, muy tranquilo.

El Arquitecto salió de su casa y cuando vio al ingeniero del otro lado de la reja del jardín, con expresión cansada y recargado en el marco de la entrada, abatido, esperando que lo atendieran, pensó que había ganado la partida, avanzó hacia él para darle la bienvenida y le sonrió ampliamente:

–Ingeniero López! ¿Cómo está usted? Vale más tarde que nunca…!– descorrió el pasador y abrió la reja – pásele; hágame el favor, señor.

El Ingeniero entró cabizbajo, silencioso. Llegó taciturno a la sala y se sentó. El Arquitecto, cada vez más satisfecho con su supuesta victoria, le ofreció algo de tomar.

Cuando volvió con los tragos en una charola y mientras le daba el suyo al ingeniero, le dijo:

–Entonces qué, ingeniero, ya por fin vamos a bajarle unos centímetros a esa dichosa barda? –se sentó a esperar la respuesta.

El ingeniero tomó su trago de un golpe, pero muy lentamente.

Meditando.

–Yo lo único que sé es que ya va a poder usted ver paisajes hermosos. Qué digo "hermosos "…, hermosísimos!

El Arquitecto se rió sonoramente:

–Gracias, ingeniero López –se sentía ancho, ancho –, dígame usted qué necesidad había de tanto argüende?…precisamente hoy está aquí mi mamá y le va a dar un gustazo saber…

–Y como usted dijo muy sabiamente, *Arquitecto*– lo interrumpió el ingeniero; era como si ni oyera lo que el otro decía –, en la vida tenemos que darnos "*pequeños grandes placeres*". Como éste que me voy a dar por el sólo hecho de mandarlo a usted a ver sus *paisajes celestiales* y a chingar a su reputísima madre!!

Sobre las últimas palabras se levantó, sacó el revólver y descargó los seis tiros en la cabeza y el vientre del Arquitecto. Luego cargó el arma otra vez. El cuerpo perforado del Arquitecto quedó ahí mismo, en el sillón donde se había sentado, acomodado de la misma manera en que estaba antes de los balazos; la diferencia era solamente la serie de pequeños orificios y los hilillos del líquido marrón saliendo por ellos.

Con el ruido, la esposa del Arquitecto, su hija y su mamá -hasta atrás y caminando muy penosamente-, bajaron de la planta alta y llegaron espantadas hasta la parte media de la escalera de la estancia; ahí se detuvieron viendo hacia la sala sin comprender bien lo que pasaba. El cuerpo muerto del Arquitecto les quedaba de espaldas y ellas no se dieron cuenta. La hija preguntó:

–Papá…?–

El ingeniero les dijo en un tono cansado, desesperanzado:

-A ustedes que les gustan las escenas espectaculares, las imágenes intensas y los cuadros emocionantes –al decirlo fue levantando la pistola –; aquí les dejo uno para su consideración .

Ya no cerró la boca, la abrió más, se metió ahí la pistola apuntándola diagonalmente y hacia arriba, y disparó.

MI PAPÁ NO TIENE TIEMPO

-Mi papá no tiene tiempo el día de mañana, le digo que sale a las ocho de la mañana para Holanda…sí, como le digo… sí, y hoy sólo podría ir a ver la casa después de las diez de la noche porque hasta esa hora acaba su junta con los accionistas, es un señor muy ocupado, sabe? Como él es el dueño y presidente del consejo de administración…... pero no se moleste, yo sé que a esa hora ya es muy tarde para usted, y como me dice, está usted sola y no tiene a quién mandar…... sí, yo sé que está muy lejos de donde usted está, imagínese, venir a darse una vuelta hasta acá, y a esas horas!…... sí, por eso le digo… sí, aquí estamos mi mamá y yo, exactamente enfrente de la casa, le estamos hablando del celular de mi carro…... sí, la blanca de dos pisos con portón de madera, de caoba, grande… sí!, la misma, y le digo que a mi mamá y a mí nos gustó mucho su casa por fuera y estamos seguros de que si está por dentro como pensamos, a mi papá le va a gustar mucho también… por eso le digo, usted no se preocupe, es cuestión sólo de que él venga a verla hoy más tarde y le demos todos un vistazo rápido…... sí, yo sé que será de noche y no es lo mismo que verla de día, pero qué le vamos a hacer? Usted sabe cómo es de complicada y acelerada la vida de la gente de negocios, imagínese!, ahorita en una junta de accionistas, hoy después en la noche venir hasta acá a ver la casa, mañana a primera hora viaje a Europa… por eso le repito que usted no se preocupe, vamos en este momento para allá, a su departamento a recoger las llaves de la casa, venimos con mi papá a verla y hoy mismo más tarde yo le prometo que de una carrera le paso a devolver las llaves, bueno, si no le parece incómoda la hora, si no, mañana temprano se las llevo, luego de ir a dejar a mi papá al

21

aeropuerto, el chiste es que él pueda ver la casa y decidir si la rentamos o no, antes de que se vaya de viaje, va a tardar unas semanas fuera, usted sabe...-

La señora aceptó. Vieja ya, el esposo enfermo; la renta de esa casa que en otras épocas había albergado a la que entonces era una familia numerosa, alegre, era el único ingreso con que podían contar ahora para vivir. Y vivir bien, porque la casa era bonita, estaba bien conservada y mejor ubicada; pretendían rentarla esta vez en veinte mil mensuales.

El muchacho se oía serio por teléfono, educado; y por lo que decía, se trataba de una familia de muy buena posición y capacidad económica. No cualquiera podía pagar una renta así en esos tiempos complicados. Con el depósito del mes de garantía serían cuarenta mil...

Cuando el muchacho apareció, ella ya estaba predispuesta a confiar, y la imagen de él ayudó. En sus veintes, bien parecido, buena ropa, mejor calzado, "limpiecito" —en eso solía fijarse mucho la señora, decía que los zapatos eran la tarjeta de presentación de un hombre-, reloj moderno, elegante, manos delicadas...

El coche, abajo, en la calle, al que el joven señaló desde la ventana del departamento, era deportivo, no del gusto específico de la señora, pero una muestra más del poder económico de los futuros arrendatarios. Para ese momento ella ya había decidido. Si al papá del joven le gustaba, la casa era suya, por un año, por dos, los que quisieran.

Trató de ser gentil, se esmeró, comprendió que la madre del joven hubiese preferido aguardar en el coche, trató de facilitar las cosas al buen hijo de familia que necesitaría acostarse temprano para llevar al papá al aeropuerto la mañana siguiente; ella misma le insistió que no se preocupara y que mejor pasase a devolverle las llaves al otro día, cuando se desocupara, ojalá sea antes del medio día —le dijo- porque hay otra familia que quizá vaya mañana a ver la casa —mintió-, están también muy interesados —mintió más-; y recuerde desactivar la alarma en seguidita que entre, pues está conectada con una central de patrullas, acuérdese del código, es muy fácil: Día de Navidad, o sea, 25 de Diciembre, 25 del día y 12 del mes, Diciembre, o sea: 2512; sin problemas, verdad?, acuérdese- le dijo antes de acompañarlo a la puerta, despedirlo, asomarse a ver desde la ventana la partida del auto y muy contenta ir hacia el dormitorio para comentarle al esposo la buena noticia.

Desde el quinto piso no pudo ver que en el asiento del frente, junto al del conductor, no iba ninguna señora respetable, sino una muchacha de unos veinticuatro años. Tampoco pudo ver a los tres hombres que en el asiento de atrás, bajo sus piernas, apretándola, como si nada, mientras se reían y hacían comentarios idiotas sobre la gente que pasaba por la calle, controlaban a la joven de catorce años que acababan de secuestrar, a la que mantenían medio asfixiada —los ojos rojos de llanto, desesperación e incomprensión—, amarrada, amordazada e inmóvil, boca abajo en el piso del carro.

Así, como fue todo el tiempo en el carro, boca abajo, la enterraron. Uno de los asesinos bromeó que por si revivía y se quería salir... se enterrase más. Todos rieron sin dejar de cavar, sólo uno de ellos volteó a ver el cuerpo todo ensangrentado que descansaba ya para la eternidad a dos metros de distancia, sobre un pedazo de plástico en la parte del jardín que tenía césped.

La mujer que había viajado en el asiento del frente permaneció, todo el tiempo que duró el entierro clandestino, ida, absorta, pegada a la cortina de la ventana de una de las habitaciones vacías de la planta alta de la casa, supuestamente observando la calle, vigilando el exterior, pero más que nada tratando de no oír, de no pensar, de vaciarse del miedo, el asco y la culpa, como había permanecido mientras los tipos en la sala sin muebles de la planta baja aterrorizaban, violaban, manoseaban, ensalivaban, chupaban, volvían a violar, picaban y estrangulaban a la chica.

Tenía uno que haber sido muy observador y quedarse viendo muy fijamente a aquella ventana de arriba, la de la recámara principal, para alcanzar a distinguir desde abajo, desde la calle, el vaho del aliento que empañaba el cristal. Ahí, quizá, si uno supiese que era una casa desocupada, podría hasta haber hecho alguna suposición, algo, hasta una llamada al teléfono de los dueños en el rótulo, cualquier cosa que acabase —aun sin saber— por ayudar a la muchacha que sufría el ataque; pero eso ya en un plan de vecino muy conocedor, metiche o paranoico.

La mancha del vaho del aliento de la mujer, aumentando y empequeñeciendo en el cristal de la ventana —a veces a más velocidad, cuando los gemidos amordazados de dolor y desesperación de la muchacha más la impactaban e impresionaban, y al final de todo reducida a una fina película de grasa sobre el vidrio-, quedó como una única gota de calidez en el tremendo vacío de humanidad en que se convirtió aquella casa a oscuras esa noche.

Porque la mujer, a pesar de su complicidad en otros delitos y de estar curtida en episodios violentos, sentía un poco en ella misma lo que los de abajo le estaban haciendo a la chica, se angustiaba por momentos, respiraba profundo, jadeaba, se arrepentía de no ser capaz de hacer nada para evitarlo, cualquier día me lo hacen a mi, pensaba. Sabía bien dentro de ella que, aunque dos de los tipos habían querido disimular con algunas frases torpes, cuando avistaron y se dispusieron a bajar del auto para agarrar a la muchacha en la Avenida Insurgentes, queriendo hacer parecer todo como un acto específico de venganza por alguna afrenta, la muchacha era simplemente una desconocida muy atractiva y ellos no tenían otra razón para el secuestro que complacerse morbosamente, con toda crueldad, premeditación, alevosía y ventaja.

Fue uno más de tantos crímenes "perfectos" en todas partes del mundo a lo largo del tiempo y de la historia.

Acabaron de enterrar el cuerpo a cinco metros de profundidad, bien envuelto en el plástico. Acomodaron y apisonaron perfectamente la tierra. Ni conociendo bien el jardín se habría uno dado cuenta. Tuvieron cuidado de no dejar huellas. Lavaron muy bien las palas, las regresaron a su lugar en la covacha de utensilios de jardinería. Hasta uno de los asesinos tuvo el cuidado suficiente para lavar la parte del césped donde el plástico no había contenido la sangre que se escapó del cuerpo de la joven mientras esperaba para ser enterrado. A la luz de un encendedor otro de ellos limpió con un trapo mojado las manchas de semen, sudor, llanto y un poco de sangre que habían quedado en la alfombra de la sala de la casa. Muy poco.

Reconectaron la alarma.

El no encontrar el cuerpo, la falta de motivos apreciables por parte de la familia de la chica y de los investigadores para considerar un posible secuestro o asesinato *proposital*, el preferir pensar que se había escapado con el novio, la burocracia policial, las inevitables coincidencias, el descuido, la desatención a los detalles, el egoísmo, todo contribuyó a que los asesinos del coche deportivo pudieran seguir usando por mucho tiempo su mismo simple, limpio sistema para ejecutar sus violaciones y crímenes y ocultar los cuerpos. Inclusive compraron un trío de palas para llevarlas siempre en la cajuela, para cuando se les volviera a antojar otra...

A la mañana siguiente, antes del mediodía, como prometido, la dueña de la casa recibió en su departamento, de manos del portero del edificio, las llaves que un muchachito que vendía periódicos había ido a devolver para la señora del 503 "de parte de un joven" que le pagó el favor de irlas a entregar.

Después, la vieja esperó alguna llamada, una señal, otra visita del joven bien parecido de los zapatos limpios. Siempre con la ilusión de cerrar el trato, recibir el dinero y firmar el contrato de renta. Pero nada.

Por supuesto que nunca hubo padre empresario importante que no tuviera tiempo, ni vuelo que saliese temprano para Holanda..., y el joven, claro, no tenía madre.

Dos semanas después, al mostrar la casa a otros interesados, la dueña notó la alfombra ligeramente más oscura en una de las esquinas de la estancia, y un par de gotas cafés. Volteó a ver el techo por si fuesen producto de alguna filtración y no se detuvo mucho, para no hacer notar a los posibles arrendatarios el defecto, la falta de limpieza. Pensó en mandar a hacer un lavado de alfombras a la empresa de costumbre.

Después, arriba, al mostrarles la recámara principal, descorrió las cortinas, abrió la ventana y les señaló la vista hermosa a la calle y las montañas del fondo.

Al cerrarla, reparó en la pequeña mancha, de unos cinco centímetros en el cristal, como empañado. Con la manga del vestido la limpió rápidamente para que quedase impecable.

Luego cerró las cortinas.

LA CASA DE LOS SUSURROS CLARÍSIMOS

No comenzó con la idea entre nosotros de que se tratase de fantasmas. Todos nos reíamos de las típicas historias de los caserones viejos en noches de tormenta con relámpagos iluminando como flashes repetidos las apariciones escalofriantes; ésta, por lo demás, era una casa relativamente nueva, pequeña, blanca, luminosa, ventilada, en medio de un jardín bellísimo, y el día que comenzaron los acontecimientos dudosos, los fenómenos raros, los disturbios y las perturbaciones, fue precisamente con el sol más brillante en el cenit, a plena luz del medio día.

Así que el primer susurro que oyó Manuel, mi primo, en el cuarto de visitas en que estaba él quedándose con su novia, le pasó como algo romántico dicho por la muchacha a media voz, sensualmente. Volteó y la miró con los ojos entornados y esperando que ella le repitiese el arrumaco, pero ella se quedó con la expresión bobalicona que tenía siempre y no dio señas mayores de querer acción ni nada por el estilo. Cuando él le preguntó, abrazándole la cintura, ¿qué me dijiste?, y ella le dijo: *nada*, él lo pasó por alto y siguió mirando hacia el jardín silenciosamente. Pero el susurro de algo como una frase breve ocurrió en ese cuarto dos veces más el mismo día y Manuel nos comentó a todos a la orilla de la alberca, a eso de las seis de la tarde, que en esta casa se oían cosas raras. Ha de ser lo que te estás metiendo, ya bájale a esa hierba, le dijo Toño, y todos nos reímos. Manuel insistió y ahí yo le dije que tal vez su novia, que ahora estaba con las otras muchachas en la cocina chismeando sobre nosotros, como de costumbre, le estaba jugando bromas o burlándose de él o divirtiéndose a sus costillas. Tal vez es la voz de tu conciencia, le dijo Luis, ya no te la andes tirando tanto, todavía no cumple ni los diecisiete, no te vayas a meter en líos...

Habíamos rentado la casa desde el verano; primero, con la idea de pasar aquí los dos meses de vacaciones, luego nos gustó y hablamos con el dueño para rentarla por un año y con opción a compra. A todos nos entusiasmó la idea de Óscar cuando una mañana, haciendo sobremesa luego de haber desayunado felizmente lo que las *novias* de los cinco habían cocinado para nosotros, se puso muy serio, pidió silencio a todos golpeando tenedor y cuchillo contra dos de los vasos vacíos del jugo de naranja, nos vio a uno por uno, cara por cara, fue entrecerrando cada vez más los ojos mientras llevaba a cabo lo que parecía más bien una especie de inspección de nuestras intenciones (luego supimos que era más bien una evaluación de nuestras posibilidades económicas), y dijo:

-¿Y si nos cooperamos entre todos, así como hicimos para alquilar esta casa, a partes iguales, pero ahora para comprarla?, digo, porque de que estamos felices aquí, lo estamos –veía alternadamente a cada uno de nosotros nueve, las muchachas, incluida la de él, estaban, invariablemente, recargadas en los hombros de sus novios, menos la mía, que aún no era mía, pero que en ésas andábamos–, y podríamos prolongar esa felicidad e invertir bien nuestro dinero y hacer una especie de sociedad; ya hemos ido a otros lugares pero creo que aquí es donde mejor la hemos pasado, cierto? –hombres y mujeres asentimos solemnemente, reparé en que las muchachas movían sus cabezas afirmativamente sin despegarlas de los hombros de mis amigos, volteé a mirar a Sandra, a mi lado, su pierna izquierda rozándome la mía, se me caía la baba...su piel estaba más dorada que el día anterior–, si unimos esfuerzos y le echamos ganas –continuó Óscar- podemos comprarla y convertirla en nuestra casa permanente de vacaciones, hasta podemos ponerle a la barda de atrás el pedazo que le falta, para mayor seguridad, y con mayor seguridad, porque le vamos a poder invertir con confianza pues va a ser nuestra, entienden? –nos fue viendo a todos-, *nuestra*; y aunque nos casemos, la podemos seguir usando, pues tiene seis recámaras, cinco para cada una de las parejas –ahí me volví para ver de nuevo a Sandra pero ella ni lo notó- y la otra para cuando alguien se haya enojado demasiado con su consorte y ésta lo mande a dormir al sofá -las muchachas rieron y un par de ellas hasta les picaron las costillas a mis amigos-, y la inversión nunca nadie la perderá porque su parte proporcional de la casa le pertenecerá y podrá seguirla usando cuando se le antoje, y hasta con otra pareja...si quiere...-ahí las muchachas dejaron de reírse, se pusieron serias, Óscar lo notó y trató de arreglarle-...es un decir, me refiero no a que venga de aventura con otra chava, sino a que aunque termine con su novia ahora, podrá venir con la nueva, con la próxima...-las muchachas se pusieron aun más serias, se enderezaron, fruncieron el ceño.

Fernanda, la prometida de Óscar, más comprensiva, quizá porque su boda estaba fijada para el mes siguiente, intervino:
-No se trata de ponerse sombrías, vamos! Para qué negarlo? Sabemos que son cosas que pueden pasar, inclusive yo, que ya la tengo tan cerca, podría quedarme vestida y alborotada, o no?-

Una subió los hombros, dos sonrieron con desgano, Sandra me miró; ¡Cómo me habría gustado descifrar la intención de esa mirada! La novia de Toño comenzó con sus cosas de costumbre y dijo que por qué las hacíamos menos siempre, y que ellas también tenían poder adquisitivo y también tenían autoridad para tomar decisiones, y que hasta sería mejor que ellas participaran como socias en la compra para que así esa fantochada –en ese momento vio a Óscar- sobre que los hombres podrían conservar su parte de la casa para llevar a otras tipas, estuviera aún por verse.

Los huevos rancheros, el jugo, los frijoles refritos con totopos, el pan, la mantequilla, la leche y los refrescos se nos revolvieron a todos varias veces durante esa conversación, pero para la una de la tarde ya habíamos llegado a un acuerdo y escrito inclusive los puntos básicos en una hoja de papel: Todos –hasta *mi* Sandra (la sentí más mía que nunca aunque no éramos novios formalmente ni me había dejado jamás darle un beso en ese busto suyo tan de pinturas de Rubens, de Tiziano, tan besable, mordible, antojable, mamable...comible!) insistió en participar a parte igual a las nuestras en la compra de la casa (¿para qué habría de hacerlo si no para seguir viviendo y estar aquí conmigo?)-, absolutamente *todos*, pondríamos partes equitativamente proporcionales para el anticipo y el pago final de la casa que sería, al escriturarla, de nosotros diez, a partes iguales, para todos los efectos legales de rigor. De todos. Punto y aparte.

Tres días después fue Luis el que nos comentó que había escuchado unos murmullos raros, provenientes quién sabe de dónde, pero clarísimos. Querrás decir *susurros*, le dije yo; *murmullos* o *susurros*, es lo mismo, me dijo él; yo moví la cabeza solamente, pero Óscar intervino un poco en broma, un poco en serio, maliciosamente (su edad mayor que la nuestra se lo permitía): Es cierto, él tiene razón –me miró y me cerró un ojo sin que Luis lo notara-, murmullos y susurros no son la misma cosa. No, en serio –intervine yo-, yo no estoy jugando, es que *realmente* no es lo mismo *susurros*, que...*murmullos*, empezando porque un término viene del latín y otro del latín *tardío* –yo me sentía exultante de poder explayarme en mi erudición-, ni se refieren a lo mismo, ni implican las mismas cosas; por ejemplo: tú no dices que alguien estaba a disgusto *susurrando* entre dientes mil cosas, sino dices que esa persona estaba *murmurando*, susurrar implica la voluntad de la transmisión de la comunicación de lo que quieres decirle a alguien, de manera proposital y consciente –Óscar comenzó a mover la cabeza, Toño y Manuel sonreían, de repente estábamos sumergidos ya en una discusión lingüística, habíamos pasado de la parapsicología a la gramática, Luis me miraba con expresión de idiota-, además, tú no dices –continué- *comenzaron las susurraciones*, porque esa palabra ni existe; dices *comenzaron las murmuraciones*, que viene de *murmurium*, latín tardío, *murmullo*, *murmurar*...

-Eso no es cierto- dijo Óscar cambiando de rumbo y ya francamente en desacuerdo conmigo-, *susurraciones* sí existe, susurración, susurraciones, susurrar, canción, canciones, cantar...

-*Besación*, besaciones, besar...; musitación, musitaciones, musitar; bisbisación, bisbisaciones, bisbisar; -dijo Manuel carcajeándose-, *interjección*, interjecciaciones, interyectar, porque la *j* – ahí adoptó una expresión seria docente- pasó del latín más que tardío al catalán tempranísimo proveniente del griego recontratardío que ya se había convertido en *y* al momento en que la ípsilon pasó del sánscrito ultra tardado...-

¡Ya párale! –le interrumpí su payasada aunque de reojo pude notar que Luis se estaba tomando muy en serio su explicación- no se trata de estar jugando, se trata de hablar bien y...

-Además- Óscar lo tomó del brazo con una mano y con la otra levantó el índice pontificando-, *susurraciones*, aunque no existiera en el diccionario, que sí existe, y lo digo sin lugar a dudas porque un día buscando *sutil* me encontré esa palabra en la misma columna del diccionario y otras más que hasta me las aprendí porque se me hicieron rechistosas: *susurrido*, y *susurrón*, por ejemplo...

-Ja! –se rió Toño-, ésa claro que existe, *su-surrón* es el que ca-ca-caga mu-mucho

-..., porque de hecho todas las palabras existen- continuó Óscar sin hacerle caso al bromista-, cualquier palabra existe, basta con que la digas, con que la escribas, con que la pienses: *teoklymeccsia*, *irrpetnyñolluzea,...ñññzpblurpp*, ves? —me miró y abrió muchos sus ojos con las manos hacia arriba aproximándolas a mi cara como expresándome una obviedad-, y hasta podría decirse que cualquier palabra existe ya, pues potencialmente y de manera posible está construida ya para cualquier lenguaje desde que se estructuró por primera vez de manera definida el alfabeto de sonidos de ese lenguaje, entiendes?, desde *siempre*; existen todas las palabras ya desde el principio de los tiempos del lenguaje, ahí están, armadas y construidas, inventadas y estructuradas, formadas ya, aunque el ser humano se tarde en descubrirlas, en escribirlas, en hablarlas o en usarlas.

Se hizo un silencio total en la mesa del jardín, no donde desayunamos el otro día, sino en una blanca de plástico, donde solíamos jugar cartas por las tardes —las muchachas dormían al lado de la piscina y sobre una cama inflable adentro de ella-, inclusive yo permanecí callado por la eternidad de tres segundos; luego, cuando estaba a punto de reaccionar para contestar vehementemente, Luis se me adelantó:

-Bueno, ya párenle, yo ni entiendo; si quieres que sean *susurros* —volteó a verme- son *susurros* y punto Oí, pues, unos susurros clarísimos que me pusieron muy nervioso porque no había nadie conmigo y no pude descubrir de dónde venían.

-Ahí tienes otra —me apuntó Óscar señalando con la otra mano a Luis-, si nos vamos a poner de puristas, entonces eso que ahora está diciendo Luis también está mal, porque la característica de un susurro es que sea débil, suave, hasta cierto punto indefinido, remiso, y de ninguna manera podría ser *clarísimo*-

-Perdóname- le dije yo, satisfecho de haber encontrado cómo regresarle el punto, y feliz de saborear mi superior conclusión-, perdóname, claro que él pudo haber escuchado susurros clarísimos, o sea, eran clarísimos en su calidad de susurros, aunque no entendiera qué decían ni de dónde venían; es como si ves un borrón en un papel, aunque la palabra esté borroneada y no entiendas qué dice, está clarísimo que es un borrón, o sea, es *un borrón clarísimo*!

-¡Ah, que la chingada —se desesperó Luis, se levantó y se dirigió a la alberca-, con ustedes no se puede, vamos a acabar comprando una casa con fantasmas-.

-"De fantasmas", querrás decir —le gritó Óscar corrigiéndolo una vez más y carcajeándose-, porque cuando la compremos no vamos a ir con unos fantasmas a comprarla —nos reíamos todos cada vez más.

-Chinga tu madre! —le gritó Luis sin voltear a verlo ya desde el sillón en que se estaba sentando junto a la alberca.

-Querrás decir "chinga *a* tu madre" —le grité yo muerto de la risa-, porque en la sintaxis del español, si no usas una preposición en ese caso, "tu madre", o sea, bueno, la de Óscar, podría ser entendida como el sujeto de la oración y entonces nos faltaría un complemento, perdiéndose la idea del imperativo gramatical...

No pude continuar. Más que la risa que me provocaba toda la secuencia del episodio, me doblaba el cuerpo y me cortaba la respiración el ver a los otros tres, que se habían deslizado de sus sillas, caídos ya, retorciéndose, agarrándose la panza, carcajeándose sobre el césped.

A pesar de la vacilada y del relajo, o quizá por ello, la conversación tuvo sus consecuencias. Tal vez si Luis no hubiese soltado esa palabra ya de salida, la habríamos registrado de manera más natural, con su peso, hasta cierto punto ligero, definido, y no se nos habría quedado suspendida en las almas, como a Toño y a Óscar se les quedó; y a mí, según me vine a reconocer –que por esa razón yo tampoco había dormido bien- cuando al final del desayuno del día siguiente, en una de nuestras largas pláticas típicas antes de meternos todos a la piscina, los oí a ellos, nerviosos, hablar del insomnio preocupado que los había mantenido vuelta y vuelta en sus camas casi hasta el amanecer.

Con el resurgimiento en nuestras mentes de la palabra *fantasmas*, ahora más fuerte que nunca, pues la falta de propósito en la frase de Luis del día anterior y los sucesos de los susurros clarísimos ocurridos siempre a plena luz del día, le habían, por un lado, quitado peso al asunto pero, por otro, se lo habían transferido justo a esos otros estados físicos de oscuridad, psicológicos de vulnerabilidad y turbios de conciencia en los que el término *fantasma* podía florecer, pesar, tener forma y magnificarse en nuestros cuerpos interiores de la forma más soterrada, definitiva y dramática, como ya lo estaba haciendo. Ya ni siquiera teníamos humor para corregirle a nadie sus incorrecciones gramaticales, su mal uso de los términos, sus fallas de sintaxis; ya ni siquiera nos quedaban ganas de reírnos de la risa del día anterior. Hasta las mujeres, puestas al tanto de las bromas y los susurros y los miedos y los insomnios y los sueños, se preocuparon; unas, viéronse entre ellas; otras, miraron a lo lejos, perdidas...

Era imperioso, si íbamos a comprar la casa que a partir de ese momento sería *nuestra casa*, comprobar cuál era el real y verdadero origen de esos susurros, comprobar –ojalá- su origen natural, simple y lógico, para poder sacarnos las tonterías de la cabeza.

De ahí en adelante nos convertimos, los más crédulos y sugestionables: en una especie de cazafantasmas; los más perspicaces y analíticos: en investigadores científicos de tiempo completo. La insistencia de Luis en que a diferentes horas voces espectrales guturales tomaban cuenta de los diferentes cuartos de la casa, aunque siempre como susurros, con intenciones diversas de discusión, altercado, confidencia, consejo, lamento o confesión, nos lo imponía. No era que ninguno de nosotros fuera propenso a las faramallas ni que creyéramos en aparecidos, muertos que regresan, *poltergueists*, truculencias macabras o cosas por el estilo, pero el gusanito se les había ya metido a algunos, y otro, y dos o tres de las mujeres –incluida mi Sandra, que otra vez había empezado a dejar de ser mía, porque ya sólo se preocupaba por tratar de oír, ella también, los susurros, para aportar su granito de arena-, transitaban por la casa, la terraza y entre los matorrales del jardín, con franco miedo, aunque para los cuates dijeran que sólo era precaución. A la ampliación de la incomodidad y la preocupación contribuía el que uno de los dos grupos en que nos habíamos dividido quisiera, aun contra su propia conveniencia financiera y habitacional, salirse con la suya y demostrar que tenía razón en lo que había supuesto, y que en la casa realmente había fantasmas.

Las siguientes semanas se volvieron una lucha entre los normales y los paranormales; entre los naturales y los sobrenaturales. Pero aun los primeros, con toda nuestra convicción de que no existe vida en el más allá, ni presencias que vuelvan de ultra tumba ni manos etéreas que nos descobijen, nos fuimos preocupando paulatinamente y cayendo en la trampa mental del *yo sé que no, pero que tal si sí...*

Una noche Serena (con mayúscula, pues aunque esa noche estaba, en efecto, mayúsculamente apacible y tranquila, aquí se trata de una de nuestras parejas, la que, como al momento de nacer se mantuvo inválida y sosegada, ajena a las desesperaciones de los dolores del trauma del nacimiento y la violencia de las nalgadas del médico, se ganó merecidamente, a la hora del bautizo, este nombre), la ex novia de Julio, ahora amante de Toño (aquí Luis podría decir con tal incorrección, como acostumbra, pero a la vez, esta vez sí con cierta razón: *una noche Serena de Julio*), mientras veía sola televisión en su cuarto, a muy bajo volumen, pues una de las nuevas reglas de la casa era mantener lo más parecido a un silencio completo, oyó una voz que le decía, bajito pero clarísimamente al oído: "tmmst...o... vn...vn...mlo...mlo". La nuca se le enchinó, la carne de los brazos se le puso como de gallina y hasta sintió una especie de angustia en la vagina. Serena, que ni aquella vez en que llegó a la vida, se aterrorizó. No consiguió ni levantarse. Ahí mismo, diez segundos después, cuando aún estaba luchando consigo misma para vencer el miedo y adquirir el valor mínimo necesario para caminar los seis pasos que la separaban de la puerta, abrirla y gritar *Ayúdenme! Ayúdenme! Auxilio! qué es esto, Dios mío?*, volvió a escuchar muy claramente esas palabras, pero ahora en el otro oído, en el izquierdo, y al sudor frío que empezó a escurrírsele por la columna le siguió la misma voz repitiendo las mismas palabras pero como si fuera la de alguien gigantesco diciéndoselas desde algún lugar, por encima de su cabeza, entre el techo de la casa y las ramas del árbol vecino que lo sobrepasaba. A pesar de sentir que el origen de esa voz se encontraba, en esa tercera ocasión, ya fuera de la casa, Serena no dejó de sentir lo que había percibido desde que oyó la voz quedito en su oído: no importaba el volumen, la voz en todo momento parecía estar *susurrando*; no importaba el lugar, la voz en todo momento parecía hablarle desde *dentro de su propio cuerpo*.

Cuando por fin pudo levantarse y salir a gritarnos, nosotros ya teníamos nuestro propio grado de preocupación. Habíamos estado bebiendo cubas y preparando una carne asada en el jardín cuando notamos que Óscar mismo, el escéptico, el incrédulo, el líder del grupo de los normales, los que confiaban hallarían de un momento a otro una explicación lógica, científica y de sentido común para los susurros inquietantes, se había levantado lentamente de su silla al lado de la mesa grande del jardín, caminado como autómata, tambaleándose, con la mirada siempre hacia arriba, hacia algún lugar perdido entre el techo de la casa y el árbol, y, de repente, sin razón evidente para nosotros, se había dejado caer de rodillas sobre el césped y hecho un ovillo se balanceaba rápida, dolorosamente hacia atrás y hacia delante apretándose la cabeza con ambas manos.

Tardamos mucho en calmarnos de la confusa tensión que provocaron ambos incidentes juntos, y algunos de nosotros no superaron jamás del todo aquella noche. Entre que, muerta de nervios y angustia, Serena no dejaba de repetir son reales, ya lo comprobé, ya los oí, aquí hay fantasmas, dijeron esto y lo otro, y Óscar no atinaba a decir nada una vez que lo levantamos y lo llevamos al sofá de la sala, sólo veía a lo lejos, como sin ver cosa alguna, pálido, y abría más y más los ojos y aumentaba sus expresiones de dolor en la cara, decidimos, entre que si eran peras o manzanas, volver a la capital a la mañana siguiente, cada quien a sus actividades, y llamar al dueño de la casa para deshacer el contrato de arrendamiento con su correspondiente cláusula de opción de compra.

De nada sirvió que los más científicos señalaran posibilidades lógicas para ambos acontecimientos –que, por otra parte, la mayoría consideró como partes del mismo-, que inclusive la misma Sandra –que a esas alturas yo ya no sabía si sería mía algún día- y Eugenia (la novia de Luis) trataran de encontrarle razón y sentido lógicos a las palabras que Serena no se cansaba de repetir fuera de sí y que dijo que había escuchado clarísimamente en su habitación. Ese *"dijo que había escuchado"* fue aportación de Toño, quien no daba por sentada la veracidad del relato de Serena e insistía, provocando más ira en la muchacha cada vez que lo hacía, en que nadie podía asegurar que fuese verdad que ella hubiese oído lo que ella decía que había oído. Ahí yo señalé con cierto temor, por lo caldeadas que estaban las cosas, que lo que decía Serena era verdad sin lugar a dudas pues lo decía con tanta vehemencia que no era posible suponer que estuviera inventando que había escuchado esa voz diciendo eso y, por lo tanto, era verdad que lo había escuchado; que lo que habría que saber y dilucidar era si lo que ella había escuchado, había existido o sucedido *en realidad*. Cuando Luis intervino, todo nervioso e histérico para decir no vayas a empezar, parece que tú nomás te estás burlando, te pitorreas de todo, carajo, yo me callé y la atención se centró en la interpretación de Sandra:

-Tal vez alguien a la distancia dijo esas palabras y tú creíste escucharlas muy cerca de ti –le dijo a Serena, abrazándola con ternura y comprensión-, mira, tal vez por eso, por la distancia a la que realmente alguien las dijo, tú sólo alcanzaste a escuchar las consonantes...algunas consonantes...; pueden haber dicho algo como...-mi novia trataba de encontrar palabras que se acomodaran-...como: *toma... esto,... ven,... ven,... tómalo*, no crees?- le preguntó triunfante a Serena, quien se había callado por un momento y la veía atónita.

-O tal vez: *ven...ven...mámalo*- Eugenia pronunció la última palabra entre gestos manuales y faciales expresivos de segundas intenciones y con voz sensual y cavernosa e intención de ser simpática y quitarle peso y densidad al ambiente. Nadie rió. El asunto de la casa, para bien o para mal, se había ya decidido y estaba prácticamente terminado.

Se fueron todos. Yo me hice tonto dizque tardándome en arreglar mis cosas, con la esperanza de que mi Sandra se decidiese a ser completamente mía si nos quedábamos solos en la casa ultratúmbica. Podría irse conmigo en mi auto de vuelta a la capital.

Inútil.

Entre los que pasaron a despedirse de mí a mi habitación estuvo ella; no me interesó ni saber con quién se fue. Continué guardando a desgano mi ropa sucia en la maleta y escuché a lo lejos el arrancar de los autos y su alejarse.

El silencio me fue invadiendo y me sobrecogió al entender que no era usual tanta ausencia de cantares de pájaros en la mañana iluminadísima. Sentí un escalofrío cuando un evidente nadie imposible de estar aún en la casa me susurró al oído: "*Tómalo en cuenta*". Sentí que se me congelaban los testículos y creo que miedo por primera vez en mi vida; lo que ahora sé que amerita llamarse miedo. Me quedé sin moverme medio doblado sobre la maleta en la cama, inseguro de voltear a cualquier parte. Mi miedo pánico no se refería a qué fuese yo a encontrar como fuente de la voz, sino precisamente a la absoluta certeza que tenía de que no encontraría a *nadie*. Hubiese preferido en ese momento a un monstruo hablador definido y concreto detrás de mí.

Cuando me reconstituí un poco, me enderecé con la dificultad propia de un anciano, giré lentamente y vi hacia la puerta de la habitación; luego, avanzando, hacia el balcón que daba al jardín. Otro "*sábelo...*", después de "*sábelo bien, te lo digo...*", me clavó en el piso a la mitad de un paso. Cayendo por completo en el grupo de los crédulos me pregunté rápidamente si no sería un fantasma de algún viejo habitante español que estaba utilizando la lengua castellana a la usanza antigua. Una única cosa tenía de ventaja para mí esta serie de susurros clarísimos en soledad desamparada: creí distinguir la dirección de donde provenían y la posible ubicación de la supuesta gente. Avancé un poco menos tímido con el valor de la oportunidad; llegué al balcón; más que en el jardín busqué en mi subconsciente el lugar que se me proponía como el origen. En el acto volví la cabeza hacia el tramo de muro faltante en la parte posterior de la barda del terreno. Dejé corriendo la habitación, bajé con urgencia las escaleras y por la amplia puerta de la estancia salí al jardín. Me detuve sólo para controlar mi respiración y poder volver a encontrar el hilo de las voces. Caminé sobre el césped tratando de resultar liviano, traté incluso de levitar después de pasar al lado de la mesa grande del jardín para no *romper* la secuencia de la voz ronca de los susurros que afortunadamente seguía llegando hacia mí, aunque ahora –ilógicamente, pues ya creía encontrarme yo de ella más cerca- mucho menos clara que cuando la había percibido en mi habitación.

Cubriendo de la vista el terreno de la casa de los vecinos (y nunca supe por qué en ese momento serían *los* en lugar de uno solo) se encontraba un grupo de arbustos entremezclados con buganvilias, de un metro y medio de altura aproximadamente. Antes de decidirme a entrar en sus terrenos, y hasta por lo difícil que me imaginé resultaría cruzar entre las espinas de las buganvilias, me agazapé inmóvil tratando de confirmar la persistencia del susurro y su posible origen tras esas matas.

Ahí seguía.

Fui lo más silenciosa y cuidadosamente quebrando algunas de las ramas y pisando entre hojas y flores caídas.

No me salvé de varias cortadas y rasguños. Nunca odié más a las buganvilias.

Cuando conseguí pasar del otro lado miré hacia la casa de los vecinos, que se encontraba a unos treinta metros en medio de un jardín florido y soberbio. Pude ver a un hombre caminando por lo que parecía una sala llena de muebles de colores; gesticulaba. En un punto de la visión comprobé que, aunque ligeramente adelantado, el movimiento de sus labios correspondía a las palabras que yo escuchaba desde mi lugar. Vi a unos pasos de él, una mujer sentada que escuchaba. No me costó trabajo imaginar que su voz, en su oportunidad, había sido el origen de otros de los fenómenos sonoros que por algún fenómeno extraño acústico hacía que lo que en esa particular habitación de esa casa se hablaba, llegase, como partiendo de una gran cavidad que hacía las veces de amplificador o de magnavoz natural y proyectándose animoso a través del espacio, con absoluta *claridad*, hasta la nuestra, rebotase en algunos de los muros y ángulos interiores y se magnificase de manera inconcebible y por efecto de los ecos, la distancia, la estructura y disposición de los jardines, el agujero del muro de la barda y la arquitectura de la casa, de modo *casi* sobrenatural.

Me reí un buen rato ya en mi habitación tirado sobre mi cama viendo el techo. Hasta extendí la mano para sacar algún calzoncillo o *t-shirt* de la maleta, lanzarlo hacia arriba y recibirlo aterrizando justo en mi cara. Ensayé divertido también intercalar algunas frases entre los susurros clarísimos que seguían llegando desde un origen que ahora podía yo ver frente a mis ojos, aun sin verlo con absoluta claridad, con alegría y buen humor. Y ahí estuve un buen rato como dialogando a distancia con un señor que ni sabía que yo lo escuchaba ni sabía lo que, sin razón, yo le respondía, en un ejercicio maravilloso de conversación en que la significación del lenguaje de las palabras era lo de menos. Si hubo algo de mágico durante nuestra estancia en esta casa, fue precisamente ese momento.

Decidí, por algún retorcimiento de los muy propios míos, no informar ni a mis amigos ni a Sandra sobre el descubrimiento. Gente tan supersticiosa y miedosa y novias tan desleales e insolidarias, era lo que yo menos necesitaba en ese momento de mi vida. Además, desarrollé otros planes.

Los convencí de que me cedieran sus derechos sobre sus partes de la casa, y la representación que de ellos haría en un litigio, para tratar de recuperar el anticipo que el dueño –según les informé yo mismo después de convertirme en su vocero para ir a entrevistarme con él-, con algo de justa razón –les advertí-, se negaba en principio a devolver. Sobre la base del retiro de mis amigos de la transacción conseguí aun una considerable reducción en el precio del acuerdo original, y como del anticipo no había yo pagado en un principio más que la mínima parte correspondiente a mi persona, acabé comprando una casa maravillosa, y de maravillosa acústica, haciendo una inversión de una tercera parte de lo que esa propiedad valdría normalmente en el mercado.

Disfruté la casa como nunca en una mayor intimidad con mi nueva novia que desde un principio se declaró absolutamente mía. *Mia* se llamaba, hicimos el amor como conejos (como cerdos, se carcajeaba ella cuando me corregía) en todas las habitaciones de la casa; oímos música, nos tiramos innumerables veces desnudos los dos en el jardín, boca arriba, las manos tomadas, admirando el tránsito de las nubes blancas en el cielo índigo. No le conté cómo me había hecho de la casa pero sí la anécdota de los susurros clarísimos, sobre todo por miedo de que se me fuera a espantar al escucharlos y llegara tal vez yo a comprobar que era tan mediocre y pusilánime como los otros.

Todavía estamos juntos y disfruto de la casa. Cuando las cosas se ponen difíciles entre los dos –discutimos, peleamos, nos retiramos la palabra, o está ella en los días de histeria de sus asuetos lunares-, lo tomo con calma y busco los lugares acústicos claves de la casa, por ejemplo aquí, mi antigua habitación, me recuesto, me relajo y me entretengo muy buenos ratos intercalando frases en los inconscientes aquí susurros clarísimos de los vecinos; conversando imaginariamente, sin problemas y sin altercados, como ahora, con ellos; los más maravillosos *ellos*, los que espantan y aterrorizan a otros, sin saberlo; los que no se orinan de miedo por sonoridades no identificadas; los que discuten a gritos sin importarles los matices sobrios y sutiles de la fonética, los despeñamientos y deslices de las etimologías; los que sólo conocen la palabra *musitar* a través de las letras de las canciones; los que sin querer –en otro mundo de posibilidades-, al gritar...*susurran*; los que transmiten por los vacíos del universo intenciones contrarias siempre a las que les nacen; los que sin darse cuenta se comunican con nosotros desde el más allá de los límites de nuestra tierra; los que *están* sin estar; los mismos que, por fortuna, ni me conocen ni conozco.

LA CASA DE DIOS

El día comenzó mal, llegó con una tos cargada de flemas verdes y duras que le dio al hijo menor, y la tía, preocupada, corrió con él al hospital del Seguro, donde no tenía ni seguro ni dinero para pagar pero sí una amiga de la infancia que ya en otras ocasiones le había hecho el favor.

Con esa salida imprevista e intempestiva de la casa siguió el día peor, pues los dos hijos mayorcitos estaban en la primaria: el departamento de la familia se quedó solo. Llegaron veinte hombres fuertes, veinte, veinte efectivamente..., o hasta quién sabe tal vez un poco más, dijo la del nueve; y parecían matones... o delincuentes mínimo vagos pelafustanes con el pelo todo sucio tatuajes y barba de días y mugrosos, dijo Doña Dinosaurio (la del cuatro); y comenzaron a sacar todas sus cosas, Emilita, todas! y pues nosotras qué íbamos a hacer, no sabíamos ni qué hacer y nos mirábamos entre todas, bueno, entre todas las que la queremos y tenemos un aprecio grande por usted..., y luego de un ratito fue que se me ocurrió llamar a su mami pero nadie me contestó..., ya luego pensé que claro, pues cómo me iba a contestar si a esas horas va casi todos los días a ver a Carmelita al hospital, imagínese la pobre de su hermana, Ay! Dios, ahora que se entere..., dijo tallándose las manos la señora del departamento siete.

Y qué poca... vergüenza la de esos fulanos –dijo la esposa del portero-, y qué poca... consideración; sacaron las cosas sin importarles ni un poquito nada y allá fueron y las aventaron a media banqueta, ya ve usted, Emilita, cómo están tooodas regadas, y mire que Doña Magda con uno de sus hijos y yo levantamos algunas cosas como la licuadora y unos cubiertos y unas sábanas y las subimos allá a mi apartamento...

sobre todo para que no se las robaran los que iban pasando…

Emilita sólo movía la cabeza negando y viendo el refrigerador viejo medio quebrado recostado en la pared de la huevería; la mesa pequeña del comedor con una pata rota y el cristal partido a la mitad; dos de las sillas de forro raído rotas también; la cabecera de la cama parada de cabeza junto al refrigerador; la lavadora vieja a unos pasos; el sofá colocado afuera de la carnicería –como si fuese un mueble colocado ahí *ex profeso* para que la clientela se sentase cómodamente a esperar el servicio-; la ropa de los niños medio acomodada en cajas, desbordándolas, y papeles sobre ella en las mismas cajas y papeles y papeles y más papeles regados por el piso de la calle, unos volando lejos en todas direcciones, otros siendo arrastrados poco a poco por el aire desplazado por los carros que pasaban por la avenida, otros en manos de Doña Magda:

-Y tratamos de recuperar todo, pero es demasiado y no se crea, está difícil… ahí a como vamos pudiendo...

-Y le agradezco mucho, Doña Magda –dijo Emilita sin dejar de tallarse las manos ni de mover la cabeza, el ceño fruncido y una ceja medio levantada-, le agradezco como no tiene usted idea. Fue una lástima que este chamaco se nos pusiera tan mal hoy en la mañana- miró de reojo al niño que observaba pasar los carros como ido, sujetando con su manita una bolsa con medicinas-, ya ve que yo por eso nunca salía, por estar cuidando aquí; aunque tuviera que ir a ver a Carmelita al hospital, mejor me esperaba un poco a que llegara alguien para quedarse aquí cuidando el departamento. Yo ya me imaginaba que en cualquier momento iba a pasar esto, se lo dije a mi hermana hace dos meses, pero ya ve que ella con lo de su enfermedad a veces ni la escucha a uno, ni cuenta se da…

-¿Y ahora qué va usted a hacer?- dijo Doña Dinosaurio, la voz de anciana temblándole ese día más por el susto- ¿Qué va a hacer cuando lleguen los niños de la escuela? Y con Carmelita tan grave, tan enferma…

-Me imagino que no le va a contar nada de esto, verdad?- intervino la del siete.

-¡Claro que no! –dijo Emilita agarrando a su sobrino de la mano ¿Cómo cree usted? Se nos muere de la impresión, si ya ve que lo que le hace precisamente mal son los disgustos y las preocupaciones.

-Lo de su anorisma –dijo precisando la esposa del portero.

-"*Aneurisma*" – la corrigió sin ganas Emilita, y comenzó a avanzar hacia la entrada del edificio-; bueno, me disculpan, yo voy a ver cómo dejaron allá arriba y bajo para seguir levantando las cosas. Si llegan los niños, no les digan nada; mejor yo les explico.

-¿Para qué sube usted? –le cuestionó la esposa del portero– Si ya ni hay nada! No dejaron ni un alfiler, yo ya revisé... y hasta nomás se va a poner usted más triste; hasta las paredes las dejaron bien maltratadas, parece que lo hicieron con saña, hasta el mismo dueño los va a regañar porque le arruinaron su propio departamento! Bueno, da igual si sube, usted disculpe... de cualquier modo sellaron la puerta.

Como a las diez de la noche acabaron de recoger y guardar las cosas al aventón; unas en el siete, otras en el cuatro, otras más en la covachita de la portería y algunas en la carnicería; todo obra de la caridad de los vecinos que se tocaron el corazón cuando vieron la cara de los niños mayores que llegaron de la escuela y después de enterarse del desalojo directamente por boca de su tía se quedaron mirando a lo lejos, con la vista perdida en la distancia, como el hermanito menor se había quedado en la mañana, pero ellos mirando hacia el sofá junto a la entrada de la carnicería.

Cuando volvieron un poco en sí, el mayor preguntó a Emilita:

-Tía, ¿y qué quiere decir exactamente eso de que "nos desalojaron"?

-Quiere decir, m'ijito, que ya no tenemos dónde vivir –le dijo la tía muy seria y volteó a ver al de en medio y al menor que estaban formados como en escalerita; trató de descubrirles alguna reacción en la cara, pero continuaban como ausentes. Zombies niños en el arroyo de una arteria circulatoria de ciudad cosmopolita.

-¿Y qué vamos a hacer, tía, vamos a dormir aquí en la calle?

-Ni el colchón está –dijo el de en medio–.

-Ese de plano se lo robaron esos desgraciados, de seguro porque lo vieron bien bueno... pero hoy... hoy nos vamos a quedar con Doña Dinosaurio –miró alrededor con miedo de que la anciana estuviera cerca y la hubiera escuchado decirle así, como ella y su hermana Carmelita, la mamá de los niños, cuando estaba bien de salud, y los propios niños se morían de la risa de decirle–, ella nos ofreció su casa muy amable, nos vamos a quedar hoy en la noche en una de sus recámaras, así que no vayan a empezar con sus malcriadeces y sus payasadas ni a faltarle al respeto, y nada de decirle "Doña Dinosaurio", no se vayan a hacer los chistosos, por lo menos no *hoy*, y no, precisamente *ahí*. ¿Estamos? ¿Me entendieron?– se puso en cuclillas para arreglarle la chamarra al de cuatro años y meterle la camisa en los pantalones– Ya mañana veremos qué hacemos. Habrá que buscar un lugar para vivir...

-¿Con mi abuelita? –dijo el mayor.

-Noooo! M'ijito, ya ves el problema que hay con ella- contestó sin mirarlo.

-¿Entonces?- insistió el mayor.

-¿Yo qué sé…? -Emilita empezó a frotarse las manos otra vez; no de frío.

-¿Y a mi mamá ya le avisaron?- preguntó el de en medio.

-¿Cómo crees!- lo regañó el mayor de los hermanos adoptando una postura de adulto- ¿No entiendes que está muy mala y le hacen daño los sustos?

La tía estaba ya enderezada, el ceño fruncido; ahora era ella la que observaba hacia la avenida, pero no veía las luces ni los autos; veía a su hermana Carmela llena de sedantes en su cama del hospital, y a los veintitantos hombres que nunca conoció; los veía como hombres-lobos monstruos desnudos gigantes con la cabeza llena de arrugas y en medio de la pelambrera un solo ojo chiquito sin párpado, sin globo aunque omnividente, del tamaño de lo cóncavo de una cucharita de té, sacando los muebles y las cosas del departamento y echándolas a la calle.

No durmieron sólo una noche en la casa de la señora Dinosaurio, sino toda una semana. La mamá mejoró con el tratamiento y dejó el hospital seis días después de que los empleados del dueño del edificio los desalojaron. La tía Emilita aprovechó la mejoría de su hermana Carmela y ya el último día de hospital, cuando la iban a dar de alta y aprovechando que le acababan de dar su dosis de *Ativan* y su *Findol*, le explicó lo que había pasado, pero le pidió que no se preocupara porque Doña Dino les estaba permitiendo dormir unos días en su departamento y ya después verían qué hacer; Dios provee siempre… y cuando cierra una puerta, abre otra, le dijo.

Carmelita lloró en silencio, pero de rabia; golpeó con el puño en la cama, en el colchón al lado de su pierna y pensó groserías y se maldijo otra vez por haberse enamorado de aquel hombre desobligado, egoísta e inmaduro que sirvió solamente para hacerle tres hijos en seis años, pegarle seguido, emborracharse aun más y abandonarla a los siete años y medio de concubinato.

Ella se quedó sola con los niños, teniendo que ver por su educación, por su alimentación, por todo. Sola; hacía casi ya tres años. Emilita vivía muy lejos, tenía sus propios problemas y sólo la comenzó a ayudar algunos días, cuidando al niño más pequeño, cuando la enfermedad de Carmelita se agravó y comenzaron las internadas en el hospital y los análisis especializados. A lo largo de seis meses la hermana comedida llegaba dos o tres veces por semana y se quedaba toda la mañana cuidando al chiquito. Carmelita se iba al trabajo y regresaba sobre las tres de la tarde de uno de sus tres empleos, comía cualquier cosa y se iba al siguiente trabajo, donde sí le permitían llevar al niño. Entre todo lo que trabajaba y todo lo que se mataba, sacaba apenas para los análisis, las medicinas y el mantenimiento de los niños. Era un círculo vicioso. Por preocuparse más por ellos que por ella misma, destinaba el grueso de su sueldo para los niños, descuidaba su propia alimentación y su salud, se iba adelgazando y deteriorando cada vez más, y necesitaba cada vez más un tratamiento especializado que no podía pagarse.

Vino una de las crisis; tuvo que dejar de ir a trabajar y la hospitalizaron. En ninguno de sus trabajos tenia Seguro Social ni Seguro Medico ni nada. A sus tres patrones su situación y su enfermedad les tuvieron sin cuidado. Ella dejó de ir unas semanas y ellos dejaron de pagarle. Así de simple. El dueño del departamento esperó tres meses. Luego comenzaron los avisos y notificaciones. Al cuarto mes las órdenes del juez y, al quinto ,llegó el desahucio.

En la noche del día en que la dieron de alta, cenando un pan con café negro en el departamento de Doña Dinosaurio, con Emilita y las señoras del nueve y del siete en calidad de amigas invitadas a esa especie de celebración, Carmelita estalló de nuevo:

-Que se chingue el mundo- dijo con la taza de café aún cerca de la boca después de darle un trago. Lo dijo bajito, muy controlada, casi como para ella nada más, pero la alcanzó a oír su hermana:

-¿Qué te pasa, Carmen?- dijo Emilita y vió nerviosa hacia el cuarto donde dormían los niños- Qué tienes? Tú nunca dices groserías.

-Estoy harta, hasta *aquí* –se puso la mano en la frente-, fastidiada, decepcionada y *encabronada*.

Doña Dinosaurio no la escuchó, pero las otras se movieron nerviosas en sus sillas.

-Encabronada- Carmen mantenía el tono bajo-de que mi vida sea lo que es, de que no tenga ni para darles a mis hijos una leche y unos pedazos de carne decente, de que ese hijo de la chingada de Eugenio -las señoras se movieron más, inquietas, inclusive la señora Dinosaurio consiguió escuchar las últimas palabras porque Carmen subió el volumen al acercarse al nombre del tipo-, ese cabrón, no tenga madre ni puta abuela -era como si Carmelita estuviera desquitándose en ese momento de todas las malas palabras que no había dicho nunca en su vida-, y no sea capaz ni de dar un centavo para la manutención de **sus** hijos, que también son *suyos*, y se haya ido tan campante dejándome a mí con esta carga, en esta pinche, pinche, pinche vida que llevo, si es que se le puede dar el nombre de "vida" a la miserable existencia en la que me recontrafriego! -las señoras se quedaron inmóviles, a medio masticar o medio tragar-, y luego con lo de esta repinche enfermedad está cabrón, está de la chingada... -era como si junto al aneurisma, o por el aneurisma, se hubiera presentado también el Síndrome de Tourette en Carmelita y sólo pudiera hablar con maldiciones-, y yo ya no aguanto, no aguanto más esta verga ensartada que traigo metida y la siento hasta la garganta- la voz seguía contenida, un poco mas fuerte pero sin llegar al grito-, mañana mismo nos vamos a chingar a nuestra madre y salimos de aquí...

Doña Dinosaurio quiso interrumpirla para decirle que podía quedarse un par de días más pero ella continuó sin hacer caso:

-...a como dé lugar; no me importa si no tenemos a dónde ir; tú, Emilita, puedes dejar de venir, ni te preocupes ya, quédate en tu casa, ya no va a hacer falta que vengas a cuidar a Joselito o a atender a los mayores, yo ni trabajo tengo y a ellos los pienso sacar ya de la escuela; para que vayan con esas ropas y esos zapatos a dar lástima... nomás a pasar vergüenzas por cómo los miran y se burlan de ellos, que ya hasta por lo mal comidos es claro que ni están aprendiendo ni aprovechando nada..., para qué? Voy a ver cómo le hago, ahí a ver qué pasa, a organizar mi vida de alguna manera; ya después que encuentre en dónde vivir y qué hacer volverán a estudiar, ahora ni lo que estudian se les queda; y ya entonces llevarán una vida normal, ahora ni cómo; ahí a ver qué hacemos-las señoras seguían inmóviles, sorprendidas de la decisión y de que Carmelita había dejado de proferir groserías de la misma forma en que había comenzado, súbitamente; en su voz ya únicamente quedaba la rabia contenida.

-Y tu enfermedad... ¿qué vas hacer con eso?-le preguntó su hermana.

-¡¿Pues qué es lo que voy hacer?! Lo mismo que he hecho hasta aquí..., sufrirla y aguantarme!-le dijo Carmelita exasperada.

-¿Y dónde van a vivir?-dijo Emilita.

-En la puta calle -contestó Carmen irónica, dándole una entonación como si fuera lo más normal del mundo-; mientras no tengamos dónde vivir, viviremos en la jodida calle! Sin darle molestias a nadie ni estar de arrimados con nadie; ya saben ustedes que dicen que el muerto y el arrimado a los tres días apestan y nosotros no somos uno, somos cuatro, y mis hijos ya llevan aquí una semana, una semana muy cabrona...¡ Así que hemos de apestar más! En la puta y rejodida calle, ¿en donde más habremos de vivir? Ya estábamos en la pinche calle desde hace meses, no? Yo siento que he estado en la calle toda mi vida de mierda, tú lo sabes bien, Emilia, tú conoces mi vida desmadrada; ahora nos pusieron de patitas en la calle y estamos real y efectivamente, ahora sí, en la vil, pinche y rejodida calle hija de la chingada! Así que *seguiremos* en la calle!!!

La última oración sí la gritó. Se levantó en seguida, dijo muy educada, digna y suavemente "Con permiso" y se fue a meter al cuarto donde estaban sus hijos.

A la mañana siguiente sacó la lavadora vieja de atrás del mostrador de la huevería, le metió ropa suya y de los niños -todavía sucia como había quedado cuando los tipos la aventaron en la calle-, puso también un poco de cosas de higiene y arreglo personal, una bolsa de detergente, las inevitables medicinas para su enfermedad y algunos papeles que seleccionó por no dejar; cargó a cada niño con un par de cajas -proporcionales a su tamaño- llenas de lo que pensó les iba a ser más necesario, incluidos un poco de Corn-Flakes, un bote de mayonesa, harina y una botella con miel... y partieron.

Era una curiosa caravana de nómadas en fila india, en orden de estaturas, el más pequeñito hasta atrás, cada uno equilibrándose con el contrapeso de sus dos cajas, una en cada mano, vestidos con varias camisas y suéteres superpuestos -más para poder cargar más cosas, que por el frío-, y con la mujer guía de la peregrinación hasta el frente empujando muy digna el núcleo de lo que quedaba de su mundo personal, dentro de la caja de la lavadora sobre ruedas.

Empezaron a dormir en el parque que estaba a unas cuadras de la casa. Ahí, un día, de mañana, muy temprano -algunas personas corrían en ropa deportiva, otras hacían ejercicios gimnásticos en las áreas verdes y un par de ellas practicaba yoga junto al kiosco, las dos paradas de cabeza-, llegó un policía y habló con Carmelita:

-Señora, buenos días; he venido observando que usted y sus niños están durmiendo aquí... bueno... más bien... viviendo aquí... y sus niños... imagino que sí son sus hijos, verdad?

La vida ya de por sí no era fácil para Carmelita, como para estar, además, aguantando puntilleces. Continuaba alternando sus momentos de economía de palabras y propiedad en la expresión, con otros de despotricación mal hablada y chingaciones generalizadas, provocados por su desesperada situación:

-Pues de qué me vio cara o qué? De una cabrona explotadora de menores???...

-Señora, yo…

-De una hija de su puta madra regenteadora de crianzas malnacidas???

-Señora, discúlpeme… usted sabe que a veces hay personas que llevan a los niños a la mendicidad…

-¡*Ellos,* son los que me han llevado *a mí* a la mendicidad!– lo dijo señalando a dos de ellos que estaban cerca; el menor aún dormía dentro de una especie de tienda de campaña que Carmelita y el mayor habían armado para dormir y protegerse un poco del frío-,… *estos* pobres desgraciados son los causantes de que…, *ellos* –comenzó a señalarlos con el dedo índice completamente rígido-…me llevaron –se pegó ella misma en el pecho varias veces con el dedo- *a mí* –parecía que se le había engarrotado- a pedir dinero por las calles!, y ahora me viene usted, viejo cabrón, con que tal vez es al revés?! No sea usted pendejo! ¿Pues qué no les ve la carota igualita a la mía?? ¡Claro que son *mis* hijos! Eso debería resultar claro para cualquier persona con dos dedos de seso, pendejo!!

-Señora, me está usted faltando al respeto –le dijo, rojo, el policía- y yo la puedo arrestar por faltas a la autoridad…

-Pues arrésteme, cabrón, por mí mejor; así por lo menos vamos a dormir en lugar cerrado y caliente…, y a recibir gratis algo de comer!

-Dije "arrestarla", a usted; ¿a los niños por qué? Ellos no han hecho nada, no me están faltando al respeto como usted…

-Pues eso lo arreglamos muy fácil –dijo riéndose con burla Carmelita-; a ver, niños, vengan para acá y miéntenle la madre al oficial…

-¡Señora…!- interrumpió el policía, ya furioso. Los niños llegaron.

-Vénganse, órale! Si nos llevan, nos llevan a *todos*! ¿Cómo que a mí nada más?? ¡A mí nadie va a separarme de mis hijos!

-Señora…-el policía suavizó la voz, se daba cuenta de lo delicado de la situación-, no es para ponerse así; tampoco, eh? Lo que pasa es que éste no es un lugar para vivir, esto es un parque público…

-Precisamente! Usted lo ha dicho: "*público*", entonces es mío, nuestro también –dijo Carmelita abrazando a los dos hijos.

-Sí, es de todos, pero…

-Claro que es de todos, yo para eso he pagado mis impuestos, que bien que me los descontaban en los pinches trabajos donde me explotaban, y además, con el montón de impuestos que me cobraban, el dinero ya no me alcanzaba para nada! Así que estoy simplemente haciendo el uso de *mi* parte, de la recontrarrechingadaputa parte que me toca de este parque y a la que tengo derecho, para lo que a mí se me hinche mi recontrarrechingadaputísima gana: dormir, comer o cagar!!!

El policía estaba estupefacto, pero reaccionó:

-Tampoco, señora; el parque es de todos pero no para cualquier cosa.

-Ah! Ya entendí –contestó indignadísima Carmelita-, si yo fuera un pinche ejecutivo o una pinche ama de casa con dinero, y saliera a correr como esos cabrones que andan por ahí, mírelos -señalaba a la gente que hacía *jogging* en el parque-, por todos lados!, no habría problema, verdad? No me diría usted nada, verdad? O como aquellas dos viejas payasas que están allá paradas de cabeza…

-Pero ellas no están invadiendo las áreas verdes…- aclaró tímidamente el policía.

-¿Pero qué me dice usted de aquéllos que hacen pesas y ejercicios allá, sobre el pasto? ¡Mírelos! A ellos por qué no va usted y los saca, pinche guey?!

-No empiece otra vez, señora, eh? A mí me respeta!- el policía había empalidecido, sabía que era difícil ganar esa partida.

-¿Pues por qué a *ellos* no les dice nada? ¿Por qué no los corre?- insistió violenta; el niño mayor le jalaba la manga del suéter.

-Porque ellos sólo están un rato y se van, y no maltratan tanto el pasto, por eso. Como si viene una familia el domingo y hace un día de campo…, ya luego se van y no se instalan aquí maltratando el césped.

-¡Pero bien cochino que lo dejan!- aclaró Carmelita – ¡¡Pinches güeyes!! En cambio nosotros siempre limpiamos, y muy bien; no somos tan cochinos!- Carmelita estaba cada momento más exaltada, el mayor de los hijos se espantó y preocupado le dijo:

-Mamá, no hagas más corajes, tranquila, ya vez que luego te pones mal… cálmate- y la abrazó; la mamá no le hizo caso, siguió con lo suyo:

-Fíjese en el espacio que ocupamos, f-í-je-se, güey! Limpiecito, y nomás porque somos gente pinche educada, porque si no hasta caca dejaríamos! Y no, bien que la limpiamos.

-¡Cómo que "caca"!- dijo escandalizado el policía –¡¡Eso está prohibidísimo!!

-¿Cuál *"prohibidísimo"*, guey?- el policía ya se iba acostumbrando a los calificativos soeces que Carmelita le acomodaba cada vez con más familiaridad- Si aquí un montón de borrachos pasan y se orinan! ¡Y hasta otros que no andan borrachos!¡¡¡Y los perros!!!

-Pero esos son, precisamente, "perros", señora…

-Ah! ¿O sea que un perro tiene más derechos que un ser humano? ¿El perro sí puede y nosotros no?-Carmelita intentaba calmarse.

-No es eso, señora-el policía ya lo único que quería era acabar con esa chingadera e irse-, lo que pasa es que los perros no entienden…

-Pues haga usted de cuenta que nosotros tampoco entendemos, que además es muy cierto…, ¡y sáquese de aquí y ya déjenos en paz! Le aseguro que si uno de esos riquillos que están allá fantocheando con las pesas se hiciera caca en el pasto, usted no le diría nada, pensaría "Pobrecito, se sintió mal y le ganaron las ganas"; o no? Y hasta a limpiar su marranero lo ayudaría, para ver si él le daba una propina…

-¿Ustedes están viviendo en el parque?

-¿Y quién prohibe eso?

-La ley…- dijo el policía, no con mucha convicción.

-¿Cuál ley?- insistió Carmelita- Los hijos ya le habían perdido el interés a la estéril conversación y jugaban pelota a unos metros.

-Usted no puede…- comenzó a decir el policía.

-El parque es de *todos*, la calle es de *todos*… *todos* pagamos por esas cosas; si a alguien no le parece que nosotros vivamos aquí que venga y nos lo diga…

-*Yo* se lo estoy diciendo- habló fuerte el hombre.

-Yo me refería a "alguien" que importe!- dijo Carmelita.

-*Yo* importo!!!- ahí sí, el policía se alteró- Yo soy la autoridad.

-¡¡¡Usted es pura madre!!!- gritó Carmelita y el niño mayor sonrió desde donde estaba jugando-. ¿Usted qué tiene que ver en el asunto?, ¡usted ni vive en esta colonia!, ¿a usted qué chingados le importa?

-Usted, señora… usted y sus hijos están causando daño a la propiedad de la Nación!!!

-¿Cuál "propiedad de la Nación"?¡¡¡Pendejo!!! ¡"La Nación" soy yo… yo y mis hijos, y todos… el parque es nuestro y le causamos los daños que se nos hinchen los pinches huevos, que yo, aunque no tengo, los tengo mejor acomodados que usted! Y si tantos daños causamos, tá bien, tá bien, ya entendí; es porque nos quedamos mucho tiempo en un lugar, eso es lo que usted dice, no? Que aquellos corredores y todo mundo que no sea yo y mis hijos, no dañan el parque

50

porque no se quedan todo el tiempo en un lugar, no? Tá bien, entonces vamos a solucionarlo… , considere que estamos haciendo un día de campo, okey? Y que acabaremos como a las seis de la tarde, okey?; y a esa hora levantamos nuestras chivas y nos vamos- la mujer lo vio a los ojos, el policía suspiró tranquilizado de ver que Carmelita, por fin, había entrado en razón-, nos vamos…- continuó Carmelita y acabó con firmeza y sonriente, señalando a otra área verde junto al kiosco-: para… *allá*!

El policía movió la cabeza y se llevó la mano instintivamente a la pistola. Se sentía burlado y lo indignaba la chunga de la mujer; ella, sin importarle nada, continuó:

-Y luego que usted u otro de sus otros pinches compañeros nos corran de allá… nos pasamos para un poquito más allá- Carmelita acompañaba lo que decía con gestos exagerados-, o de plano nos regresamos para acá, que ya para ese momento ya habremos dejado descansar aquí su puto pasto que tanto le preocupa. Pero si usted cree que me va a correr, se equivoca. Soy muuuuuy terca y estoy necesitada- Carmelita iba bajando el tono de su voz pero, curiosamente, así, más calmada y sin decir groserías, resultaba más convincente, decidida y amenazadora-, me oyó? Repito: *"necesitada"*, y mis niños más…, así que puede usted traer una patrulla, un tanque o tooodo el ejército que lo que es yo con mis hijos no me muevo de aquí; cuando mucho nos moveremos un tantito para hacernos sólo un poquito más para allá, como ya le dije, porque tengo toda la intención de ejercer mi sagrado derecho de vivir en donde yo quiera y *pueda*, mientras no perjudique a los demás, ¿me entendió? Así que será aquí, aquí al lado, un poco más allá, al lado del kiosko, junto a la fuente… , o en la delegación, presa y con mis niños, todos juntos, porque lo que usted no ha entendido -la voz de Carmelita bajó aun más, resultaba casi inaudible; acercó su boca a la oreja del policía –, es que n-o t-e-n-e-m-o-s d-ó-n-d-e v-i-v-i-r.

El policía sintió dos escalofríos; uno, por la intención peligrosa de morderle la oreja que percibió en la mujer, y otro, por la excitación que le provocó su aliento, tan cerca del oído. Comprendió que no había más que hacer ahí y resolvió irse para platicarle el asunto a su comandante. Él decidiría.

Diez minutos más tarde, dentro de la tienda de campaña provisional que habían levantado, Carmelita y los niños -el menor ya despierto- platicaban. El hijo mayor estaba preocupado. Aunque sintió que su madre había ganado el enfrentamiento, temía que fuese sólo algo momentáneo. Le preguntó a su mamá si no regresaría más tarde el policía, tal vez acompañado de más tipos, para echarlos de ahí.

-No te preocupes, mi cielo- le dijo Carmelita abrazándolo-, ya nos echaron: el día que nos echaron del departamento ("el día que nos echaron en el mundo", pensó). Nos echaron a la calle, así que ya no nos pueden echar…, porque ya no tienen para dónde echarnos. Ya caímos hasta abajo, ya no podemos caer ni bajar más…, ahora sólo podemos subir, okey?- lo apretó con fuerza y extendió una mano para alcanzar al pequeñito. El de en medio se acercó solo.

-Hace unos días -aclaró didácticamente Carmelita- estuve leyendo en aquel periódico que está tapando aquella caja, que en España hay una organización de personas sin casa que se llama *Okupas* y que se dedica a meterse a casas o a terrenos desocupados y simplemente se instalan a vivir ahí; así, facilísimo!- los niños escuchaban muy atentos-; también he sabido que en Brasil hay un movimiento importante que se llama el de "los sin tierra", que hacen lo mismo: se juntan y se meten a instalarse para vivir en tierras y casas y edificios en donde se les presenta la oportunidad…, y pues ya así tienen *su* casa- sonrió, los niños le sonrieron-. Entonces, si nos siguen molestando, hacemos aquí en este país un movimiento así de importante de gente necesitada y sin casa, como nosotros, y hasta yo puedo ser la directora- sonrió más-, o si no se puede aquí, nos vamos a como Dios nos dé a entender para España o Brasil o donde se pueda, a conseguirnos de esa forma una casa o por lo menos nuestro pedacito de tierra para hacérnosla; ¿cómo la ven?

El hijo mayor sonrió con expresión de tristeza:

-A mí -dijo ya muy serio- lo que me preocupa es que hagas corajes y te vayas a poner otra vez mal y te vayan a tener que internar en el hospital como hace meses, como estabas el día que llegaron esos tipos a sacarnos de la casa y echarnos a la calle.

-Eso que no te preocupe, m'ijo - le agarró la cabeza la mamá-, ya hasta mejor me he sentido…, de veras, ustedes tranquilos. Todo va a salir bien. Roberto – se dirigió al de en medio-, pásame por favor aquellos frascos que tienen mis medicamentos: los del *Findol*, el *Nimotop* y el *Ativan*. Quieren un poco?

EL LUGAR DE LOS HECHOS

El detective Geoffrey Robinson tenía un problema serio con las ambigüedades, un pleito casado con las imprecisiones. Rechazaba todo lo que no encajara perfectamente en los sistemas lógicos que se le habían estructurado desde chico en el cerebro. Le tenía aversión a todo aquello que quedara sin resolver, ya fuera un acertijo, una adivinanza, un crucigrama o -por supuesto- un caso.

Si viajaba en un avión y decidía ejercitar aun más sus habilidades intentando resolver los pasatiempos, los problemas lógicos, los crucigramas de algún periódico o de las revistas de las aerolíneas, lo hacía con una determinación y una dedicación insospechadas en alguien que, como él, tenía realmente asuntos mucho más importantes en que ocupar su altísimo coeficiente intelectual. Y ahí lo tenías, sentado en la 4-C junto al pasillo, sin atender la película, sin escuchar las canciones de música country que salían por el canal 6 dedicado a Johnny Cash y Willie Nelson, sin molestarse en escoger si quería *"Chicken or Pasta"* para comer, y sin voltear a ver los rostros tersos, blancos, meticulosamente maquillados ni las piernas largas y rectas de las azafatas, absorto únicamente en poder escribir en los cuatro cuadritos de la 5.- vertical el nombre que los griegos daban a la Diosa de la Sabiduría; un poco más allá, en la 9.- vertical terminando en "s" el plural de las partículas físicas más pequeñas que contempla la moderna física cuántica o, a la vuelta de esa página, cuántos kilos engordará un oso panda en un mes si cada tres días come cuatro tallos de bambú y vomita uno …

Y así por el estilo, hasta terminar a como diera lugar; no importaba si el conocimiento existía ya en su memoria o si tenía que inferirlo por medio de complicadas deducciones para llegar a él a través de intentos, conjeturas y aproximaciones que fueran cuadrando entre sus recuerdos y sus asociaciones mentales en los entrecruces de los cuadros, líneas y datos de los pasatiempos. Ni qué pensar que pudiera llegar a su destino y bajarse del avión sin haber terminado; finalizaba a como diera lugar o se llevaba la revista y el periódico consigo para completar las soluciones en el taxi o en el metro. Un asunto de honor.

Y así con cualquier situación que requiriese una solución teórica previa a la comprobación objetiva de las conclusiones; y así desde sus días de niño en que pedía que no le dijeran qué cosa era blanca por fuera, blanca por dentro y con una bolita verde de metal en el centro, e insistía en que nadie lo ayudara pues quería buscar la solución él solito y por su cuenta, durante todo el tiempo que fuera necesario, decidiendo irse a dormir sólo hasta después de conseguirla. Una cuestión de honra.

Vecinos y amigos de su familia pensaban que era algo que sus parientes próximos le inculcaban al niño Geoffrey -hijo de policía, nieto de policía, sobrino de policías-, pero en realidad esa actitud era producto de una inquietud prácticamente genética, sólo en mucho menor grado aprendida. Cuando -muy joven- llegó a la Sección de Homicidios del Departamento de Policía de la Ciudad de Los Ángeles, causó sensación inmediatamente no sólo por su madurez y disciplina sino por su gran capacidad deductiva y facilidad para resolver casos y misterios. No hizo falta que sus parientes, que aún vivían y trabajaban ahí, en *LAPD*, le ayudaran con palancas o artilugios administrativos y políticos para que él fuera consiguiendo sus ascensos y promociones. Una vez más, fue él solo, sólo él, el de los méritos; y muy rápido, porque la investigación policíaca se le daba maravillosa y sencillamente como algo natural.

Fue por todo eso que cuando abrió aquel refrigerador su vida cambió definitivamente y para siempre.

No podía haber sido de otra manera sabiendo el prurito emocional, la tremenda comezón intelectual que lo atacaban en aquellas contadísimas ocasiones en que Geoffrey sentía que ya se estaba tardando un poco más de lo acostumbrado para resolver una situación. Eso fue lo que sintió el Teniente Detective Geoffrey –una urticaria racional que le picaba el orgullo- en ese preciso momento en que más que nada por curiosear y aprovechando que la señorita que amablemente le mostraba la casa se había adelantado para abrir la puerta corrediza que daba a una de las terrazas, abrió él a su vez la puertita del pequeño refrigerador que se encontraba debajo de la barra entre la cocina y el comedor, y vio ahí las dos manos mutiladas y ensangrentadas.

La vendedora Pam y él habían llegado temprano a la casa en venta en la esquina de Los Feliz y Commonwealth. Era la segunda propiedad que visitaban en su tercer día de búsqueda de una casa nueva para el Teniente. Aunque vivía solo, el sueldo del que disfrutaba, los premios y recompensas que continuamente le entregaban y sus pocos gastos, le permitían echarse encima el compromiso de adquirir una casa grande, a su gusto, y apropiada para sus necesidades futuras, entre otras y la más importante: un nido de amor para cuando se casara con Sheryl.

La zona le gustaba e igualmente ese tipo de casa, que lo transportaba a los años dorados del cine de Hollywood en que el sur de California era el refugio de aquéllos que buscaban una vida más colorida, alegre y relajada. Casas sólidas, con estilo, bien construidas – como esa que le había empezado a gustar desde que la vio por fuera-, de materiales de calidad y tradición. Maderas caras, resistentes, múltiples detalles y nichos, y grandes partes de la construcción en piedra y cemento, le hicieron sentir al Teniente que tal vez *ésa* sería su elección definitiva.

Por como se dieron las cosas a partir de ese momento, él recordaría después muchos detalles que aunque no memorizó a propósito –sólo por la costumbre del profesional atento a las pequeñas cosas-, le servirían para ir armando poco a poco las condiciones que tal vez pudieron rodear el hecho de alguien haber dejado dos manos mutiladas en el refrigerador de una casa vacía en venta.

A pesar de lo acostumbrado que estaba a enfrentarse a los cuerpos – o pedazos de ellos- sin vida, a la sangre más o menos seca y a las extremidades más o menos cercenadas, lo insólito del hallazgo en ese instante y lugar precisos y, sobre todo, lo inesperado del hecho, le pusieron los pelos de punta. Alcanzó inclusive a iniciar la emisión de un "Pa…" volteando a ver en dirección a donde se encontraba Pam, la vendedora, pero comprendió rápidamente que lo más probable, por la actitud despreocupada de la señora, era que ella no supiera nada al respecto. De modo que cerró él la puerta del refrigerador, se enderezó y decidió actuar fríamente dejando las cosas para más adelante. La alcanzó como si nada cuando ya ella acomodaba un par de macetas en la terraza para darle un aspecto más atractivo a esa parte de la casa.

Después de ver la parte del jardín donde se encontraba la piscina, los dormitorios amplios de la planta alta y un cuarto de herramientas al fondo del garage, el Teniente Geoffrey y Pam se despidieron con el compromiso de verse de nuevo al día siguiente para visitar más propiedades en el poco tiempo libre que los constantes homicidios en la ciudad de Los Angeles le dejaban al investigador.

Le fue fácil al Teniente convencer a Pam para que le dejase conservar las llaves de la casa y volver –pretendidamente con Sheryl, su prometida, para saber qué pensaría ella respecto a la posible compra – más tarde ese mismo día. El hecho de que la casa se encontrara desocupada y la confianza lógica por la condición de policía de Geoffrey, facilitaron la aceptación de la vendedora. Para una agente inmobiliaria como ella, con muchas casas que mostrar en la zona de Los Feliz y en toda el área de Glendale, pasando el *freeway*, y con una clientela numerosa, contar con la facilidad de no tener que acudir personalmente en ciertas ocasiones a enseñar una casa al posible comprador –sobre todo si se podía confiar en él –, resultaba cómodo y conveniente. Un verdadero descanso.

A las seis de la tarde, ya con el cielo rojo típico de los anocheceres en el sur de California y el sol a punto de ponerse, Geoffrey volvió a entrar por la puerta de la casa, solo, con una pequeña cartera donde llevaba bolsas de plástico para guardar pruebas y evidencias, etiquetas, guantes y algunas substancias químicas.

Tomó nota mentalmente de la hora y recordó que eran las once de la mañana cuando cruzó junto con Pam el portal por primera vez ese día. Había decidido no dar todavía notificación oficial del hallazgo, ni abrir ningún caso ni llevar junto con él a su compañero. Era prematuro. A decir verdad, ni siquiera estaba seguro de haber visto bien, se repitió a sí mismo muchas veces mientras comía unos tacos de carnitas en *Los Burritos* de Sunset, a unos pasos de la bajada de la calle Los Feliz –en realidad sí lo estaba, simplemente trataba de mantenerse a una cierta distancia emotiva para no afectar el enfoque intelectual de los hechos–.

Cerró la puerta, encendió la luz, avanzó y colocó las cosas en el piso cerca del refrigerador. Se puso los guantes.

Cuando pudo tener en sus manos ésas otras amoratadas, repegadas de sangre seca y tumefactas que habían sido desprendidas de su lugar original por alguna razón que él –estaba seguro- resolvería, su extrañeza aumentó, pues eran dos manos *izquierdas*, las dos de hombre blanco (blanco?), las dos con características físicas similares (extremadamente velludas, uñas bien cuidadas, con barniz transparente, sendas marcas pálidas donde pudieron haber estado dos anillos, probablemente de boda) y mutiladas de tajo, ambas, unos cuatro centímetros después de las muñecas.

Pero no tuvo tiempo para aventurar conjeturas porque distinguió en seguida el bulto de papel aluminio al final del compartimiento más bajo del refrigerador. Él estaba seguro de que *eso* no estaba allí cuando descubrió las manos por la mañana. Positivamente seguro. Por eso, inclusive, su actitud precisa y directa, unos instantes antes, de abrir el refrigerador y tomar inmediatamente las manos que había visto, solamente las manos, ésas que ahora, además, ya sabía que eran una absoluta realidad.

Regresó las manos al lugar en donde estaban y sacó con cuidado el bulto. Por segunda vez ese día, al ir ahora retirando lentamente el aluminio del objeto tan celosamente envuelto, la proverbial ecuanimidad y la fría objetividad del Teniente Geoffrey lo traicionaron y se sintió terriblemente nervioso. Primero asomaron unos cuantos pelos, luego una oreja cuyo lóbulo también había sido cortado, y al final, la nuca separada también de cuajo del tronco al que perteneciera y con el mismo tipo de bordes irregulares que exhibían las manos en el lugar del corte.

Trató de tomar las cosas con calma y respiró profunda, disciplinadamente, antes de darle vuelta a la cabeza cortada para examinarle los rasgos de la cara; de lo único que podía estar más o menos seguro era de que esa cabeza había pertenecido a una mujer y le habían arrancado gran parte del cuero cabelludo, aparentemente a puros jalones. Conforme iba haciendo girar la cabeza con sus manos temblorosas para verla de frente, las curvas del perfil le parecieron conocidas; sintió un escalofrío en el cuello y algo en su estómago se removió (donde había visto *esos* rasgos?), pero no llegó a más porque un ruido en la entrada de la casa lo sobresaltó y lo obligó a reaccionar rápido y de acuerdo con las circunstancias. Trató de envolver la cabeza en el papel aluminio como la había encontrado y la colocó otra vez dentro del refrigerador, abajo y al fondo; cerró la puerta haciendo el menor ruido posible, recogió la cartera y a gatas buscó desesperado un lugar para esconderse. Quienquiera que fuese el visitante era mejor observarlo sin ser visto. Descubrió una puerta en la pared del fondo, la empujó y se metió.

Escuchó risas y expresiones alegres y desenfadadas y se relajó un poco ahí, en el fondo del cuarto donde se había metido. Permaneció completamente a oscuras tratando de distinguir lo que hablaban las personas en la sala de la casa. Entendió que era una familia de extranjeros – hablaban inglés con acento de una de las provincias del norte de Alemania-, el papá de unos treinta y tantos años, la mamá mucho más joven, tres hijos varones -dos de los cuales hablaban sólo en alemán- y un niño más que era el primo; el nivel socio-económico de todos muy alto; todo eso lo infirió el Teniente Geoffrey con bastante precisión desde su escondite con el único auxilio de su aguzado oído y su mente prodigiosa-; los acompañaba en la visita a la casa que querían comprar, para mostrársela, otra vendedora de la agencia inmobiliaria *Sunny Hill Properties/Real Estate*; por la voz tal vez se trataba de Misses Cindy, compañera de Pam, más vieja, que con otro juego de las mismas llaves hacía el intento de vender la propiedad diciendo maravillas de la casa.

Cuando el grupo se acercó a la cocina el Teniente Geoffrey contuvo la respiración. Pasaron prácticamente de largo. Luego alcanzó a escuchar que los niños habían permanecido en esa área y distinguió que abrían puertas y gavetas. Oyó que abrieron el refrigerador grande, el principal. Dijeron alguna cosa chistosa en alemán, que él no entendió muy bien, se rieron y cerraron la puerta de golpe; se empujaron, uno de ellos cayó. Caminaron por la cocina discutiendo. El Teniente temió que fueran a abrir el refrigerador pequeño. Salieron.

Esperó. Trató de escuchar lo que pasaba en el piso superior, todavía cabía la posibilidad de que alguna de las personas tuviera que ver algo con la cabeza y las manos cortadas. Después de un rato sintió la extraña mezcla de olores: carne seca... canela... una cosa como clavo...... (o comino?)...... algo rancio, de un aroma muy fuerte y penetrante. Se desplazó con cuidado y a tientas fue buscando cosas y objetos. Después de algunos momentos se dio cuenta de que estaba dentro de una gran despensa, con estantes en las cuatro paredes y algunos paquetes y bolsas que contenían harina, sal y granos de arroz y frijol. Descubrió, también con el tacto y el olfato, sobres con pimienta y otras especias y, más al fondo, dos pedazos como de algún tipo de chorizo y tres de una especie de carne seca colgados con hilos de un alambre.

Escuchó que bajaron todos y ya de regreso se detuvieron en la cocina para verla con detenimiento. Sintió que se le encogió el corazón cuando oyó que se acercaron a la puerta de la despensa y la vendedora habló maravillas del tamaño de la misma, que si ahora ya no las hacen así, que si las casas modernas no tienen una igual, que si los dueños la hicieron especialmente de acuerdo a sus necesidades, que ya van a ver ustedes que da hasta para guardar comida para mucho tiempo y hasta para emergencias por si ocurre alguna cosa terrible y ustedes no quieren salir de casa, digo, como un temblor o disturbios en las calles como aquéllos de aquella vez del negrito ése, cómo se llamaba?... Rodney King?..., era obvio que estaban a punto de abrirla. Él se acurrucó aun más encorvándose y apretándose contra lo más profundo de la esquina del cuarto. La puerta se abrió, pero, afortunadamente *en ese momento* para el Teniente, nadie entró; vieron parte del cuarto unos instantes desde afuera, medio asomándose –una despensa semivacía en penumbras que a la familia no le interesó mucho– y luego cerraron pero – *shit*! – la estúpida vendedora, por lo que el Teniente Geoffrey alcanzó a escuchar y entender, colocó un seguro y trancó la despensa con un pasador pesado que aseguraba la puerta por fuera.

Fueron inútiles todos los esfuerzos del Teniente para abrir la puerta. Era de roble macizo -recordó que al momento de abrirla para meterse le había parecido inusualmente gruesa, sólida y pesada- y el pasador que la aseguraba por el lado de la cocina (serían dos?) seguramente era de hierro (o tres?), plomo o algo así, porque no cedió ante los embates enérgicos y constantes, aunque cada vez menos continuos, del desesperado detective. Intentó él abrirla de cien maneras, golpeó, pataleó, gritó… lloró; se lamentó un millón de veces de haber tenido que visitar precisamente una casa deshabitada que no tuviera por lo menos muebles y algo más de comida en la despensa. Maldijo a Pam, a la agencia inmobiliaria por vender ese tipo de construcciones, al arquitecto e ingeniero locos que la diseñaron y construyeron, a la infeliz vendedora que trancó la puerta y hasta a su novia Sheryl por haberle aceptado la propuesta de casamiento, inclusive a su propia familia por no haberle dejado otra opción en la vida más que la de ser policía, y con ese maldito instinto de investigación y análisis de cualquier cosa, importante o intrascendente, que le incumbiese o no. Se lamentó otro millón de veces por haber dejado su teléfono móvil en el auto de la policía aparcado a la vuelta de la esquina. Se arrepintió todavía más de haber dejado su pistola en la sobaquera debajo del asiento de su auto por tratar de mitigar los rigores del calor intenso de esa tarde de verano californiano, bajándose únicamente en mangas de camisa a un reconocimiento que le pareció hasta cierto punto inofensivo y rutinario; y no dejó de arrepentirse en ningún momento por haber dejado los cigarros y los cerillos en la bolsa del saco. Hasta el final lo atormentó la idea de que, de haber llevado cerillos, habría podido provocar un incendio y haberse jugado todo a la posibilidad de que los bomberos lo rescataran a tiempo antes de morir calcinado. De menos, para auxiliarse y tener un poco de luz para descubrir dónde estaban el maldito interruptor de la luz y los malditos focos.

En los noventa y ocho días que permaneció encerrado antes de perder definitivamente el conocimiento, tuvo oportunidad de pensar, desde en el origen de las rúsulas hasta en el punto de fusión del mercurio a los 356.58 grados centígrados, y en la construcción de la fortaleza de Jodhpur en la India, y en los problemas de los prolegómenos a toda metafísica futura, de Kant, y en cada una de las desgraciadas posibles explicaciones no sólo para la presencia en ese lugar de aquellos restos mutilados, sino para la suya propia. ¿Qué diablos tuvo que ir a hacer ahí?; tuvo oportunidad de pensar en todos y cada uno de los porqués y en una solución y respuesta para cada cosa que le atormentó el intelecto –como nunca y cada día más – en ese tiempo; en el porqué de no haber informado, de no haber abierto oficialmente un caso, una investigación, de haber ido solo, de haber llegado esa familia de extraños justo la tarde de ese día y justo con aquella vendedora, y en el aplastante porqué de terminar como estaba terminando, sin nadie que lo notara o lo supiera.

Aunque supuso que el destino tuviera que ver para que las cosas se dieran de esa manera, su mente sistemática, inquisitiva y terca se negó hasta el último momento a aceptar la predestinación y trató de contestar de manera lógica cada una de las preguntas angustiantes. Y lo intentó con ganas; como intentó con ganas introducir siquiera las uñas en la pequeñísima separación, casi imperceptible, que quedaba entre ese irrazonable portón, que ajustaba micrométricamente, casi a la perfección, y el marco de metal donde encajaba; como intentó con desesperación ir desgarrando poco a poco la madera con sus dedos, sus uñas y hasta con los propios dientes, mojándola con su saliva para ablandarla, como araña, ensalivándose y chupándose las manos para detener la sangre y mitigar el dolor y medio curarlas en lo que agarraba fuerzas para comenzar de nuevo, hasta que llegó al punto donde la madera arrancada dio paso a la gran placa de metal que se encontraba exactamente a la mitad del grosor de la puerta; como intentó, después de dos días de llorar inconsolablemente, practicar un agujero en las paredes, también infructuosamente; como intentó con ganas entender por qué, por qué, ¿por qué?

Mientras más iba adquiriendo la certeza de que el deterioro paulatino de sus fuerzas le impediría derribar la puerta, desprender los pesados y ocultos goznes o hacer un hoyo en algún lugar de los azulejos de la pared para poder escapar, salir, sacar una pierna, un brazo, la cabeza, una mano, un dedo siquiera, su cerebro se iba agigantando en el ejercicio de sus facultades deductivas en un póstumo intento heroico desesperado de lograr, aunque fuera por puro orgullo ya, develar los misterios.

La carne seca parecía de plástico correoso, incomible, y lo que por el tacto y el olor fuerte, apestoso, le había parecido un par de choricitos, acabó resultando una masa esponjosa, resistente, que los dientes no podían ni cortar. De modo que se sostuvo con el polvo de la harina, la sal insípida y los granos crudos y duros de arroz y frijol que encontró, y los pocos de especias, clavo y pimienta que ciego, a puros tacto, olfato y gusto, fue descubriendo en algunas partes de los estantes. Eso las primeras semanas; después, cuando el hambre y la sed apretaron más, llegó a beberse parte de sus orines y hasta a tratar de comerse parte de los pocos excrementos que defecó, vomitándolos luego.

En la desesperación decadente, alcanzó a comerse una parte de su mano izquierda.

Su ya de por sí delgado cuerpo acusó los efectos de la terrible inanición y las desgastantes especulaciones; la oscuridad densa y continuada dilató al máximo sus pupilas sobre el azul del iris; su metro setenta y dos de estatura se encogió por los efectos de la tortura física y psicológica de estar ahí encerrado y no poder encontrar la forma de salir ni ser rescatado y no saber en realidad ni por qué; su frágil constitución, más acostumbrada al ejercicio de las neuronas que al de sus músculos, no pudo con la puerta, ni con el techo ni con las paredes.

Infirió correctamente que Pam nunca volvió a la empresa donde trabajaba, pero no logró dilucidar por qué, llegando nada más a tres posibles hipótesis que podrían explicar satisfactoriamente esa cuestión a la luz de la poca información con que contaba. Dedujo a la perfección que después de encontrar su auto, revisar las huellas y destinar gran cantidad de recursos económicos y humanos –incluido el auxilio personal de su padre y su tío, inspectores de Policía en Glendale y Anaheim respectivamente –, la Policía de Los Ángeles iría perdiendo poco a poco el febril entusiasmo de los primeros días por encontrar a un compañero, hasta, a los cuatro meses, abandonar casi por completo la investigación sobre su paradero.

Razonó acertadamente que ni la otra vendedora ni la familia de alemanes que visitó la casa habían tenido que ver en la decapitación de la mujer cuya cabeza había él encontrado al abrir por la tarde el refrigerador.

Coligió, después de esforzarse al máximo en la evocación de ciertos datos en la medida en que su enflaqueciente memoria se lo permitía, que Pam tuvo la intención de incriminarlo cuando le proporcionó las llaves, pero ella a su vez tuvo que haber sido interceptada cuando intentó regresar a la casa para preparar dicha incriminación de manera detallada, en cualquier momento del lapso de tiempo comprendido entre la salida de la casa, cerca del mediodía, y las seis de aquella tarde.

De una manera heroica, por la poca cantidad de datos, llegó a la conclusión de que no se trataba de dos ni tres asesinatos, sólo el de esa mujer, pues las manos de los hombres habían sido separadas de sus cuerpos todavía vivos, sólo para efectos de tortura pero no como desmembramientos posteriores a la muerte de las víctimas.

En un acto que él consideró de inspiración divina – en las largas horas sin referencia temporal en que se atormentó el cerebro para llegar a conclusiones que le calmaran la angustia, haciendo acopio de datos casi perdidos en su recuerdo y de recursos silogísticos y de imaginación-, generado por el ayuno, la oscuridad, la soledad, y el silencio, llegó a intuir que una de las manos era del papá de Sheryl (su novia), a quien había visto sólo una vez hacía año y medio; y pensó que Sheryl misma había tenido algo que ver, si no en el asesinato de la mujer y las mutilaciones, por lo menos en la pretendida incriminación. Pero de la misma forma se imaginó que tampoco Sheryl (su novia, *su novia*, cómo podía estarle haciendo eso?) supo dónde estaba él atrapado, ni estaba de acuerdo con Pam, ni la vendedora que llegó con la familia corrió el pasador de la despensa para dejarlo ahí atrapado a propósito.

Concluyó que tanto las mutilaciones como el asesinato tuvieron lugar en esa misma casa que él, de no haber visto las manos en el refrigerador entre la sala y la cocina, probablemente habría comprado, porque, de entrada, le gustó.

Pero no pudo llegar a encuadrar todas las cosas, posibilidades y situaciones; no pudo llegar a explicar lógicamente y de manera encadenada todo lo que había pasado, tal vez porque su conocimiento limitado de los nuevos materiales plásticos de "aleaciones" genéticas con células vegetales vivas y de las modernísimas técnicas de producción de videos, maquillajes de fantasía y fabricación de objetos y materiales escenográficos (peso, proyección isométrica y olor incluidos) – a que se dedicaban los dueños de la casa en venta –, le impidió reconocer que las manos y la cabeza no pasaban de unas maravillosamente realistas piezas fabricadas – y al final, desechadas-para la grabación del nuevo video de Michael Jackson, *Thriller II-In Mars*, que sería un homenaje a los veinticinco años del estreno del *Thriller* original y presentaría esa vez, además de únicamente actores blancos (todos niños), lo último en maquillaje y efectos especiales. Reconocer eso le habría permitido al Teniente Geoffrey Robinson plantear y entender las cosas de un modo completa y esencialmente diferente y llegar a las conclusiones correctas, fundamentalmente desde el principio.

Así, hasta habría podido deducir, ahí sí correctamente, que inclusive los objetos dentro de la supuesta "despensa", que no era otra cosa que un gran congelador con termostatos ultrasensibles milimétricos de variaciones de cuarzo para graduaciones fototérmicas, destinado a la conservación de algunas de las muestras que los dueños guardaban a veces en su casa, estaban todos hechos del mismo material y prácticamente con la misma técnica; todos, desde los granos de arroz y frijol hasta la supuesta sal, la "carne seca" y las dichosas "especias". Pero como él no sabía, no supo; y como así no era posible llegar a deducciones correctas, no pudo.

Como no pudo, por más que se esforzó, precisar la razón por la que nadie más regresó al lugar de los hechos, y vislumbró con verdadero pánico, sin saber realmente ya ni por qué, que tal vez ese "nadie más" resultaría sólo realmente correcto en caso de ponerle antes la palabra "nunca"; así, de esa forma tan conclusiva y desesperanzada para él: *"nadie nunca más"*; aceptando, lógico, que el concepto de "nunca" y de "eternidad" se aplicarían justamente en la medida y hasta el límite de su propia muerte. Para el Teniente Geoffrey, efectivamente, nadie nunca más regresó al lugar de los hechos y, aunque ensayó mentalmente muchas posibilidades, no pudo tampoco construir un cuadro idóneo de realidad virtual en su cerebro para deducir pronosticando adecuadamente quién sería el elegido ni cuál sería la reacción de esa siguiente persona que al visitar la casa para mostrarla o con la sana e inocente intención de comprarla, la revisase un poco más a fondo, con verdadero celo de vendedor meticuloso o verdadera curiosidad de comprador exigente, y descubriese no solamente lo que él había encontrado – las dos manos izquierdas y la cabeza resistiéndose con la ayuda del frío a "la descomposición"–, sino también – progresivamente guiada tal vez por el particular lejano olor-, allá, hasta el fondo, con esa expresión beatífica que lo acompañó durante los últimos ambiciosos razonamientos, su disminuido y apestoso cuerpo muerto acurrucado en el último rincón del piso de la "despensa".

AHÍ SÍ NO DA.....ASÍ NO SE PUEDE

Cuando su suegra les pidió la casa a Juan y a su mujer, lo primero que hizo Juan fue recriminarle a la esposa su terquedad en la compra de aquel carro:

-Ahí si no da.....así no se puede, te dije y te dije que lo de comprar ese pinche carro era mala idea... y una pésima inversión; te dije, un carro desde que cruza la puerta y sale de la agencia ya vale menos, mucho menos! A ver ahora qué vamos a hacer, con los tres niños y sin tener ni en dónde vivir; carajo, por acabar haciéndote siempre caso...!-

Y así por el estilo.

Juan había insistido mucho un año atrás en usar el aguinaldo y una bonificación que le dieron en su trabajo, para dar el enganche de una casa propia que irían pagando poco a poco pero que con el tiempo y sin sentirlo acabaría siendo de ellos y un patrimonio para el futuro de los hijos. Y para dejar de depender de la caridad de los padres de su esposa, que aunque les permitían a Juan, su mujer y sus niños vivir en su misma casa y sin dar un centavo de renta, podían un día morirse y heredarle la casa a otra persona, o venderla, o simplemente decirles un día: ya nos cansamos de tenerlos aquí y oírlos discutir todos los días y no ayudar en nada; o: decidimos vender la casa para irnos a vivir a un departamento pequeño, sólo para nosotros dos.

Pero su esposa, Hilda, insistió más en que no, que eso nunca pasaría, que con sus papás no tendrían nunca ese tipo de problemas, y ya estaba cansada de que sus amigas y vecinas la vieran de arriba para abajo y siempre con el mismo carrito mientras ellas renovaban el suyo prácticamente cada año; y hasta eso, no Vochitos, ni Chevys Novas ni nada por el estilo, sino autos grandes, amplios, modernos; de categoría,

65

pues. ¿Qué era eso de tener que pasar vergüenzas como si fuese una pobre paria cualquiera? Y menos si en ese momento, por lo de la bonificación, Dios les estaba dando la oportunidad de cambiar de carro!

Así que acabaron por dar el enganche de un *Stratus*, no de una casa.

Y los temores de Juan acabaron por hacerse realidad. Ahora estaban sin casa, con tres niños que alimentar y educar y, además, las mensualidades del auto, bastante altas por cierto.

Comenzaron a buscar casa para rentar y después de ver el precio de los alquileres comprendieron que tendrían que conformarse con un departamento.

Para quedar cerca del trabajo de Juan limitaron su búsqueda a las Colonias Del Valle, Florida, Narvarte y Nápoles. Pero no; después de escuchar las condiciones de arrendamiento, el monto de las rentas por adelantado y las garantías, y de ver lo pequeño de las habitaciones, no les quedó de otra más que buscar del otro lado del Viaducto, allá en la Escandón, por ahí.

Al fin dieron con un departamento amplio, tres recámaras grandes, estancia más o menos, baño y medio, cocina con espacio (de las de antes), en un edificio viejo pero no muy lejos de la oficina de Juan y a sólo unas cuantas cuadras de Insurgentes y dos del Viaducto. No estaba pintado, no tenía cortinas, faltaban algunos vidrios en las ventanas, y a los baños y a la cocina había que darles una buena limpiada para arrancarles las manchas de años, las plastas de mugre y el cochambre; pero a los niños les gustó -y que hubiera un parque cerca-, y el departamento daba una idea de confort potencial. Claro, arreglándole todos los detalles y amueblándolo con gusto.

Ahí Juan cayó en la cuenta de otra cosa y se puso aun más de malas: ni siquiera tenían muebles propios, pues siempre estuvieron atenidos a las comodidades de la casa de sus suegros. Había que empezar realmente desde el principio. Pero bueno, algún día tenía que suceder y era cuestión de echarle ganas. Muchas.

Sólo cuando el sobrino del dueño les repitió, al acabar de mostrarles el inmueble, que el departamento se entregaba así como estaba, *así exactamente*, que todas las mejoras y arreglos corrían por cuenta del arrendatario y que les recordaba que eran tres rentas por adelantado, dos más de depósito como garantía y se pedía que tuvieran fiador con bienes inmuebles en el Distrito Federal además de la adquisición de una fianza en la compañía que el dueño les indicaría, a Juan se le volvió a ir el ánimo por los suelos, tomó del brazo a Hilda y la

66

fue llevando hacia la salida, él como autómata, con la mirada ausente, como observando algún punto bajo el piso a cien metros de profundidad, balbuceando más que para su mujer para sí mismo, bajito, casi solamente con el movimiento de los labios: "Ahí sí no daaaaaa... así no se puede".

De modo que tuvieron que retomar la búsqueda y no fue sino hasta después de otras dos semanas sin resultados que Hilda le dijo al esposo desesperado:"La verdad, yo creo que no vamos a encontrar nada, por lo menos nada mejor que ese departamento que vimos en la Escandón, junto al parque, y ya ves que a los niños les gustó...¿ por qué no intentas hablar con el dueño y le comentas nuestra situación? tal vez lo convences de que no sean tantas las rentas de depósito, o de que nos perdone la fianza..., llámalo y sácale un cita, a lo mejor todavía nadie renta el departamento".

Juan terminó de subir cansado los cuatro pisos de escaleras y tocó en el *pent-house* donde vivía el viejo. El edificio era del mismo tipo que el del departamento que quería rentar y estaba igual de maltratado y descuidado. Pero, cuando el viejo le abrió la puerta, Juan vio que el interior era lujoso y, aunque decorado con un pésimo gusto, muy bien conservado. En el abigarramiento absoluto podían distinguirse, además de los muebles en terciopelo rojo sobre el tapete persa, varias lámparas Art Decco, adornos de mesa estilo Luis XIV y muchas porcelanas chinas. Sobre la reproducción de la parte superior de una columna griega de estilo dórico, colocadas sobre el capitel: dos estatuillas incas de piedra, un Chac-Mol y cuatro o cinco Atlantes de Tula de –máximo– unos veinte centímetros de altura cada uno.

El dueño, un tipo de unos sesenta y cinco o setenta años, le indicó a Juan que se sentara en una silla que estaba al lado de la sala - antes y fuera del área que cubría el tapete-, luego avanzó y él a su vez se sentó en el sofá diciendo abruptamente:

-Así que usted es el que quiere rentar el *apartamiento* que está desocupado de mi edificio en la Escandón.

-Sí Señor, mir...- comenzó a decir Juan.

-¿Y cuál es el problema?- frunció el ceño el viejo, siempre malhumorado- ¿Por qué no hizo el trato con mi sobrino? ¿Qué es lo que quiere hablar *solamente* conmigo?

-Pues vera, Señ...- comenzó otra vez Juan.

-¿Tiene sus papeles en orden? - lo acribilló el viejo con la mirada- ¿Trae usted su comprobante de ingresos?

Juan miró hacia abajo, primero se vio los zapatos y luego vio el fólder que llevaba con todos sus documentos. Dijo con timidez:

-Sí...

-¿Sus declaraciones de Hacienda de los últimos cinco años?

Juan movió nervioso el fólder entre las manos e hizo como si lo fuese a abrir, la expresión de angustia cada momento más marcada en su cara.

-Sí...

-¿Las tres cartas de recomendación de sus tres últimos trabajos?

-Sí, Señ...

-¿La carta de recomendación de la última persona a quien le haya usted rentado alguna propiedad?

-Verá usted, Señ... – el viejo, una vez más, lo interrumpió, como si no escuchara las respuestas, no le importaran o tuviese la costumbre de hablar mecánicamente sobre esos temas con sus inquilinos:

-¿Trajo las copias de los estados de cuenta mensuales de su cuenta bancaria de los últimos tres años?

-Sss...

-¿Certificado médico de buena salud?

-Sss...ssí

-¿De usted, de su esposa y de sus hijos?

-Sssss...

-¿Carta del párroco o cura de la Iglesia que frecuenta? ¿Certificado de estudios? ¿Certificado de antecedentes penales de usted y de su señora?¿Carta colectiva de recomendación de la junta de vecinos o colonos de la colonia, fraccionamiento o condominio en que haya vivido antes de ahora, actualizada por lo menos hasta el primer semestre del presente año?¿Factura o facturas del automóvil o automóviles que posee? ¿Carta de int...

Esta vez fue Juan el que interrumpió, casi sin querer y sólo porque angustiado y desesperado extendió los brazos con el fólder y una expresión de agonía en la cara, los ojos entrecerrados, acuosos, diciendo sin palabras *mire aquí está todo, todo, todo, todo, de veras*; arqueaba el fólder para que con el efecto de flexión las hojas tendieran a volverse a su lugar y con el pulgar iba dejando pasar ante la vista del viejo todos los documentos que llevaba. El dueño se levantó molesto, sin hacer caso de lo que Juan le estaba ofreciendo y gritó con su voz vieja, rasposa:

-¿Entonces?!! ¿De qué se trata?! ¿A qué vino? ¿Por qué no cerró el trato con mi sobrino? ¿CUÁL es el problema?

-Verá Señor- Juan tomó coraje y continuó-, lo que pasa es... que ...en realidad... verá... son dossss cosas ssolamente...

-¡Acabe!

-Sólo dos cosas, que ojalá no haya problema por eso, señor... miiiire, en los rrequisitos dice que no se admiten niños menores deeee ssseis años, señor, y verá usted, mi hijo Pedrito, el menor, está con cccinco años y medio, bueno, en realidad prácticamente cinco y sseis meses y yo no quiero tttener problemas con nadie y menos connnnn usted, o que luego vaya a decirme que lo engañé, que mentí en lo que declaré y por esssso el contrato ya no es válido...- Juan estaba consiguiendo hablar con sentido y fluidez-, pero bueno, eso me dijo su sobrino que éllll pensaba que no ssssería problema, pero... mmmmmire usted- Juan respiró hondo para abordar la parte más difícil-, lo del "*fiador con bienes en el Distrito Federal*", ahí sí él me dijo, su sobrino, que no se puede hacer nada y sólo que hablara yo connnn usteddd y le explicara..., lo que pasa es que el fffiador sería mi tío y él sí tiene propiedades y esas propiedades están aquí cerquita, mire usted, dentro de la misma ciudad prácticamente, sólo que ahí ya es Estado de México, no Distrito Federal...,pero es la misma cosa, ssssseñor, es lo mismo rrrealmente, es la misma área metropolitana; usted, si va por la calle, ni sabe ni puede decir dóndddde acaba el Distrito y dóndddde comienza el Essstado..., de veras..., nnnosotros, mi mujer y yo estamos desesperados, muuuy desesperados porque nos pidieron la casa donde estábamos y como nos tardamos en conseguir departamento ya se pasó el tttiempo y ya hasta nos tttuvimos que salir de ahí y eeeestamos provisionalmente en casa de una prima de mi mujer, estamos ahí, imagine, señorr mi mujer, yo y los tttres niños y ya bien desesperados todos, incómodosss y dando mmmolestias y está bien lejos de donde trabajo y de la escuela de los niñosss y estamos hasta gastando más en transportes para llegar y me estoy yendo sobre los ahorritos y lo que juntamos para los depósitos de la renta del dddepartamento, que mire usted, yo digo lo ssssssiguiente, que si ya le vamos a dar la renta que va a correr, más las otras tres por adelantado, más las dddos de depósito como garantía y ya hasta la fianza saqué en la compañía que ustedd nos señaló.... yyyyyy pues ya con todo eso, usted disculpe, pero, pppor qqqué no nos acepta queeee el fiador, que por otra parte es muy bueno y muy serio y tiene mucho dinerooooo... pues... ¿qué tiene que su propiedad quede en el Estado de México y no en el Distrito Federal, si de todos modos está aquí... ccccomo le digooo aaquí mmuy cerca, cccerquita...? Por favorrrrrrrrrr   ssssseñor, por favorrrrrr ccccccompréndanos!.

El viejo había escuchado todo sin parpadear y casi al final alzó las cejas y vio hacia la panza de Juan cuando éste terminó de hablar.

69

Así, sin cambiar la expresión, cejas alzadas y viendo hacia abajo, sin decir nada, caminó el dueño hacia el extremo de la sala, tomó distraídamente uno de los Atlantitos de Tula y se dirigió a la ventana; ahí permaneció unos segundos jugueteando con la estatuilla entre las manos y viendo hacia la calle. Luego se volteó y dijo, de malas:

- Mire, yo tengo mucho quehacer, muchas ocupaciones; estoy ya grande, vivo solo y casi no tengo quién me ayude. No tengo tiempo para estarlo perdiendo con tonterías. Está bien. Véngase mañana en la tarde, a la misma hora. Mi sobrino salió de la ciudad, de hecho se fue a estudiar al MIT en Massachussets, bueno, qué le digo, si usted ni sabe de qué se trata eso, pero puede usted firmar el contrato *directamente* conmigo. Traiga todos los papeles que su tío haya firmado para ser el fiador, copia de las escrituras, etcétera, todo lo que usted sabe que se necesita. Traiga también todos esos papeles que trajo hoy y por supuesto, el dinero. Ah! en efectivo, eh? No tengo tiempo ni ganas de ir a hacer esos colones eternos en el banco. Así que haga bien la suma y se trae todo en efectivo.

Caminó, dejó el Atlante delicadamente sobre la columna y se siguió hasta la salida sin decir nada. Abrió la puerta.

Juan entendió y nervioso, pero feliz, salió haciendo caravanas con la cabeza y repitiendo cuánto le agradecía que hubiese aceptado y que sin falta estaría ahí al día siguiente con todo, todo, dinero y todo, a las seis de la tarde en punto.

Bajó las escaleras loco de felicidad, riendo abiertamente; llegó a la calle y no cantó, ni bailó la coreografía de Gene Kelly de *Singing in the rain*, sólo porque no estaba lloviendo ni había visto nunca la película. Pero sus movimientos se asemejaban mucho.

Corrió hasta su carro como un niño hacia los columpios, los subibajas y las resbaladillas.

Al día siguiente, al cuarto para las seis de la tarde, Juan – exultante, reconciliado con la vida, trajeado como para graduación, positivo y confiado en el futuro (hasta había comprado en una tienda de decoración un Buda de Kamakura tallado en mármol rosa para regalárselo al dueño del departamento; un detallazo con el que conseguiría, según él, comenzar una estupenda relación arrendatario-arrendador, que ojalá durase mucho tiempo, por lo menos hasta que él e Hilda se recuperasen de tantas rentas en depósito y pudieran juntar para dar el enganche de una casa), feliz este renovado Juan- dejó a su mujer y a dos de los niños en el auto y subió con Pedrito los cuatro pisos para llegar puntualísimo a su cita.

Todo corrió normalmente, a pesar de que el viejo dueño nunca dejó su cara de desagrado y enojo ni su expresión de fastidio. Contaron el dinero, revisaron toda la papelería, documento por documento, meticulosamente, firmaron el contrato por sextuplicado. Todo en orden. Hasta que las piruetas que Pedrito daba sobre el tapete persa, con peligro de tirar algunos de los adornos, acabaron por sacar de quicio al viejo, que estalló, se levantó, agarró del hombro a Pedrito y le gritó fuera de sí: -¡Ya!¡Hombre!¡Chamaco malcriado, insolente, mal educado!¡¡Ya!!- lo sacudía para un lado y para otro como a monigote de trapo sujetándolo siempre del hombro, lastimándolo- ¡Caray! Que no puedas estar ni un momento quieto! Ni porque estás en casa ajena- el niño hacía pucheros; Juan miraba incrédulo-, ni por eso! A ver... rómpeme una de mis piezas de colección, que no van a tener ustedes con qué pagarme ni trabajando treinta años!!! Inmediatamente, sin dar tiempo a más nada, lo soltó - Pedrito cayó al suelo llorando- y se dirigió a Juan, que se había ya levantado de la silla pero no conseguía aún articular palabra: Bueno, acabemos con esto. Siéntese, y a ver si no se porta así ese niño cuando estén ya en mi departamento, no quiero daños ni que les vaya yo a tener que descontar de su depósito para arreglar lo que arruinen sus hijos - Juan se sentó lentamente; el niño, en el tapete, había dejado súbitamente de llorar-; présteme su mano -lo dijo mientras colocaba sobre una mesita un estuchito de plástico; Juan le preguntó que para qué; el viejo abrió el estuche, agarró la mano derecha de Juan y empezó a refregarle los dedos de la mano contra el cojincito que estaba dentro del estuche, pintándoselos de un color violeta intenso; actuaba rápidamente, sin dejar de hablar-, es un procedimiento de rutina que yo tengo costumbre de hacer siempre en mis contratos de arrendamiento -con su propia mano iba haciendo que los dedos mojados entintados de Juan fueran dejando dóciles, obedientes, sus huellas en desde la primera hasta la última hoja de los contratos-; las firmas están bien, claro, pero con las huellas dactilares no hay más, ni qué decir ni que discutir; mayor protección para mí... para usted... para todos!.

Juan sintió que un líquido caliente le subía al cerebro, sintió incluso un poco de mareo. La cara se le fue poniendo roja y una rabia intensa, incontenible le fue inundando el hígado, el páncreas, el estómago, los pulmones, los intestinos, los labios y los ojos. Tomó aire; luego lo contuvo, jaló rápidamente la mano para liberarla de la operación del viejo. Lo vio fijamente; primero se trató de limpiar los dedos con su mano izquierda, luego, sin importarle nada, se talló la mano derecha en el pantalón del traje, se vio la mano, notó que era muy poco lo que la pintura violeta había desaparecido y ahí mismo, a la altura del pecho, sin dejar de mirársela, intentó con el puro movimiento de sus dedos de la mano pintada hacer desaparecer los rastros de pintura; tallaba y tallaba con el pulgar los otros dedos y todos los dedos entre sí; su mano era un pulpito oceánico excitado en contorsiones dolorosas. Con la otra mano se sobaba la nuca. El viejo, observándolo extrañado. El niño, ya de pie, mirándolo también.

Juan continúo haciendo que la mano se frotara ella sola, volteó a ver a Pedrito y le dijo con una rara voz mesurada:

- Pedro, m'hijito, sal por favor y espérame ahí nada más afuerita de la puerta... sssí?

El niño salió.

Juan comenzó a recoger todas las cosas con calma: hojas, documentos, contratos, billetes, hasta el Buda envuelto en papel de china y que había dejado en el piso, medio escondido, con la idea de dárselo al dueño ya al final, después de haber acabado todos los trámites y como una sorpresa agradable. Recogió todo y se dio la media vuelta para salir.

El viejo, confuso, trató de pedirle una explicación y hasta avanzó un par de pasos tras él, pero no pudo continuar porque el golpe sólido y seco que Juan le dio con el Buda, girando inesperadamente, con toda la fuerza del mismo giro de su cuerpo y de su furia haciendo explosión, hizo que enmudeciera y cayera con el cráneo dividido en dos; una profunda hendidura a la altura de la sien izquierda. Juan se inclinó y le asestó tres, cuatro, cinco golpes más, siempre con toda su energía, con toda su rabia. La cabeza quedó una masa informe, la cara irreconocible, sólo una máscara de sangre sobre el parquet de la entrada.

Juan salió rápidamente guardándose el Buda en la bolsa derecha del saco, disimulando frente al niño. Se vio la mano que ahora ya era una mezcla de colores rojos, violetas, morados, la metió en la bolsa de su pantalón y comenzó a tratar de limpiársela ahí mismo con la tela interior mientras se acomodaba bajo la axila el montón de documentos. Con la mano izquierda -con apenas algunos restos coloridos de cuando intentó limpiarse la derecha con ella- tomó a Pedrito de la mano y bajó rápidamente las escaleras. Hablaba dulcemente con el niño, la voz suave, como en secreto, como para sí:

-"¿Cómo estás?¿Cómo te sientes?¿Todo bien? Ya ahorita llegamos con mamá..., ya acabamos. Al rato vamos a pasar a comprar unos helados a donde te gustan, okay?- seguían bajando-; lo del departamento... ya ves cómo se puso el viejo ése, muy pesado, muy pesado... aa... ahí sí no da... aaasí no se puede...

Llegaron a la calle. El niño corrió hacia el carro gritando mamá. Sonreían. Juan abrió la puerta del carro con la mano izquierda, entró; con esa misma mano retiró los papeles de abajo del brazo y se los dio a Hilda; prendió el auto con la mano izquierda, la derecha siempre en la bolsa del pantalón. Mientras accionaba con una mano el volante y los controles de la transmisión automática para salir del lugar donde se había estacionado, su mujer reparó en la tonalidad azulosa que se le notaba a Juan en una parte de la mano izquierda; le preguntó:
-¿Y...?

Él la miró sin dejar de accionar y le contestó:
-¿"Y"...? ¿Qué? ¡Nada! Todo en orden. Unos pequeños cambios, pero todo en orden. Ya traigo hasta las llaves. Vamos ahora a la nevería que les gusta a los niños, ahí en Polanco, para festejar y luego vamos directamente al departamento para empezar a ver qué cambios hay qué hacer y qué cosas hay que arreglar exactamente -el auto ya había salido del lugar entre los otros autos y se había integrado al tráfico de la avenida; Juan sacó lentamente la mano derecha, cuidó que no estuviera manchada de sangre en el dorso y la puso en el volante, como si nada. Los tres niños, atrás, gritaban y se reían ya festejando.
-¿Y, después?- le pregunto Hilda.
-¿"Después"?... –repitió Juan con el mismo tono que había usado su mujer- Despuéssss....- lo dijo, esa segunda vez, tranquilo, con su propio tono de voz, como provocando a propósito el *suspense*; llegaron al alto del semáforo, Juan volteó a ver a los niños, luego vio largamente a su mujer, le sonrió con ternura, las dos manos sujetando firmemente el volante, volvió a ver hacia el frente y buscó con los ojos el *siga* que en ese momento se prendió, aceleró ya sin dejar de ver hacia el frente y a los otros autos, conforme el suyo ganaba velocidad, y remató-:... Dios dirá.

LES URGE VENDER

Hablar mucho es algo inconveniente en prácticamente todas las áreas y situaciones de la vida. Incluidas las de locutores, narradores y comentaristas deportivos, merolicos, padres, pastores y predicadores.

Es curioso: hablar bien consiste fundamentalmente en saber cuándo y cómo callar. Habla mejor quien calla mejor.

Ah! si la vendedora estrella de aquella inmobiliaria hubiese sabido cuándo callar...! Habría conseguido cerrar muchas más ventas y especialmente *aquélla* no la habría perdido. Ni habría provocado la tragedia que provocó.

El real gran vendedor sabe en qué momento dejar de alabar la propiedad, de ofrecer la mejor forma de pago, elogiar el cabello de la señora o la ropa de los niños, o hacer presión citando otros posibles interesados; sabe detener sus peroratas en el momento oportuno para permitir que el mensaje llegue, sea comprendido y asimilado y provoque una respuesta positiva, así venda *Tupperware*, *Maja*, *Fords*, aviones, palacios, dulces y plumas en el metro, tumbas en el panteón, la contratación de un nuevo proveedor de Internet o una religión.

Sabe cuándo el comprador potencial necesita unos minutos para hablar a solas con la mujer, la amante, los hijos, o consigo mismo.

Sabe simplemente… *callar*. Y para nadie es extraño que algunos de los mejores vendedores siguen precisamente la técnica de hablar lo menos posible. Parece que ni quisieran vender, que les da igual, o que hay otras razones u otros clientes por los que preferirían no cerrar la venta con aquél que para ese momento –por la retorcida psicología del ser humano- ya se está sintiendo menospreciado, desplazado, afectado en su autoestima, inseguro, y desea comprar ya la casa a toda costa, cerrar el trato y firmar en donde sea y como sea para evitar que otro vaya a quedarse con la propiedad, que se la gane; necesita demostrar que puede, que es listo. Un poco como en las subastas.

La señora Fernández –Nelly para las amigas y clientes- no sólo no entendía eso, sino que hablaba hasta por los codos, qué digo codos: *poros*!; hablaba tanto que resultaba evidente –para alguien con un poco de inteligencia- que con su actividad obsesiva de buena y dedicada vendedora de inmuebles y por medio de las pláticas y el chismear todo el tiempo con los clientes, trataba de sustituir al esposo, a los hijos, a los amigos y amigas que no tenía. O, por lo menos, a la comunicación que no lograba establecer con ellos.

Chismeaba y cotorreaba de todo con los clientes: desde asuntos de política internacional y misiones espaciales hasta –y principalmente, algo típico en su gremio, lamentablemente- de las relaciones íntimas y privadas y los *affaires*, pecados, problemas de alcoba y desgracias personales de sus "otros" clientes. "El Vendedor", sabe usted (así, "El Vendedor", como tratando de mantener incógnito el nombre, con respeto, como si al firmar los contratos y escrituras no fuese la gente a enterarse exactamente de quién se trataba y aun de *todos* sus datos personales: estado civil, fecha *exacta* y lugar de nacimiento, número de registro de Hacienda y los etcétera, etcétera, etcétera de "El Vendedor"), tuvo un problema serio, le digo, se peleó con la mujer, la italiana con la que llevaba ya quince años de casado, quince le digo, imagínese nada más! y ella que hasta la familia dejó en su país por venirse acá a vivir con él... y es que él viajaba mucho, por cuestiones de trabajo, ya sabe usted, y tanto viaje no ayudó, taaaanto va el cántaro al agua... como dicen, y la italiana acabó engañándolo con el cobrador del fraccionamiento, que ya no trabaja aquí, no se preocupe usted, fue despedido, pues qué es eso, no? y no es que yo la defienda cuando digo lo de los viajes, no, ella su culpa tuvo, pero es que el señor tampoco era una perita en dulce..., dicen que andaba con una compañera de trabajo y por eso el matrimonio acabó por naufragar, se pelearon y muy duro, por eso están necesitando mucho vender, es un momento inmejorable para que ustedes se hagan con la propiedad, que es hermosa, no cree usted? Yo considero que podríamos conseguir que "El Vendedor" se baje hasta un veinticinco por ciento del precio que está pidiendo, claro, yo sacrifico de mi parte un poco de comisión pero ustedes tendrían que hacer una oferta concreta ya, pues usted sabe, el momento es lo que cuenta y la oportunidad de que ahora tie…"

Todo, todo lo decía casi sin interrupciones y mientras buscaba las llaves bajo el tapete de la entrada o atrás del marco de la puerta, recogía del piso la correspondencia atrasada o la sacaba del buzón, abría puertas, ventanas, descorría cortinas, saludaba con señas a los vecinos, iba mostrando cada una de las habitaciones y accesorias de la casa y lavaba algún vaso sucio olvidado que estuviera en el fregadero. Parecía todo ensayado, tal vez perfeccionado por la repetición.

Y aunque hablase de temas más generales, como la inflación, la guerra o la cotización del dólar, los temas desembocaban invariablemente en asuntos "del corazón" –de "la vagina", más bien-; degeneraban en un "allá en esos países se casan con muchas mujeres, yo creo que por eso el árabe que vino a ver la casa ayer quedó encantado con las dieciocho recámaras; las tres mujeres que venían con él ni hablaban, pero se les veía en los ojos que la propiedad les encantó… "; o en un "hasta parece esta parte de la casa el Salón Oval de la Casa Blanca, no cree usted? Lindo, no? se va usted a sentir todo un Clinton, bueno, no, disculpe señor, no lo dije por nada malo ni con segunda intención, eh?, discúlpeme señora"; en seguida tomaba a la posible compradora del brazo, la separaba del esposo y le decía al oído- : "qué cosas, no? todo un presidente y en esos líos de faldas! Y de vestidos!, pero es que es *tan* atractivo, no cree usted? Para mí que él no tuvo la culpa, ha de haber sido seducido por la tal Mónica ésa, mosca muerta, fue todo una trampa… oiga, la mancha de semen en el vestido, para mí que ella hizo que quedase manchado a propósito, por lo menos a propósito *no la limpió*, para después acusarlo, ya sabe usted…".

Y así por el estilo.

Por supuesto que todo ello tenía su compensación cuando hablaba con la contraparte, con el vendedor, sobre el posible comprador. Entonces "El Vendedor", en este caso "La Vendedora" -que adoraba a su marido y por eso hasta estaba aceptando vender la casa que le encantaba, para irse a vivir en una ciudad del interior del país por necesidades del trabajo del esposo– se enteraba esperanzada de que "El Comprador" tenía prisa por comprar y aunque estaba regateando mucho, quizá aceptaría el precio original, pues acababa de recibir una herencia, bueno, eso decía, aunque las malas lenguas, sabe usted, dicen que tal vez se dedique a negocios no muy… tradicionales, pero, bueno, eso no es el caso, el caso es que él oficialmente es el dueño de los nuevos programas de Video-Games *Hirochi* y anda tan encandilado con su secretaria, jovencísima ella y lo que sea de cada quien muuuy bonita, eh? americana, que trabaja en la sucursal de la empresa del señor en Nueva York, tan fuerte le dio la pasión por ella, sabe usted, cosas de hombres en sus crisis de cuarentones…o cincuentones, que yo creo que se quiere divorciar de la esposa, por lo menos deshacerse de ella, pues me comentó el otro día que va a abrir otra sucursal de su negocio por aquí cerca y va a pasar mucho tiempo viajando, que ni tiempo va a tener de estar en la casa, pero yo creo que es el pretexto, eh? y por eso me imagino, aquí entre nos, que quiere mandar a la esposa y a los hijos a vivir a provincia, a una ciudad *del interior del país*, aquí cerca, no muy lejos, no crea usted, hasta eso, pero le digo que tiene *prisa*, los hubiera usted visto la semana pasada que vinieron a ver la casa, era una de arrumacos...!: besos en la terraza y en el jardín y en la alberca y en la recámara principal, parecía que les urgía, bueno, hasta creo que si yo no hubiese estado aquí, habrían representado una escena igualita a las de *El último tango en París*, aunque sin la mantequilla, claro, bueno, sólo que ellos mismos la trajeran, se acuerda usted de Marlon Brando, ya madurón? y de aquella María... María... Bueno, disculpe usted, doña Celia, usted siempre tan propia, tan discreta, tan seria y callada, que nunca dice nada y yo hablando de estas cosas, a veces me paso, no? ah! y por hablar de todo eso ya se me estaba olvidando comentarle, "El Comprador" quiere ver si le deja usted, por el mismo precio de la venta, esta columna de mármol, la que estaba como base del busto que se llevó usted, y que afortunadamente todavía está aquí en la sala, pues fíjese que ese día le bromeó a la querida que ahí va a poner un busto que le va a mandar a hacer, a esculpir especialmente para ella, con su figura *de ella*, y conste que *ella* en eso de "busto" no se mide, literalmente; quedaría muy apropiado pues está así muy frondosa, ya sabe cómo son las americanas que están dotadíííísimas aquí de arriba y si no lo tienen grandote, se lo ponen... bueno, no se me ponga tan seria..., si no quiere usted que sea "por el mismo precio", usted, o usted y su marido fijan un precio y se lo aumentamos al valor de la casa para que sea venta y no regalo, al fin que "El Comprador" tiene lana y pues la muchacha se entusiasmó mucho con la idea ésa del busto en su homenaje y la columna es linda, no?

A Doña Celia le estalló todo en el centro del estómago. Sintió hasta que se le contraían los ovarios, sal en la garganta, agua mineral en la nariz, un líquido verdoso manchó su vestido a la altura del hígado...

La verdad la había golpeado de la forma más vil y contundente, y por la vía más insospechada.

Hasta una "querida" podía perdonar, pero no que por *esa* "querida" fuese su marido a querer romper un matrimonio tan serio y duradero y menos, mucho menos, eso sí que no!, que le viera la oreja engañándola de tal manera dándole razones falsas como las que le había dado para tratar de convencerla de irse a vivir a un lugar a donde ella no quería, "*una ciudad del interior del país, aquí cerca, no muy lejos*", ¿qué iba a hacer ella allá? Y menos sin conocer a nadie! Mientras él aquí tan campante y con la gringa..., y gringa! Y en la misma casa! Eso sí no lo podía tolerar de ninguna manera; verle la cara de idiota por un lado diciéndole a ella que necesitaban vender la casa y por el otro comprándola *él* mismo aprovechando que las escrituras habían quedado a nombre de ella! (y regateando!!! el dinero de *ella*, de sus hijos!!!); y tenerlos, por la prisa absurda de comprar, viviendo en un hotel! Apresurando todo para, por algún motivo morboso, querer vivir *ahí mismo* (en el lugar donde sus hijos habían crecido!), pero ahora con la secretaria; porque la casa, la verdad, era hermosa, pero no tanto que no existieran mil más, así o mejores; entonces? Por qué *ésa*? ¿Y por qué y para qué tanto engaño?; era demasiado, se pasaba de burla, de humillación. ¡Qué retorcimiento de mente enferma infernal del marido!

Sintió que le pesaba el alma.

Aprovechó lo vacío y solitario de la casa, lo calmado de la hora, y que por haber encontrado fortuitamente a Nelly en un centro comercial –sin haber hecho cita ni llamada- y haber decidido aceptarle súbitamente ir a terminar de sacar algunas cosas que quedaban en el inmueble que quedaba tan cerca, nadie sospecharía de ella... (aunque nada de eso pensó en el momento, sólo hasta después, cuando ya iba en su carro de regreso al hotel, porque en ese momento sólo sintió la necesidad urgente de usar la incomparable oportunidad)... para descargar su rabia intensísima, su odio (que le ennegrecía inclusive la mirada) contra el marido malvado y coscolino, contra *todos* los hombres infieles del universo, contra todas las mujeres putas, *todas las mujeres*, y contra el mundo en general, junto con la base de mármol del busto, que permanecía en la sala de la casa, la que, decidida, levantó como si no pesara, con la energía ciega de su ira y descargó después dejándola caer empujándola hacia abajo con toda la fuerza de que fue capaz –en ese momento, *toda* la fuerza del universo- sobre el occipucio de la víctima para matar rápidamente, en menos de tres segundos -ni el eco del crujido del cráneo y de la caída de la columna al piso se apagaron tan rápido en la casa sin muebles-a la infausta y platicadora vendedora, quien como los habladores mensajeros de las malas nuevas de los ejércitos de la antigüedad – y en el fondo también por decir cosas tan desagradables e inconvenientes en el momento menos oportuno-, acabó, sencillamente, pagando el pato.

LA CASA RENTADA

Familia extraña. Llegó con menos maletas y con más personas de las que comúnmente lleva a unas vacaciones una familia "normal". O tal vez no era tanto el número de personas, sino que sus personalidades no encajaban en lo que normalmente uno habría podido esperar de ellas.

La abuela –por ejemplo-, a pesar de los años y de haber sido presentada como tal... despedía un no sé qué de... tal vez no era lo suficientemente vieja para *esa* familia, o quizá era que sus rasgos no tenían nada que ver con ninguno de sus hijos y nietos. Pero bueno, podía ser que la señora fuese un residuo de algún segundo matrimonio del padre de un primo lejano del jefe de la familia y ellos de cariño la llamaran: "abuela" -además, eso: durante todo el tiempo de la entrevista a ninguno de los niños se le ocurrió decirle "abuelita" ni "abuela" ni ningún apelativo similar con alguna carga afectiva, sólo un nombre seco de dos silabas que más parecía apodo despectivo-.

Los cuatro niños –dos niños y dos niñas- no sólo no se mostraban cariñosos con nadie, sino que se veían amargados, sombríos, acartonados.

Si no fuese por las edades de todos, podía haberse dicho que era más bien como una "familia" de la mafia.

El "jefe de familia", por su parte, no representaba la edad suficiente como para ser el papá de las tres hijas mayores -las que como tales fueron presentadas-, y la "señora de la casa" era mucho más joven que él, por lo que tampoco podía haber sido ella la madre biológica de las muchachas; era, evidentemente, la madrastra, y ellas, las hijas de otro hombre, más viejo, con quien ella se hubiese unido en matrimonio anterior ..., o las hijastras de *ese* señor -el que fue y al final de la entrevista firmó el contrato de arrendamiento en calidad de "papá"- con alguna esposa anterior, más vieja que él y que hubiera tenido esas hijas con otro hombre, mucho antes...

Mil posibilidades; cosas extrañas, como ésas.

O que él las llamara -de cariño- "hijas". Pero de "mucho cariño", porque *ésa* era otra cosa: a quien se fijase con más malicia o fuera más suspicaz, le tendrían que haber parecido sospechosas las caricias disimuladas tan frecuentes de ese padre a esas hijas tan crecidas y en lugares demasiado próximos a las nalgas, el pubis, los pezones...

Pero nada de eso resultó evidente ni extraño para la dueña, que confiadamente les mostró y les rentó la casa. No lo notó o no quiso notarlo. Necesitaba rentar la propiedad, recibir el dinero e irse ella misma de vacaciones. Esa misma noche.

Hasta las aves que llevaban le parecieron muy a propósito para la Navidad, y los frascos con pulposidades rojas le parecieron dulces en conserva. Bueno, la cadena que unía los brazos de las niñas le pareció de plástico!, parte de un juego cuando corrieron por el jardín tratando de alcanzar la barda.

Todo eso de que era poco equipaje, mucha gente y muy rara, y lo de las dos jaulas con el gallo y la gallina que cargaban dos de los hijos mayores, fueron comentarios de un vecino chismoso, un viejo que no tenía otra cosa mejor que husmear la calle desde la acera de enfrente, y especialmente esa casa, mucho más atractiva para él por la diversas familias, parejas y muchachas en bikini que frecuentemente la rentaban para fines de semana. Y desgraciadamente para muchos, fueron comentarios "tardíos", pues el viejo sólo comenzó a hacerlos a los policías y vecinos una vez que la desgracia y la carnicería ya habían acontecido.

Al viejo curioso ni el perro que llevaban le pareció perro, se le figuró más una hiena o un lobo; pero ya no confiaba en su vista cansada, menos a esa distancia.

La dueña salió, se despidió de él y de la puerta ya cerrada de su propia casa -pues a nadie de la "familia" le importó esperar para verla partir-, se subió al carro y partió; el viejo se levantó, arrastró la mecedora para dentro de su casa y fue a buscar en el refrigerador algo para cenar.

No vio llegar, cinco minutos después, silenciosos, los dos autos con gente que entraron al garaje de la casa rentada como si les hubieran abierto el portón en el preciso momento por estarlos esperando. Cuando él se sentó con su plato de *Corn-Flakes* en la mecedora, ya en la sala de su casa, frente a la ventana por el lado de adentro para seguir espiando, vio solamente, al otro lado de la callejuela, el mismo panorama que había dejado minutos atrás, sólo que ya de noche: la casa de tres pisos, a oscuras, con todas las ventanas cerradas y cortinas corridas y -a todo lo largo de la planta baja- la barda sólida de tres metros de altura con el gran portón de lamina negra completamente cerrado.

Una hora después prendió la televisión, pero la apagó en seguida pues se abrió ligeramente el portón y salieron tres muchachas de unos veintiocho, veintinueve años –las "hijas" demasiado "viejas" para *esa* pareja de esposos-. Al viejo le pareció más interesante el espectáculo de las tres mujeres en shorts que el noticiero de la televisión.

Se le hizo raro ver que salieron de la casa por el portón del garaje y no por la puerta de la casa. Las siguió con la mirada y cuando casi llegaban a la esquina, se levantó y salió de su casa lo más rápido que pudo para ver a dónde iban, si seguían por esa misma calle o daban vuelta en la esquina; pero por la hora, sus piernas lentas y la distancia, no pudo ver ya nada.

Caminó entonces disimuladamente, como buscando algo en el piso; cruzó la callejuela y se acercó a la barda de la casa rentada. Avanzó a lo largo frente al portón, lentamente, tratando de percibir ruidos o voces en el interior. Pasó luego frente a la puerta más pequeña... y ahí ya alcanzó a oír algo. Ruido de tambores (bombos?), un par, tal vez tres –sus oídos ya tampoco ayudaban mucho- y muy lejos, lejanos realmente, aunque él tuvo la certeza de que provenían del interior de *esa casa*. Se detuvo y aguzó el oído, luego vio al fondo de la calle por si regresaban las mujeres.

A los tambores se sumaron maracas (o sonajas?) y luego voces, de hombres, mujeres y niños como cantando, como murmurando al unísono una melodía repetitiva, hipnótica, especie de macumba, mandinga... algún ritual ancestral de tierra caliente en profundidades amazónicas.

Cuando las muchachas regresaron, el viejo estaba acostado en su cama con dolor de cabeza. Le había costado mucho trabajo sustraerse al encanto de los sonidos rítmicos y los sonsonetes que había escuchado desde afuera en la casa rentada.

Había tenido que obligarse a volver en sí para salir del estado hipnótico y después, con un miedo inexplicable y una urgencia terrible por retornar a la seguridad de su casa, sin entender por qué sentía tan pesadas las piernas –mucho más que de costumbre-, se había arrastrado, materialmente, al cruzar la callejuela volteando a ver preocupado a las ventanas cerradas de los pisos superiores de la casa rentada y a la penumbra del final de la calle. Huía sin saber de qué.

Desde su recámara en el piso superior de su casa oyó que abrían el portón y a pesar del dolor de cabeza se levantó para ver, pero, por su lentitud, llegó a la ventana cuando ya no había nadie –de nuevo- afuera de la casa de enfrente. Las luces seguían apagadas, las ventanas cerradas, las cortinas corridas.

El viejo se regresó a su cama, se sentó, tomó otra pastilla para el dolor, echó un vistazo más a la casa de la familia misteriosa, apagó la lámpara y trató de olvidar y dormir.

Al día siguiente, después de responder a las preguntas de los policías, chismearía con los vecinos y vecinas de la cuadra que el dolor de cabeza le duró toda la noche, que seguían rebotándole en el cerebro los tambores y voces machaconas que había oído y que como una hora después de irse a acostar le pareció ver desde su cama que por detrás de las ventanas cerradas de la casa rentada se veían unos reflejos, unas "*como luces*", como si hubiesen corrido las cortinas sin abrir las ventanas y hubieran prendido varias velas. Y que las "velas" se movían. Pero estaba demasiado cansado y no supo si todo eso era real o producto de la somnolencia. Inclusive el ruido de dos carros saliendo del garaje y los rechinidos del portón le parecieron parte de su primer sueño.

Los vecinos y los reporteros y periodistas que llegaron poco después lo escuchaban como a gurú hindú o a chamán de tribu. Repartían sus miradas entre la narración del viejo y las ambulancias que entraban y salían, iban y llegaban.

Era todo un desbarajuste.

La dueña de la casa tardó dos semanas en enterarse pues hasta después de ese tiempo volvió de sus vacaciones. En la isla que visitó no había ni teléfono ni televisión y la radio no dio una cobertura amplia a la noticia.

Se desmayó después de ver el estado de la casa, exactamente después de ver las Polaroid que le mostraron los agentes. Por medio de ellas –y a través, en el sentido más literal del término- era posible darse una idea de lo que había ocurrido aquella noche; no hacía falta ser un Sherlock Holmes.

Habían matado a trece integrantes de la familia, "abuela" incluida. Al gallo y a la gallina también –y no para cenarlos en la Nochebuena-. No perdonaron a nadie, ni a los dos niños menores de ocho años, ni a las dos niñas, de seis y cinco -aún encadenadas, una de ellas con la cadena rodeándole el cuello, estrangulada, la manita torcida hacia atrás-. La mayoría de los cuerpos desventrados estaban en la sala y el comedor; tres en los muebles, bien sentados, con la ropa toda roja y gran parte de las vísceras de fuera.

Las cinco "hermanas", incluidas las dos menores que tampoco parecían hijas de la pareja -contra lo que el esposo y la esposa le habían declarado a la dueña- y las tres mayores que habían salido a comprar, habían sido decapitadas y sus cabezas echadas, cada una, en cada una de las tazas de los cinco baños. El pelo de las que lo tenían más largo sobresalía de las tazas y se empantanaba en el suelo con la sangre. Los ojos de algunas –a las que no se los habían sacado- estaban muy abiertos; los cuerpos de ellas, casi todos, con la ropa vuelta carmesí, en las escaleras de la casa. Unos, llevados hasta ahí después de muertas; otros, hasta después de decapitadas; y otro con claras muestras de que la joven fue alcanzada cuando trataba de huir hacia arriba de la casa.

Los cuerpos de los niños y de la vieja no mostraban sangre ni órganos por fuera, sólo en la cabeza, pues habían sido asesinados a golpes en el cráneo con una pesada pieza roma de hierro.

En toda la casa había manchas y charcos de sangre y excrementos, tal vez producto del relajamiento involuntario de los esfínteres; en las paredes, con las diferentes substancias orgánicas, habían escrito diversas leyendas en idioma desconocido.

Pero los agentes le comentaron a la dueña que eso fue escrito principalmente con la sangre de las aves; como le explicaron también que –aunque en las fotos tal vez no se percibían, o ella no estaba acostumbrada a notarlos- casi todos los cuerpos presentaban los agujeros de las balas de dos o tres disparos, aparentemente de la misma arma -por lo menos del mismo tipo- y que era muy probable –según se desprendía del análisis de la ropa y la piel en aquellos tiros que habían sido dados de muy cerca- que hubiese sido un arma con silenciador.

En la lavadora encontraron un par de lenguas, pero todos los cuerpos tenían la suya, así que sólo que fueran del papá y la mamá, pero parecía que el peritaje que estaba por salir indicaba que eran de adolescentes y descepadas tiempo atrás, una hasta tenía rastros de formol.

Afuera de la lavadora: dos orejas –de cuerpos diferentes- y dos escrotos, vacíos, sin testículos. De hecho, las mismas consideraciones -o casi- que con respecto a las lenguas.

En la estufa, dentro de un par de ollas, huesos de pies humanos; pero a nadie de los de las fotos le faltaba ninguna parte del pie.

La policía estaba haciendo los análisis para ver si era posible que pertenecieran al "papá" y la "mamá".

Para ese momento estaban seguros de que no era una familia en el sentido más tradicional de la palabra y los análisis de DNA mostraban que varios no estaban genéticamente emparentados, incluidos los dos "hijos" mayores, las tres "hijas" más grandes, los cuatro niños (pobrecitos) y la "abuela"- como atinadamente había supuesto el viejo curioso.

Del perro nadie se acordó.

Los cuerpos del supuesto papá y la supuesta mamá de la familia no fueron encontrados, pero –por los cuatro caminos de sangre reseca, en algunos puntos brillantes como laca, que iban de la estancia de la casa hasta el riachuelo que pasaba en los límites del jardín del fondo- la policía pensó que fueron arrastrados y echados al agua después de asesinados y retazados.

El viejo chismoso habría satisfecho su curiosidad si hubiese podido ver cómo los mataron; o por lo menos, cómo los llevaron hasta el riachuelo. Pero no pudo ver ni curiosear; sólo chismear al día siguiente sobre lo que a él le había parecido extraño y sospechoso. De todo lo demás, por lo menos en esos momentos y antes de que muchos detalles salieran en la televisión, no supo nada, como casi nadie en la cuadra.

Yo sí supe. Observé desde la llegada de "la familia" a la casa de al lado de la mía, hasta la llegada y salida de los dos autos con los "discípulos" y "proveedores" y todo lo que el viejo de enfrente anduvo haciendo de curioso cerca de la barda de la casa y en medio de la calle, y hasta todo lo que ocurrió dentro de la casa rentada cuando, uno por uno, iban muriendo; yo sí vi cómo estuvo todo, porque *yo los maté, a todos*, bola de debiluchos maricones, desviados esclavizadores pornográficos pederastas, torturadores infelices, escoria social jugando a los malignos y al más allá, los aniquilé después de estar cuatro horas sin poder dormir, escuchándolos, y de que ya no soporté más oír sus payasadas de dizque ritos satánicos, brujerías, misa de secta de drogados con hongos alucinógenos o qué se yo? Semejante escándalo…! Habráse visto…, y a esas horas, y por estos rumbos de decencia, en un barrio que ni era el suyo! Faltaba más!!!

UNA SEÑORA ESPECIAL

La casa era vieja y fea pero muy grande, grandísima. No sólo en su dimensión total y por el número de cuartos, sino también por el tamaño de sus habitaciones, algunas de setenta u ochenta metros cuadrados y con techos de hasta siete metros de altura.

Estaba ubicada a quince cuadras del centro del pueblo – específicamente, del parque municipal y la iglesia –en la calle Zapata, rumbo al mercado viejo y la salida a Temepa. No era posible pasar por ahí sin notarla y quedarse un buen rato viéndola desde afuera de la reja, preguntándose qué onda con esa casa y buscando a alguien por ahí o en la acera del frente a quien poder preguntarle *qué onda con esa casa*, quién la construyó, de quién es, quién vive ahí…?, pero nadie aparecía, pues la gente del pueblo evitaba inclusive pasar cerca y ya había dejado de ver el caserón con coraje y con miedo para – por la costumbre – ignorarlo prácticamente al caminar por aquella calle. Pero siempre de lejos.

Terqueándoles mucho a los vecinos, que demostraban un miedo visceral a responder sobre ese asunto y a tratar el tema, podía sacárseles algo de información, siempre tras una renuencia obcecada: que desde que ellos y sus padres tenían memoria la casa había estado allí; que era de la familia Íñiguez; que la habitaban sólo dos personas: una señora de unos cincuenta años y una vieja, viejísima, malhumorada, peleonera e insoportable… *mala* en una palabra, y que era la dueña. Sólo eso. Ah! Y que ni se le ocurriera a uno tocar para tratar de hablar directamente con ellas porque tenían algo que hacía que los que se les acercaban acabaran muertos o en desgracia; como el pordiosero que tocó y tocó y tocó hasta que le abrieron, porque quería pedirles comida y ropa y unas mantas para el frío y luego acabó sin comida, sin ropa y sólo con la manta para cuerpos fríos que le echaron encima los del consultorio médico cuando lo dieron por muerto después de atropellado, lueguito de haber partido con sus cajas destempladas para cruzar la calle cuando la vieja le gritoneó que si no entendía que no tenía ropa que darle, ni nada, y que dejara de molestar y se fuera mucho a la chingada (se lo gritó desde la planta alta y sin que nadie bajase a abrir la reja de la entrada, por lo que resultaba sorprendente oír esa voz, tan potente desde allá, en un cuerpecito enjuto enjuto como el de la vieja); o como el grupo de estudiantes que insistieron con la señora más joven, que era, por así decir, la cuidadora, que los dejara pasar para conocer por dentro la casa y tomar medidas y hacer un estudio para su curso de Historia de la Arquitectura Mexicana II, en la Universidad del Estado, y acabaron violados y acuchillados, amarrados a unos árboles y comidos por los zopilotes la tarde de ese mismo día en que ante la negativa de la cuidadora de la casa decidieron irse a un día de campo y pasarla con calma allá en las afueras del pueblo, rumbo a Copil, en la Cascada del Muerto; o como el gringo que estuvo tome y tome fotografías de fuera de la casa y luego insistió en entrar a tomarlas por dentro, y como la vieja desde arriba le gritó lo mismo que le había gritado al pordiosero tres años antes, decidió él irse a comer al restaurante frente al parque mientras le revelaban en la farmacia el rollo con las fotografías de la extraña mansión que le urgía analizar con detenimiento, y resultó balaceado en la trifulca que se armó entre dos pandillas rivales a unos metros de la caja donde él en ese momento pagaba la cuenta.

Así que todo apuntaba a una especie de maldición que las señoras, especialmente la más vieja, sangrona, gritona y cascarrabias, echaban sobre los intrusos, pedigüeños y metiches, haciendo que su vida acabara en tragedia. Tragedia en serio. Y rápido.

Por eso, a cualquier persona del pueblo que viese cómo Don Antelmo, el cuidador del cine, llegó y tocó, habló unas palabras con la señora que casi en seguida bajó hasta la entrada del jardincito, y entró con ella poco después a la casa, sin ceremonias y en confianza, esa escena le habría llamado mucho la atención. Algo insólito, inédito.

Pero la señora: Doña Elvira, cincuenta y seis años, metro sesenta y cinco de estatura, delgada, cabello negro muy pintado, camisa blanca y pantalones de vestir café oscuro, tenía especial interés en ese visitante y lo atendió a cuerpo de rey.

Él le explicó que ya en muchas ocasiones había pensado ir a visitarlas y aunque se decían y sabían muchas cosas de esa casa, él no las creía o por lo menos no creía que las dos señoras tuvieran nada que ver directamente con esas cosas, y además, él necesitaba realmente otro trabajo pues estaba solo en el mundo desde hacía seis meses, cuando la muerte de su padre, y necesitaba hacerle unas reparaciones a la casa que le había quedado como herencia, para poder venderla a un precio decente y no tener que malbaratarla; con su sueldo del cine no alcanzaba…, además estaba lo de que el dueño del cine ya no quería que Don Antelmo hiciera uso del pequeño cuarto junto a la salita del proyector. Tal vez la Señora Íñiguez, la dueña de la casa, quisiera darle trabajo, al fin que era un caserón muy grande y con seguridad se necesitaba más gente para cuidarlo y darle mantenimiento…

A Doña Elvira todo lo que el hombre le estaba diciendo le venía como anillo al dedo. Estaba complacida y, aunque Don Antelmo nunca le había caído bien, de vista, cuando pasaba ella por enfrente del cine, ahora hasta simpático lo estaba encontrando con esa su formalidad, su hablar muy propio y educado y su mirar constantemente, mientras hablaba, a las grandes paredes y los techos altísimos de la estancia de la casa.

-En efecto- le dijo Doña Elvira-, y no sólo eso, yo de hecho ya no voy a poder trabajar aquí. Mi hija la menor tuvo ya su niño y necesita que yo la ayude durante un tiempo en su casa allá en Xalapa; ya ve usted cómo son las mujeres de las nuevas generaciones, no aguantan nada, no saben nada, se quejan de todo.

Don Antelmo se rió, sobre todo para ir de acuerdo con la risa espasmódica de la señora. Luego, recordando lo que se decía en todo el pueblo, le dijo:

-Y… la señora… Doña…

-Teresa- lo ayudó Doña Elvira.

-Doña Teresa, gracias, estará de acuerdo? He oído decir… usted sabe… que es una señora "muy especial", usted disculpe…

-No se preocupe, Don Antelmo! -le dijo Doña Elvira desenfadadamente-, son chismes y cosas que se dicen; ya usted sabe: pueblo chico…infierno grande, y usted sabe cómo es la gente, le encanta agregarle y aumentarle a las cosas, salar de más la "ropa vieja" –se rió, Don Antelmo también se rió-; pero usted mismo sabe que no es el león como lo pintan; Doña Teresa, desde la muerte de Raulito, su bisnieto, quedó muy triste y acabada y casi ni sale de su habitación, y tiene la gran ventaja de que a pesar de su edad ella solita hace todo lo de su aseo personal y su comida, bueno, hasta la limpieza de su cuarto la hace ella! y a su edad…, así que usted sólo tendrá que preocuparse por hacer el jardín, limpiar de vez en cuando la casa, que ni se ensucia mucho pues casi siempre las puertas permanecen cerradas… y punto. Pagar los servicios, lógicamente. Pero tiene usted la ventaja de que la casa es tan grande que puede usted escoger dormir cada noche en una habitación diferente… y están tan grandes que podrá sentirse como un sultán de oriente, completamente a sus anchas, y a la mañana siguiente estirarse a todo lo que dé, sin miedo, ja, ja …

Don Antelmo se rió una vez más medio forzado, y ésta, con la sensación de que la futura ex cuidadora estaba tratando de embarcarlo. Pero él necesitaba más dinero y no le había gustado nada el detalle de no poder usar ya más el cuartito aquél del cine. Ahí, en el caserón, tendría lo fundamental: casa, comida y dinero. Y por lo que Doña Elvira le fue explicando y ofreciendo, muy buen dinero.

No le fue difícil entenderse con la mera mera: la vieja Doña Teresa Íñiguez. De hecho no había mucho qué entender. La vieja salía rara vez de su cuarto, le daba muy pocas instrucciones y sólo una que otra noche, allá muy de vez en cuando, iba ya tarde hasta donde él estaba cenando o leyendo, en el otro extremo de la casa, para quedarse a platicar un par de horas; y eso de platicar también era un decir, porque llegaba, decía con amargura y de malas un par de cosas, principalmente de su vida de mujer joven y de después, cuando murió su hijo Alberto, y lo demás se le iba en quedarse callada o responder con monosílabos o gruñidos a lo que Don Antelmo, más que nada por quedar bien, a su vez, le comentaba.

Los días los pasaba Don Antelmo haciendo el pequeño jardín del frente y el más grande de atrás de la casa y limpiando o reacomodando muebles usualmente limpios y ya acomodados. Por las tardes leía.

Las únicas instrucciones determinantes, repetidas hasta el cansancio por Doña Elvira antes de irse a Xalapa, fueron: Nomás no le vaya usted a hablar nunca a Doña Teresa si ella no lo llama o lo busca a usted primero, se nos pone muuuuy de malas; y no deje entrar a *nadie* a la casa, *por ningún motivo*, entendió? Así le diga la persona que viene de parte del Secretario General de las Naciones Unidas a ver a Doña Teresa, o le diga que es el nieto de Doña Teresa que se fue a estudiar a Suiza, usted no me los deja entrar, está claro? por *ningún* concepto ni motivo, le digan lo que le digan; y los despacha rápido, que no estén aquí enchinchando demasiado pues luego Doña Teresa se desespera de oír desde su cuarto las insistencias y abre la ventana y se pone a echar pestes y maldiciones y gritos y eso no es bueno ni para ella ni para su salud ni para la salud de las personas a las que se los echa – se rió –, ya usted ha oído; y no vaya a ser la de malas, que aunque se dicen muchas cosas que yo no creo que sean ciertas - bajó la voz sin dejar de continuar acomodando sus ropas en la maleta-, como aquello de que Doña Teresa fue realmente quien asesinó y descuartizó a su hijo Alberto, no vaya a ser la de malas y acabe por lo menos siendo cierto eso de que sí tiene ella poderes especiales y les echa la sal y la maldición a las personas y les desgracia la vida para siempre únicamente con el poder de sus gritos.

En el primer año que Don Antelmo estuvo trabajando en el caserón, habrá platicado con la vieja unas doce veces, a razón de una por mes. Por su parte, Doña Elvira nunca regresó en todo ese tiempo. Don Antelmo acudía mensualmente a retirar su paga de la caja fuerte Woodward and Kline que estaba empotrada en una de las paredes del sótano; con la combinación que Doña Elvira le había dejado escrita en una hoja de cuaderno y que le dio recomendándole que no fuera a tomar cantidades mayores que las acordadas y *nunca* en días que no fueran el último de cada mes, Don Antelmo abría la pesada puerta de uno y medio por dos metros y, quedándose deslumbrado por los billetes apilados en fajos muy ordenados y las monedas grandes, antiguas, de oro del tesoro familiar, sintiéndose él mismo millonario y partícipe de algún modo de toda esa riqueza al dejar la parte de su pago ahí guardada, y sabiendo que en realidad no necesitaba mayor cosa para sus gastos y que las mejoras a la casa heredada podía irlas haciendo poco a poco ahora que ya no le urgía el dinero de la venta para su propia manutención…, decidía mejor no sacar nada, ni un centavo de lo "suyo", y ahí mismo lo dejaba; simplemente lo separaba y lo acomodaba mes a mes en un rincón diferente de la caja donde él iba haciendo su propia y personal "caja de ahorros".

Un día sacó veinte mil pesos para compra de comestibles y pagos de luz, agua, alumbrado público y gas. Los llevó al único banco que existía en el pueblo y abrió una cuenta de cheques a su nombre, con tarjeta de débito y toda la cosa, para ir haciendo los pagos cuando se necesitare. Le gustaba sentirse rico, con posibilidades económicas y sobre todo, pasar por enfrente del cine para que todos lo vieran ir directamente a sacar dinero del único cajero automático de la localidad.

Por lo demás, trataba de hacer las cosas lo mejor posible, cumplido, preciso y ordenado, cuidando tanto en su trabajo como en sus esporádicas conversaciones con la vieja Doña Íñiguez, de no incomodarla o alterarla. Lo ponía muy nervioso imaginar que la vieja podría exasperarse y comenzar a gritar y a despotricar contra él, con las presumibles consecuencias fatídicas del caso.

Sólo un par de veces pensó en salirse de lo estipulado o saltarse las trancas. Una noche de viernes en que, sospechando acertadamente que esos días Doña Teresa no lo buscaría para platicar, llevó a una tal Ifigenia Ivonne a beber, leer poemas y dormirse con él en una de las habitaciones del fondo de la casa, se encandiló con los encantos y habilidades sexuales de la muchacha y la mantuvo en ese dormitorio durante todo el fin de semana.

Otro día, viendo el interés que la casa despertaba en los turistas que llegaban al pueblo, deseoso de llevarse a Ifivonne (como ya le decía) a vivir con él y entusiasmado con las posibilidades comerciales del caserón, se le ocurrió que podrían destinar toda una de las alas para recibir huéspedes, estudiantes, turistas – todos por tiempo limitado, por temporada- y (por qué no?) hasta colocar un cartel afuera pintado con plumones de colores, ofreciendo recorridos por la casa guiados por él, convirtiéndola en una especie de museo de la cultura, las costumbres y la historia de la región. Fue tanta su exaltación que estuvo a punto de violar la norma de no ser él quien tomase la iniciativa para hablar con Doña Teresa, pero afortunadamente se contuvo a tiempo y ahí la dejó. Luego, cuando al mes siguiente la vieja lo buscó para conversar algunas cosas, las de siempre, a él se le había pasado la calentura. Tal vez porque Ifivonne se le fue con uno de los turistas que llegaron de Canadá aquel verano.

Personas tercas en querer entrar o tomar fotografías por dentro, hasta eso, fueron pocas en el primer año: unas tres y otro grupo de estudiantes. Principalmente con los del grupo se puso nervioso pues terqueaban mucho y hacían el típico alboroto insistiendo, vacilando y echando relajo. Él trataba por todos los medios de correrlos y volteaba angustiado a ver la ventana del cuarto de la vieja en la planta alta, con miedo de notar que se abriera y asomara la cabeza blanca casi calva y comenzase a gritar y echar sus imprecaciones. Aunque él no creía en la existencia de ese tipo de poderes sobrenaturales en las personas, lo mejor era no buscarle, por si la dudas; como decía él, por aquello del no te entumas.

Durante el segundo año la vieja como que fue agarrando

confianza y llegó un total de treinta y seis veces hasta los lugares donde Don Antelmo dormitaba, veía televisión o leía; exactamente a razón de tres por mes. Llegaba muy de malas cuando la televisión estaba prendida, hacía una mueca de disgusto en dirección a ella y esperaba a que Don Antelmo comprendiera y la apagase. Después se quedaba hablando de sus cosas; nunca preguntaba nada y si Don Antelmo decidía comenzar él a platicarle de sus propios asuntos o episodios de su propia juventud, Doña Teresa simplemente no lo escuchaba; comenzaba a hablar encima de él. Los asuntos del nuevo cuidador le tenían sin cuidado.

Don Antelmo no se sentía bien platicando con ella; la soportaba sólo en calidad de dueña y patrona. Su imagen decrépita, su descuido en el vestir – casi siempre muy sucia y chorreada – y la posibilidad de cometer él algún error y provocar que ella se enfureciera y empezase a gritar, lo ponían nervioso. Pero con el paso de los meses fue descubriendo que lo que en realidad sentía al verla y conversar con ella era una tremenda tristeza. Unas ganas terribles de llorar.

Y en aquel diciembre, a finales, volvió la antigua cuidadora, Doña Elvira.

A Don Antelmo le costó trabajo reconocerla. Llegó muy arreglada y muy pintada de la cara, pero su ropa parecía comprada en alguna tienda de ropa usada de carácter para obras de teatro, carnavales o fiestas y producciones "de época"; o sacada del departamento de vestuario de algún gran estudio cinematográfico o de televisión: parecía una señora de edad, extraída directamente de una pintura de exteriores de Auguste Renoir.

Después de la sorpresa inicial, ya sentados en la sala inmensa, Don Antelmo tuvo ánimos para preguntarle diplomáticamente dónde había comprado su ropa o en dónde la había mandado a hacer. La señora se rió, como siempre, y le dijo de muy buen humor:

-Entiendo lo que usted *realmente* quiere decir, Don Antelmo, yo entiendo, ja, ja; se le hace rara, no? Pero fíjese que no la compré, por lo menos no ahora, ya tiene tiempo; lo que pasa es que mi mamá nos dio el mejor consejo que una madre le puede dar a una hija: no vendas ni regales nunca tu ropa vieja, consérvala toda la vida, aunque se te haga mucha, o difícil conservarla o incómodo llevarla contigo cuando te cambies de casa; así nos decía, Don Antelmo, que no hay que deshacerse nunca de la ropa vieja de una, pues con el tiempo, además de traerle a una recuerdos muy bonitos, servir para ir a fiestas de disfraces y a carnavales, y hasta para alquilársela a veces a artistas o productores, o para vestir a las propias hijas de una, acaba cualquier ropa poniéndose siempre otra vez de moda y así una no tiene que comprar de nuevo ropa de ese estilo cuando regresan las modas pasadas; y con la ventaja de que es ropa original !Ja! Bien dicho!, no le parece a usted, Don Antelmo?

Don Antelmo sonrió nervioso preguntándose si él estaría ya tan alejado de la moda y de la realidad del mundo exterior a ese pueblo y a ese caserón, que ni idea tenía de lo que se estaba usando; ¿sería *ésa* la moda actual?

En el transcurso de la plática, después de tratar de justificar su larga ausencia, Doña Elvira preguntó con mucha curiosidad por Doña Teresa. Don Antelmo contestó generalidades.

-Pero… alguna otra cosa… no ha sucedido? – preguntó.

-¿Cómo qué? ¿"Alguna otra cosa…" como *qué*? – preguntó Don Antelmo.

-No… digo, nada más si no ha notado usted alguna cosa diferente o extraña en Doña Teresa; si no ha habido algún *problema mayor*, algo que se salga, digamos… de lo normal, algo… "malo", no sé… dígame usted sin pena, conmigo no hay problema, puede tenerme usted confianza.

-No, nada que yo recuerde- dijo el hombre frunciendo el ceño-. Bueno, sólo que independientemente del mal humor y reacciones violentas de Doña Teresa en algunas ocasiones, está lo de que se pone muy de malas cuando llega y yo estoy viendo la televisión…

Doña Elvira sonrió, extendiendo solamente las comisuras de los labios, sin abrir la boca, como si tuviera sucio un diente y no quisiera que se le viera. Don Antelmo, sin saber por qué, sintió un escalofrío.

-Yo creo- dijo Doña Elvira –que ya tiene usted aquí el suficiente tiempo como para decírselo, ya es usted, como quien dice, *de la casa*… y además, ya está usted grandecito. Lo que me sorprende es que no se haya dado cuenta- lo tomó de la mano como para tranquilizarlo, inclinó su cuerpo acercándose a él sin levantarse del sofá, vio hacia arriba, en dirección al cuarto de la vieja y le dijo a Don Antelmo, en secreto-:…la señora Doña Teresa de Íñiguez, que en paz descanse, *murió* hace *noventa y cinco años*.

Luego de un rato en que Don Antelmo quedó mudo y pálido, sin moverse, oyendo sin oír el ruido de las voces de unos niños que jugaban afuera, a lo lejos, en la calle, Doña Elvira agregó:

-Los mismos años que ella aparenta tener, verdad? A poco no parece de noventa y cinco años?

Don Antelmo retiró su mano de debajo de la de Doña Elvira y se

96

levantó rápidamente:

-Pero … cómo?! ¿Qué diablos dice usted?!- le temblaba el labio superior.

-No meta al diablo en esto, Don Antelmo, que ésas sí son palabras mayores- lo tomó de la mano-, siéntese, por favor- el hombre se zafó una vez más y dio un paso atrás con mucho miedo-, déjeme explicarle; *se lo ruego*.

Don Antelmo no se sentó, pero dio a entender con la expresión de su cara y la actitud de su cuerpo que estaba dispuesto a escuchar. De hecho *necesitaba*, quería escuchar, comprender. Doña Elvira se quitó el sombrero, se acomodó recostándose en el respaldo del sofá y le dijo:

-No es tan complicado. Contra todo lo que puedan ser sus creencias y por encima de las interpretaciones simplistas del pueblo… los fantasmas *existen*. Los muertos *viven*. La señora Doña Teresa Íñiguez ha habitado en este caserón desde una semana después de que murió, que fue cuando comenzó a aparecerse, unas veces sí y otras no pero siempre así a lo largo de ya casi cien años, figúrese usted. Y claro que había que hallar el modo de mantener esta casa activa y cuidada para que Doña Teresa tuviera su propio ámbito, su propio espacio, su universo particular para andar penando y así por lo menos y a su modo, no penar demasiado. No se crea, matar, descuartizar y comerse a su hijo no le fue fácil, ni antes, ni en el momento, ni después de hacerlo. Como no fue fácil nunca encontrar gente que no se espantase ante sus apariciones y aceptase seguir trabajando como cuidador… o cuidadora, que ya ve usted que hubo una época en que nadie quería ni oír hablar de esta casa ni de Doña Teresa, y costó muchísimo trabajo encontrar a alguien; por eso acabaron llamándome a mí, que aunque yo, lógico, no tengo ningún problema con eso de los fantasmas y me parezco en muchas cosas a la vieja Doña Teresa, no se crea usted, llegó un momento en que ya tampoco la aguantaba y por eso decidí agenciarme a alguien que me sustituyera; en este caso… *usted*. Ah! Y lo de la televisión es porque a los fantasmas la televisión les da miedo, los espanta, ahí son ellos los que corren o se incomodan; para ellos las imágenes de la televisión son, como si dijéramos… sus fantasmas! Los fantasmas de su propio mundo. Me entiende?

Don Antelmo la escuchó sin parpadear ni mover un músculo siquiera, ni cuando la señora acabó la explicación con su risa entrecortada, escalofriante; luego dio él un paso atrás negando con la cabeza y le recriminó:

-Caray, ¿y cómo me tuvo usted aquí?! Conviviendo con una *muerta* todo el tiempo, exponiéndome a tanta cosa – la estupefacción iba dando paso en el cuerpo del cuidador a la ira contenida, casi a punto de estallar; subía gradualmente el tono de la voz, la endurecía-, haciéndome de su pendejo sin decirme ni explicarme ni aclararme nada! Y yo viéndola a ella llegar y caminar y teniendo miedo hasta de que se enojara conmigo…y … hasta platicando con *ella*!!!

-¿Y qué quería usted, Don Antelmo?- le respondió Doña Elvira, sonriendo con mirada dulce y extendiendo su brazo derecho sobre el respaldo del sofá-; qué, a poco si le decía yo que lo quería para cuidar esta casa de fantasmas y que se le iba a aparecer a veces esa vieja muerta esquelética, gruñona y mugrosa en medio de la noche y hasta a veces en medio del día, iba usted a quedarse muy tranquilo y a aceptar venirse a trabajar así nomás, como si tal cosa?

Don Antelmo no se movió. Sintió que los escalofríos de pánico le calentaban la médula y que quería correr hasta el fin del mundo y seguir corriendo después y no parar nunca, pero sólo alcanzó a orinarse y a defecar de miedo, de terror absoluto cuando comprendió todo, cuando acabó de escuchar a Doña Elvira y la vio reír casi en silencio pues su risa iba diluyéndose gradualmente en la resonancia del gran salón, como disolviéndose iba la imagen de la mujer cada vez más tenue, desapareciendo, ahí mismo, frente a sus propios ojos de hombre estupefacto, dejando el sofá vacío, ya sin nadie encima.

El aniquilamiento de su propia dignidad le hizo bajar la cabeza, pero la humillación de verse él también deshecho, insignificante, inexistente –sólo patente en la realidad de sus orines y excrementos-, le dio la punzada de valor, antes de morir del corazón, para gritar con inmenso coraje a los cuatro vientos:

-¡¡¡¡HIJAS DE SU PUTA MADRE!!!!

RECUERDOS DE UN SUEÑO COMPARTIDO

Si la esposa de mi tío, o lo que fuera de él, hubiese visto que no era uno sino *un_millar*...habría hecho más, mucho más que dar el salto que dio y habría llegado seguramente hasta la playa y aventádose al agua gritando desesperada ayayay tratando de alcanzar el promontorio o, en su angustia febril por escapar, habría hasta conseguido correr sobre las aguas, sin hundirse en la superficie líquida, sólo por el milagro de la inconsciencia (como los ojos que no ven o así como estoy tronando estos dedos...fácil, automáticamente y sin saber ni cómo, porque si me preguntan, tengo que contestar que ni en cuenta).

Pero ella vio sólo uno, saltó y gritó simultáneamente, y cuando se medio repuso de la impresión e imaginándose que si no se retiraba ya el animal le apresaría el dedo gordo del pie o su tobillo con las inmensas tenazas, abrió las piernas como si el poner distancia entre ellas fuera garantía de seguridad y luego corrió dando saltitos, con miedo de pisar animales imaginarios y llegó hasta la puerta de la casa nada más, donde tocó y tocó sin que le abrieran rápido porque mi tío escuchaba música en su cuarto con la televisión a todo volumen, la sirvienta estaba en el baño del cuarto de servicio y yo andaba con mi novia a seis metros de la orilla del mar tratando de pescar algo para comer, pero más bien, sólo para tener pretexto de juguetear con ella y verla sonreír fascinada con el aparecimiento de los peces.

Contó mi tía –así fue como acabé por llamarla pues prácticamente hacía vida de casada con mi tío y creo que tomaba su papel hasta más en serio que una verdadera esposa - que ante la desesperación de que tocaba y tocaba y nadie le abría, corrió para darle

99

vuelta a la casa y entrar por la parte de atrás, que en realidad era la parte de enfrente, la que daba a la playa, y casi al llegar a la esquina de la construcción para doblar y enfilar hacia el poniente, nada más por ver en dónde estaba el animal, volteó a ver el jardín entre las matas y ahí fue cuando se paralizó: montones y montones, cientos, miles de cangrejos como aquél que casi le prensara con sus tenazas los dedos unos segundos antes, corriendo ahora desaforados hacia donde ella estaba, en una apasionante carrera por llegar al mar, por existir.

Ese día Raquel y yo no pescamos mucho, pero no fue importante porque nos divertimos de más y yo alcancé a abrazarla cuatro veces cuando estábamos con el agua hasta la cintura y a darle dos besos largos laaargos que hasta el día de hoy me acuerdo; y luego, claro, estuvo que cuando llegamos a la casa ya se le había pasado a mi tía el susto y ya le había explicado mi tío que en esa época del año siempre se dejaban venir los cangrejos jóvenes desde las aguas de la laguna hasta el mar y que él se había espantado igual la primera vez y etcétera etcétera y beso y apapacho y etcétera en medio de la explicación –según me contó la sirvienta en la noche-, todo para calmarle los nervios a mi tía y toda la cosa, más que nada, para toda la cosa; y de la historia de los cangrejos la evidencia era contundente: dos ollas grandes de corazas hirviendo en la lumbre después de que pasado el susto mi tío y la criada -y hasta un poco (y a veces) mi tía perdiéndole el miedo y agarrándole el modo de capturarlos- recogieron más de ciento ochenta. Hicimos caldo, ensalada, tortitas y empanadas.

Comimos y cenamos cangrejo.

Varios días.

No sé por qué la mayoría de los hombres, o por lo menos la mayoría de los hombres que yo he conocido, comparten el sueño de irse a vivir justo a la orilla del mar, en primera línea de playa, en un lugar semidesierto (o desierto, de plano) o hasta en una isla. Supongo que es algo que tiene que ver con un deseo de escapar del trabajo, de los problemas y de las responsabilidades; supongo que lo asocian con un bienestar económico y sobre todo con la posibilidad de vivir sin trabajar. Una vuelta a los orígenes, al estado primitivo del hombre, sin reglas ni condicionamientos ni convencionalismos sociales; andar casi sin ropa, desnudo…,o tal vez no crecer…, eso que algunos llaman *Síndrome de Peter Pan*. Pero mi tío tiene otra teoría, dice que no son específicamente los hombres, sino las *mujeres*; que ellas le encuentran un aspecto romántico y sensual al hecho de vivir frente al mar –hasta porque en realidad ya de por sí el agua es un gran símbolo sexual-, y en todo eso tal vez haya que creerle porque mi tío tiene fama de tenorio, de conquistador, y yo le he conocido ya veintitrés mujeres "estables" (en el sentido de las que no le duran nomás un sólo día, porque si a estabilidad emocional vamos...¿qué mujer lo es?)... veinticuatro, con mi tía actual.

Yo, por mi parte, me divertía mucho. No sé si me gustaría pasarme en un lugar así todo el tiempo o vivir todo el resto de mi vida así, pero por lo menos aquella época yo era feliz ahí, en la Barra de Potosí, en Playa Blanca, una bahía hermosa con unas rocas sobrias en el centro y a unos kilómetros de Ixtapa-Zihuatanejo. El tradicional y rústico puerto de Zihuatanejo ha sido siempre refugio y exilio de norteamericanos y europeos, y motivo de ensoñaciones de huída y retiro, como en la película *The Shawshank Redemption*, con Tim Robins y Morgan Freeman.

Gran parte de la felicidad que asocio con esa geografía y ese tiempo, se la debí a Raquel, mi novia de entonces, mi primera (tal vez debía yo decir: mi única), verdadera novia, a su forma de disfrutar la vida sin complicaciones, a su risa sonora contagiosa y a sus piernas blancas y duras que me "abrazaban" mejor que cualquier par de brazos en el mundo.

Con los brazos también sabía abrazar muy bien, apretada, acogedoramente; y besaba con un relajamiento de sus labios y su lengua, suavecito, que te dejabas ir…,como esa noche en que nos acostamos en una cama de cemento con cojines grandes azules que daba a la bahía, en medio del jardín de la playa, y nos tomamos de la mano y vimos los millares de constelaciones que en ese cielo limpísimo y claro se descubrían a besos y a montones y nos lamimos, chupamos y besamos como nunca.

Luego, ya entusiasmados y calientes, nos fuimos a mi cuarto y nos amamos por todos lados durante tres horas seguidas.

Nunca se me va a olvidar aquella noche porque además de que fue la primera vez que lo hicimos en aquella casa y con el ruido de las olas de fondo, cuando estábamos dormidos, como a las tres de la mañana se fue la luz, y en ese lugar era un lío cuando la luz se iba pues no había ni cómo arreglarla ni a quién hablarle para hacerle saber que no había un mísero destello de claridad terrestre en toda la bahía.

Me acuerdo que me despertó el calor terrible de agosto porque con la falta de luz se había apagado el aire acondicionado y el zumbadero y los piquetes de los moscos se volvieron en ese momento y por lo mismo, insoportables. Raquel se despertó casi en seguida, supongo que porque ya no me sintió a su lado. Yo estaba sentado en la orilla de la cama muy de malas y lamentando no haberme quedado en la gran ciudad donde casi nunca falta la luz y cuándo falta regresa rápido y cuando no regresa rápido habla uno a la central correspondiente y ya está; y los mosquitos allá no son del tamaño de los que había en la playa y mucho menos tantos ni tan salvajes. Raquel estaba bañada en sudores de amor quería más, hasta medio dormida me pasó la mano entre las piernas y jadeó, pero yo le dije que estaba imposible esa situación, que así no se podía e hice un desplante de mal humor más que nada para levantarme y retirarme de sus manos.

Caminé un poco por el cuarto abanicándome con la revista de la programación de la tele por satélite espantándome los moscos. Raquel se levantó también desnuda y me alcanzó. Fue en ese momento que vimos las luces misteriosas afuera, a lo lejos, a través de la cortina semitransparente de mi cuarto. Por el leve movimiento de los pliegues de su tela daba la impresión de que algunas luces del conjunto de veinticinco puntitos blancos –los contamos- se prendían y se apagaban, y sabiendo que se había ido la luz general pues todo estaba oscurísimo, nos extrañó sobremanera ver esas luces tan raras y en *tal cantidad* y exactamente en *esa dirección*, donde sabíamos que no debía haber nada más que mar abierto y las rocas de en medio de la bahía.

Descorrimos la cortina despacio, casi con miedo, y a los dos se nos iluminó la cara levemente con el reflejo franco de las luces, pero más por causa de la sonrisa que nos apareció en el rostro al vernos y abrazarnos ya confiados y tranquilos y reconocer lo que era y quedarnos muy juntos, desnudos y entrelazados de pies y manos, brazos y piernas, viendo lo que no estábamos acostumbrados a ver pues nunca habíamos visto en vivo y a todo color: un majestuoso enorme flamantísimo crucero anclado alegre en el mar, frente a la casa, en medio de la noche.

Otra noche que faltó la luz nos desesperamos del calor y de los zancudos y decidimos salir a caminar por el jardín. Nos seguimos de largo por el lado de la playa y nos metimos a un espacio de terreno que quedaba al lado del de mi tío y que no tenía barda ni nada, sólo arena, unas cuantas palmeras jóvenes y lo que quedaba de una casa abandonada, chica, ya sin techo.

Cuando íbamos llegando cerca de la casa oscura y sola, vimos pasar por las paredes unas franjas blancas de luz y antes de descubrir qué eran, escuchamos el chirriar de las llantas, los ruidos de los motores y luego los gritos. Dos *pick-ups* con faros de búsqueda en el techo avanzaban por el camino de tierra que pasaba frente a una de las entradas del jardín de la casa de mi tío. Raquel y yo nos agachamos instintivamente y nos quedamos así un buen rato, medio tapándonos con uno de los muros de la casa y tratando de ver de qué se trataba y en qué paraba todo aquello. Las camionetas pasaron rápido y de largo alumbrando en círculos para todos lados y después de un rato regresaron por el mismo camino y pasaron de nuevo frente a nosotros. Era -en medio de esa obscuridad- toda una sinfonía de luces, pequeñas, rojas y amarillas, naranjas, blancas las de los faros grandes alumbrando al frente, blanquísimas y apuntando para todos lados las de los reflectores en la parte de arriba de los vehículos.

A la mañana siguiente, durante el almuerzo, la sirvienta comentó que los policías judiciales habían hecho una redada en la madrugada, habían entrado en una casa y perseguido a unos narcotraficantes por el lado de la laguna. Raquel y yo dejamos de masticar, levantamos la cabeza y nos vimos, sonriendo por dentro. Unos segundos después Raquel tomó mi mano por debajo de la mesa, como conjurando extemporáneamente el peligro.

Mi tío daba largos paseos por la playa subido en su cuatrimoto. Yo ya lo había visto alguna vez llevando en la grupa a una novia canadiense que se consiguió una tarde en un restaurante italiano frente al Hotel Presidente de Ixtapa. Ella lo abrazaba y se carcajeaba porque mi tío era muy ocurrente y creo que convencía a las mujeres con su labia –ahí él me corregía y decía que con *sus labios*; ahí yo le decía que bueno, que con su hablar…con su lengua, y él me corregía riéndose y me decía que con *la lengua*, y se la pasaba él lenta e intencionadamente por su labio superior, entrecerrando los ojos; supongo que me consideraba un adolescente inexperto y quería adoptar el papel que mi padre muerto no había tenido oportunidad de intentar conmigo, el de gurú o iniciador sexual-. El pelo de la canadiense, rubísimo, volaba como bandera dorada con el viento marino y la velocidad de la moto, que no era mucha, pero aumentaba en las bajadas de las dunas y con las curvas y circunvoluciones que mi tío solía piruetear a propósito para divertir a las mujeres y hacerlas entrar en confianza…, (tal vez ésa era solamente su forma natural juguetona de ser con todos, hasta conmigo). Con el miedo de caer que las llenaba cuando mi tío daba una vuelta cerrada sorpresiva, las mujeres lo abrazaban muy fuerte por la espalda, le apretaban la panza y pegaban sus caras y sus pechos a su espalda.

Como mi tía actual, a la que comencé a llamar "la de los cangrejos", que se paseaba con mi tío todas las mañanas de las tres semanas que pasamos en aquella casa aquel agosto. A pesar del ruido de la moto, sus risas se alcanzaban a oír hasta donde yo estaba.

Lo quería ella tanto, que hasta a los cangrejos les perdió el miedo, todo por mi tío, y ya hasta los agarraba con práctica y ni hacía intención de levantarse cuando en las tardes salían los cangrejitos de los cientos de agujeros que había en la arena de la playa y se paseaban entre nuestras piernas y nuestras manos y hasta a veces entre los dedos de nuestros pies y nos quedábamos quietecitos, sin miedo alguno, sintiéndolos moverse entre nosotros mientras contemplábamos el cielo en amarillos, rojos, rosas, naranjas, morados y malvas de las sorprendentes puestas de sol en el mar de los días luminosos, o aquél otro en grises matizados de los días nublados en que al final nos parecía más atractivo admirar como hipnotizados el agua color piedra que empezaba a alborotarse y a golpear con violencia los peñascos frente a nosotros cuatro: mi tía, mi tío, mi Raquel y yo.

En ocasiones, sin importarnos mucho los problemas ecológicos y viendo a la distancia que en los cerros verdísimos otros lo hacían -como invitándonos a hacer lo mismo–, quemábamos la basura acumulada en un hoyo grande que excavamos lejos de la casa. En esos anocheceres de quemazones los colores del fuego se sumaban a aquéllos otros reflejados en el mar por el cielo y en el cielo por el mar y el espectáculo me atrapaba y me exaltaba el corazón, tanto como la presencia de Raquel (con su vestido corto blanco sin mangas de florecitas lilas, sus piernas macizas atrayendo las miradas paulatinamente hasta sus huaraches de tejido fino y sus pies hermosos, y su cabeza fresca con el cabello recién lavado), pegada a mí.

El humo subía poderoso y subía y seguía subiendo y esparciéndose hasta juntarse al vapor que ascendía del mar y a los otros humos de las cocinas de los restaurantes y fondas del pueblito al extremo sur de la bahía, y a los humos de las otras hogueras lejanas en los montes y a los de los aviones que pasaban –muy pequeños- en las alturas. Raquel veía todo como yo, extasiada ante aquel Apocalipsis de cartón –parecía que se quemaba el mundo- y muchas veces seguía la dirección de mi mirada para compartir justamente mi visión; me acariciaba la nuca suavemente, introduciendo sus índice y medio un poco entre mis cabellos y me decía invariablemente que debíamos haber llevado *marshmallows* para asar…, yo sonreía sin voltear a verla y, con los brazos cruzados todo el tiempo, haciéndome el importante y el maduro, le decía –siempre sin verla y sabiendo que ése era un chiste acostumbrado por los dos y que los dos sabíamos que por lo menos a partir de la segunda vez ella no solamente no lo decía ya nunca en serio sino que esperaba mi respuesta acostumbrada sabiendo lo que yo le iría a decir- que sonaba muy burguesa, muy fresa, muy niña bien, pues - hasta que se decidía con un "ah!" a aceptar que me entendía –, con ese tipo de propuestas "románticas" que hacía, como la de *asar malvaviscos en el fuego*; que a mí me gustaban más sin asar y que, para comenzar, eso estaba bien en una cabaña con chimenea y lumbre y toda la cosa en lo alto de una montaña nevada y entre pinos, pero no entre palmeras tropicales a la orilla de la playa con el calorón de esos días, y menos en una hoguera alimentada con basura y desperdicios! Ahí ella me jalaba con cariño el cabello de atrás de mi cabeza y me picaba levemente el estómago. Nos reíamos amigos, confiados, seguros sobre las inseguridades de la vida que ni imaginábamos -yo aún sin voltear a verla.

Estábamos enamorados.

Un día, compró mi tío una balsa inflable para cuatro personas y yo le pedí a Dios que el día que programáramos para ir a pasear en ella los cuatro a la parte de la laguna y los meandros, se enfermara mi tía o mi tío o estuvieran con muchas ganas de salir a andar en la moto o de quedarse todo el día en casa haciendo el amor.

Y dicho y hecho. Dios me lo concedió.

Mi tía se medio "enfermó", mi tío se fue a andar en su cuatrimoto y los dos estuvieron –según me confesó mi tío días después- con muchas ganas de hacer el amor.

Yo pedí permiso para irme solo con Raquel en el *Jeep*, con todo y balsa. Llegamos a la laguna, inflamos la balsa y con unos sándwiches, el teléfono celular y unas sábanas, nos introdujimos en la zona de los pantanos. Tal vez parezca choteo, pero ese día tampoco nunca se me va a olvidar.

Hacer el amor en una balsa sobre el agua, con la gente que amas, muy lejos de la *otra* gente, en medio de los árboles y las plantas y las lianas, escuchando sólo de vez en cuando un poco de ruido en la vegetación movida por el aire y algunos animales..., quedarse después acostados viendo el cielo, besándose la cara, el cuello, los hombros, el pecho, las manos, el sexo, los dedos..., viendo pasar las garzas a unos metros con ese su vuelo somnoliento, para observarlas después posarse en un tronco y permanecer ahí, tallándose el pico con la pata, ladeando la cabeza para ver con ojo penetrante y curioso el amarillo escandaloso de la balsa con todo y su logotipo de la marca en colores azul rey y escarlata contrastantes y los modernos Adán y Eva adentro descansando el amor....., silencio por otra parte absoluto, ausencia total de la casa, de la escuela, de la ciudad y del mundo......es algo para no olvidarse *nunca*.

Sobre las seis de la tarde, ya con el sol poniéndose, volvimos. Mi tío se molestó pues me había recomendado mucho llegar antes de las cinco. Quería ir de compras al mercado de Zihuatanejo y después a merendar a Ixtapa. Yo no me preocupé mucho, su mente precisa de empresario exitoso era fastidiosa de más y yo creo que hasta él sabía que digan lo que digan para tratar de no hacernos sentir tan mal a los pobres proletarios fregados y evitar que hagamos una revolución que les desmadre el mundo, los verdaderos ricos en realidad no sufren ni lloran ni se acongojan, y sus problemas son precisamente de ese tipo: "Ay! caray, ya no vamos a poder ir al mercado y a cenar; sólo a cenar", o "Ay! Dios, hoy no circula uno de nuestros autos", o peor aun "Ay,Ay,Ay, Ay, Ay! No conseguimos Primera Clase en el avión! o "Se nos enfermó el perrito Chow-Chow, se nos puso malito..." o algo por el estilo de asqueroso. Así que en realidad ¿a quién le importaba lo de la hora y el mercado?

Recuerdo que ese día mi tío quedó tan enojado por la contrariedad de mi retraso, que todo se ensombreció en la casa y ocurrió una de las tragedias de la clase alta (hablando de mi tío y su novia, porque yo siempre tuve muy claro que yo era el huérfano pobre lastimoso en el asunto, apenas un convidado): En vez de merendar en el restaurante mexicano del *Westin* de Ixtapa, tuvimos que quedarnos en la casa a comer langosta y paella que el chef del *Sheraton*, amiguísimo de mi tío, le había enviado ese día en la mañana, y a ver el estreno de HBO en la televisión *Philips* de alta definición con pantalla plana, de mi tío.

Cuando acabó la película, al señor se le había pasado ya el mal humor y nos fuimos a dormir todos tranquilos y en paz. Lo de que "nos fuimos a dormir" es sólo una forma de decir (en el caso de Raquel y yo).

Nunca supe por qué después de esa vez mi tío no me invitó más a su casa de la playa.

No creo que lo de la llegada tarde haya sido para tanto.

Oí decir que terminó poco después con mi tía, pero eso no es razón porque conociéndolo, sé que más tardó en terminar con ella que en empezar con otra. Las tías eran perfectamente suplantables, sustituíbles.

Lo más probable es que de lo que me enteré algún tiempo después haya sido la causa. A mi tío le empezó a ir mal económicamente y tuvo que vender hasta su casa en la Ciudad de México. Probablemente vendió también la de la playa; aunque, de venderla, pienso que eso lo hizo hasta el final, cuando ya le fuera inevitable, porque siempre me expresó que adoraba ese lugar, que siempre soñó con vivir de esa manera y trabajó para tener un lugar así. La Barra de Potosí y aquella casa eran su paraíso.

Yo no sé si por la razón que hace que todos los hombres sueñen con un lugar como ése para vivir o retirarse, o por lo que yo particularmente viví en aquellas veces que visité la casa de playa de mi tío, especialmente aquella vez de las tres semanas con Raquel y el amor mañana, tarde y noche y mi tía la del miedo original a los cangrejos… y toda la magia de la vida a todo lo que daba, pero ahora sueño frecuentemente con poder un día llegar a comprarme una casa como ésa en un lugar paradisíaco, como aquél. Y voy a trabajar muy duro o a hacer lo que tenga que hacer para conseguirlo.

No sé si lo lograré. De hecho no sé si este sueño me va a durar lo suficiente, por lo menos hasta hacerlo realidad. No sé ni si acabaré sintiéndome bien cuando ya lo haya conseguido y querré conservarlo y permanecer viviendo ahí, o sólo será el placer de una satisfacción momentánea. No sé si como nos sucede con la mayoría de las cosas, vale más no conseguirla; hay gente que dice que no hay nada más peligroso que conseguir hacer realidad un sueño…, como los que dicen que el mejor verso es aquél que no podemos recordar. Tampoco sé si el hecho de ya no estar más con Raquel va a hacer que asocie yo sentimientos de nostalgia (y de tristeza) demasiado fuertes con el estar en un lugar similar a aquél, el de mi agosto preferido, y ni siquiera pueda entonces disfrutarlo…; tal vez suceda al revés, que el simple hecho de regresar en cierta medida –simbólicamente- a *ese* preciso lugar, me haga sentir mejor, casi feliz, por provocar que recuerde yo a Raquel con más intensidad y me parezca que ella no se ha ido, o regresó para quedarse conmigo para siempre, o está, simplemente está, *ahí*, en las cosas olvidadas sobre la arena, en los agujeros de la playa, en las piedras, en los cangrejos que terminan por caer en gracia, en el humo de las fogatas y el sabor (en la memoria) de los bombones que nunca asamos en el basurero frente al agua, en los peligros de las redadas de la policía, en las miradas indiscretas de las gaviotas y las garzas –estetas, inteligentes, más hacia su cuerpo desnudo que hacia el mío-, en las fallas de la luz y en las apariciones fantasmales de los cruceros en el mar.

Yo no sé.

Sólo sé que quisiera yo tener diecisiete años, o aun con los que tengo -y no por tres semanas, aunque fuera un minuto-, volver a aquel lugar; encontrarme de frente y tomar a la brava y para siempre esa parte de mí que aún me sorprende, me enorgullece, me anima, se me ha ido muriendo y me hace falta, ese todo de mí que quedó atrás.

AQUÍ NO FALTA EL AGUA

"En realidad no hace falta el agua- dijo el hombre-; ésta es una zona de riego con agua abundante todo el año, el terreno recibe agua del río Molinillo y aquella tubería que ven ustedes al fondo es agua del Municipio que llega aquí con una presión de 20 000 kilos por centímetro cuadrado".

Mi esposa y yo seguíamos con dificultad los señalamientos e indicaciones del vendedor, pero su seguridad nos hizo sentirnos confiados. Siguió gesticulando y dando datos técnicos y estadísticos. Nosotros empezamos a caminar hacia el interior deseosos de ver la sala, el comedor y los dormitorios, y entendiendo a la perfección que en esa propiedad no hacía falta realmente colocar una cisterna.

Cuando entramos a la sala de la casa vimos la alfombra desgastada que cubría precariamente el piso de azulejos grises. Estábamos seguros de que sería necesario cambiarla. El vendedor se adelantó a abrir las cortinas y las ventanas y dijo con su característica sonrisa:

-Como verán, la alfombra es mullida y da una completa sensación de *confort*... desde aquí se puede apreciar el jardín interior...

Ni siquiera hacía falta que Brenda y yo nos viésemos para saber que existía una completa correspondencia en los pensamientos, una complicidad en la diversión que hasta cierto punto nos provocaban los comentarios imprecisos –por llamarles amablemente de esa forma, en lugar de "absolutamente deshonestos"- del vendedor. Quince años de casados nos permitían a Brenda y a mí realizar ese tipo de cosas, hablar sin decirnos nada, entender sin vernos, comentar sin estar cerca uno del otro.

Sabiendo que después de finalizada la visita, ya en el auto, de regreso a la casa de la que nos urgía salir definitivamente, podríamos comentar en voz alta con la certeza ambos de que nuestros juicios coincidirían, seguimos por los pasillos al hombre del traje deslavado rumbo a la cocina y los dormitorios.

Las explicaciones seguían, igual de sospechosas. "El tiro de la chimenea es el idóneo para este tipo de clima y para la capacidad de leña que recibe; ustedes verán la boca de la chimenea un poco grande pero ese tamaño es el ideal para evitar los escapes de humo..." – era evidente que cualquiera de sus comentarios pretendía sólo convencer al par de compradores primerizos que resultaba obvio que éramos, y carecía de la veracidad que también les faltaba a sus otros señalamientos respecto a la casa. Nosotros no le escuchábamos con mucha atención, pero seguimos interesados en terminar de ver la propiedad porque nos gustó desde el primer momento. El estilo ibicenco había sido siempre uno de nuestros preferidos y, especialmente en su modalidad payesa, enloquecía a Brenda. El tipo de aplanado de las paredes, los amplios baños reformados y el jardín propio para que jugaran Paco y Brendita, me convencieron independientemente de lo que el vendedor pudiera decir, cierto o no.

Estaba además la situación de la prisa. El dueño de la casa que habíamos rentado durante diez años pagando con absoluta puntualidad las rentas y haciéndole mejoras substanciales, estaba en un plan insoportable y sólo repetía que necesitaba que nos saliéramos *ya*; o que le pagásemos una renta equivalente al triple de lo que habíamos pagado en el último año. Nos había demandado la semana anterior. Podíamos recurrir a la ambigüedad de las leyes e irnos a pleito, pero ése nunca fue nuestro estilo.

Nos quedaba solamente encontrar a la mayor brevedad una casa adecuada a nuestras necesidades y a nuestro bolsillo. Era una de esas típicas situaciones en que algo negativo da origen a otro estado de cosas, por lo menos, "conveniente"; sabíamos que había llegado el momento tan esperado de hacernos con *nuestra* casa. Absolutamente propia.

Así que no resultaba tan importante lo que el señor Gómez nos dijera para convencernos de comprar esa casa en particular, sino lo que nosotros estábamos viendo en ella por nuestra cuenta.

Qué equivocados estábamos. Una dosis de honestidad no le cae mal a nadie. Y sobre todo tratándose de la casa que uno quiere comprar para vivir seguro y feliz en ella con la esposa querida de siempre y un par de hijos menores de diez años, inteligentes y sanos. En situaciones así, lo más indicado es recibir la información correcta y verídica de parte de un vendedor sincero y honesto. Todo lo demás, por mucho que nos guste: los entusiasmos desmedidos, las intuiciones de felicidad, los techos divididos, las paredes rústicas, las amplias terrazas, el estilo que nos recuerda el azul y los aromas del Mediterráneo, resulta superfluo, innecesario.

El señor Gómez nos dijo que la falta de barda de seguridad en algunas secciones de los límites del terreno de dos mil quinientos metros cuadrados, era un detalle sin importancia pues el fraccionamiento era "*absolutamente seguro*", nunca se había suscitado ningún tipo de problema y dos patrullas circulaban durante el día y la noche vigilando el vecindario. Eso nos sonó razonable a Brenda y a mí y pensamos que al referirse a algo externo a la propiedad en sí, no dependiente de él, podía ser verdadero.

En esencia, algunas cosas nos sonaron más convincentes que otras.

Alguien podría decir que tan culpable fue el señor Gómez cuanto nosotros, pues en nuestro entusiasmo no corroboramos su información; pero por Dios!, ¿cómo es posible estar seguros de cargas estructurales, capacidad de soporte de la cimentación, estado de las tuberías internas y cosas por el estilo? ¿Cómo va uno a saber de todo eso cuando el esposo es un trabajador de Correos y la esposa una ama de hogar que en sus ratos libres vende productos *Jafra* de casa en casa? Aquí mismo, en la cárcel, uno de los compañeros me dijo el otro día que existen agencias inmobiliarias que se dedican a proteger los intereses del comprador y hacen todos esos estudios y todos esos análisis para aconsejar sobre las bondades de una compra; pero nosotros...¿qué íbamos a saber? Nosotros sólo queríamos una casa de tamaño regular con un buen jardín en un barrio de clase media alta, propia para nuestras necesidades y asequible a nuestros ahorros de diez años!

Cuando los detalles defectuosos empezaron a salir después de haber pagado la casa por completo y de haberla escriturado a nuestro nombre, Brenda y yo pensamos que serían cosas sin importancia fácilmente arreglables. Caray, dimos un anticipo del 50% y completamos la cantidad en menos de 60 días, hicimos un verdadero esfuerzo; hasta Brenda tuvo que pedir prestada una cantidad importante a sus padres para completar –con nuestros ahorros y con la cantidad que yo a mi vez también había tenido que solicitar a Correos- el total del precio de la casa. Pensábamos muy dentro de nosotros que no era posible que un esfuerzo tan honesto de nuestra parte se viera correspondido con un engaño tan enorme.

Pero así fue.

A las tuberías que se iban reventando paulatinamente provocando humedades y auténticos encharcamientos en el comedor y los cuartos de los niños, siguieron fugas internas en la tubería de gas, desprendimiento de parte del recubrimiento de los techos, grandes grietas en las hileras de ladrillos de las paredes, filtraciones de agua por las junturas supuestamente herméticas de los cristales de la sala y mil cosas más. Mil cosas que *no pueden ser* en una casa nueva, como la que nosotros compramos. Mil cosas que no se deben a desajustes menores o pequeños defectos propios que se revelan cuando se empieza a habitar una propiedad, sino a verdaderas fallas en la construcción, fraudes en el uso de los materiales, engaños en la mano de obra, chapucerías de diseño.

El mismo compañero preso del otro día, me dijo que por qué no había solicitado yo una "Memoria de Materiales" –creo que así la llaman-, para comprobar lo que me había dicho el vendedor y estar protegido. No lo sé. Supongo que básicamente porque yo no sabía que existían.

Pero la gota que derramó el vaso no fue nada de eso. Brenda y yo pusimos nuestras quejas en la Procuraduría del Consumidor y todo el proceso resultaba tan cansado, lento, fastidioso e inútil, que decidimos ahorrar para ir resolviendo los problemas poco a poco, con nuestro dinerito. Un ajuste aquí, una pintada allá, un plomero especialista ahí, una nivelada más acá; cristales y mastique nuevos y resanes de agujeros por todas partes, poco a poco. María, amiga de Brenda y licenciada titulada, nos aconsejó que guardásemos todas las notas de los arreglos que fuéramos haciendo y tomáramos fotografías de todos los desperfectos para, con eso y copias de la publicidad impresa que los constructores y el señor Gómez utilizaban como apoyo para la venta, preparar una buena demanda de manera independiente; nada de Procuraduría del Consumidor ni sociedades para la defensa del ciudadano común ni monsergas de ésas, dijo.

Pero no fue necesario llegar hasta ahí.

Pude tragarme los materiales de quinta en vez de los anunciados de primera; pude aceptar los defectos de las instalaciones y aceptar que me dieran por el culo con el agua que me caía en la cabeza cada noche, filtrada por el techo agrietado durante las lluvias del primer verano, y con el humo de la chimenea que me asfixiaba al llegar el invierno...; pero no pude, simplemente no pude soportar el que unos tipos se metieran un martes a las cinco de la tarde en mi terreno y mientras yo trabajaba en la Oficina Número Doce de Correos, violaran a mi Brendita, de ocho años y también a mi esposa, y a ella además le mataran cuando trató de defender a nuestra hija. Ellas se habían quedado esa tarde en casa para esperar al electricista que habíamos contratado para que arreglara toda la deficiente instalación eléctrica. Tres semanas después de encontrar los cuerpos inconscientes en el dormitorio principal, el de Brendita desnudo, con sus piernitas abiertas colgando flácidamente de la cama, y el de Brenda enrojecido y amoratado por todas partes, con las señales de la cuerda desbordándose de los límites de su cuello, la mordaza como pulpa marrón integrada con la lengua, el ojo izquierdo saltado por los golpes, y restos de cuatro diferentes tipos de semen en todos los orificios posibles... aún me parecía ver las manchas de sangre en los pisos y paredes a pesar de haberlas lavado innumerables veces mordiéndome la lengua de desesperación, rabia y llanto.

A Paquito le cubrí los ojos y lo saqué de la habitación una vez que reaccioné después de comprobar la muerte de Brenda y de haber tratado de hacer reaccionar a nuestra hijita. Bajé a mi hijo a la estancia y llamé a la policía y a la Cruz Roja.

Mi hija, "nuestra" hija, como a veces todavía se me sale llamarla, se recuperó. Yo no.

Esperé a que dieran con los culpables, pero nada. Me dijeron que era difícil, dificultad típica en esos asesinatos realizados medio por robo y medio por atacar sexualmente a alguien; obra sin duda de cuatro o cinco locos. La policía sólo confiaba en poder cotejar las huellas y el método con aquéllos relacionados con otro caso igual que se había presentado en el mismo fraccionamiento, en la segunda sección, seis meses antes.

¿En el mismo fraccionamiento?

De modo que "muy seguro"...no?

Ante la imposibilidad de vengar lo sucedido con los responsables directos, decidí tomarla con el vendedor y los constructores. Investigué que eran uno mismo. El señor Gómez era de esos típicos empresarios de la vieja ola a quienes por avaricia y egoísmo les gustaba hacer todo ellos mismos. Invertía, construía, pagaba, dirigía a arquitectos e ingenieros – al principio, porque una vez construido el primer modelo (la casa muestra) prescindió de los especialistas y fue introduciendo a su antojo cambios y modificaciones en planos y materiales-, y después él mismo llevaba a cabo las labores de promoción y venta. Pero aunque hubieran sido varios y unos hubieran pecado de estafadores, otros de cómplices y otros de encubridores, yo los habría considerado culpables a todos y ni así me habría importado. Mucho menos tratándose de uno solo.

Investigué su dirección. Vivía cerca, en una de las primeras casas construidas en el fraccionamiento. Imagino que *ésa sí* de forma correcta y con todo en orden. Le vigilé durante varios días, y la tarde de un martes, exactamente siete meses después del asesinato de mi esposa y la violación de mi hija –como para homenajearlas conmemorándolo junto al irresponsable y mentiroso constructor-, entré en su residencia, le violé y le maté. Poco a poquito; después de amordazarle y hacerle todo lo que aquellos rufianes bárbaros habían hecho a las dos mujeres de mi vida; todo y algo más. No me costó trabajo; él vivía solo y estaba un poco viejo y debilitado seguramente por sus costumbres viciosas.

Y no, su dichosa "seguridad", la que daba el "patrullamiento continuo de la policía", seguía siendo otra- afortunadamente en ese caso de mi venganza- absoluta mentira.

Al Sargento Hernández no le pasó por alto la coincidencia de la fecha escogida por mí, ni sirvió de nada mi sugerencia de que probablemente los culpables de la muerte del vendedor de casas habían sido los mismos que en las dos ocasiones anteriores. Me descubrieron, me detuvieron y condenaron. El juez no consideró atenuantes el engaño y las consecuencias terribles que la deshonestidad del señor Gómez había provocado en mi familia. De nada sirvió que yo tratara de disimular los hechos, ocultar el arma y borrar todas las posibles huellas; porque eso sí, traté de lavar la sangre del señor Gómez perfectamente bien y con mucha agua, la misma que usé para ahogar finalmente al viejo en su bañera después de torturarlo y quemarle las entrañas, agua corriendo y cayendo y entrando y salpicando y saliendo libremente por el agujerito del tamaño de una moneda persa de la bañera, porque lo que sea de cada quien, en eso *sí* –sólo en *eso*- tuvo razón el "flamante" e inconcebible vendedor que alguna vez fue el señor Gómez y que ahora descansa – espero que no muy en paz- sin tener que preocuparse ya por las demandas ni por los asesinatos vengadores de sus engañados compradores: *el agua nunca falta en ese fraccionamiento.*

EL COMPRADOR

Yo de verlo, verlo...no lo vi; así que no me consta. A mí me lo contaron. Pero el que me lo contó es una persona digna de toda mi confianza, un hombre honesto y él sí testimonió todo eso. Y dice que lo que me contó es estrictamente cierto.

Por razones de discreción no me dijo el nombre del señor aquél, el de la historia, y yo, por comodidad, o como dicen en los enunciados de los contratos: "*en razón de brevedad*", le llamaré *Rubens*.

A la manera de aquellos hombres que, -bueno, supongo que para no tener problemas con las agrupaciones feministas en esta absurda época de pretensiones de corrección política y social debo, para que no se quejen y después me acusen de machista, decir-: A la manera de aquellos hombres *y mujeres* -(¿o tal vez debería colocar el "*mujeres*" primero?, ya ni sé...)-, bueno: A la manera de aquellas mujeres y hombres que intentan compensar carencias, deficiencias, complejos y represiones por medio de una exageración en el desarrollo de ciertas características físicas o psicológicas de su personalidad o comprando y adquiriendo de cualquier forma bienes materiales y espirituales, Rubens trató toda su vida de compensar la pobreza extrema en que vivió cuando niño, y la falta de un hogar estructurado donde para comenzar lo primero que faltó fue siempre una *casa*. Olvidémonos de la falta de una estructura familiar sólida, con relaciones bien definidas y papeles con esquemas de comportamiento dentro de los tradicionalmente considerados "propios" de un padre, una madre, etc.; en el caso de

Rubens hacía falta todo, desde el espacio físico mismo   donde pudiera situarse el desarrollo diario de los lazos de familia, hasta el techo que lo cubriera, en pocas palabras: la pinche *casa*.

Un tiempo no tuvieron ni dónde dormir y lo hacían en las bancas del parque o bajo las marquesinas de las tiendas de ropa, junto al cine. En otra temporada el padrastro fue acondicionando un *Datsun*'71 viejo, chocado, llantas lisas, con lo necesario para descansar, dormir en él y hasta cocinar, comer y cambiarse de ropa las cuatro personas que en él habitaban: Rubens, su hermana, su madre y su padre. Ni qué decir que llevaban sus poquísimas pertenencias ahí mismo, siempre en el auto, como en una mudanza permanente.

No es tan importante ni interesante saber cómo hizo Rubens su fortuna, cuanto saber cómo la fue atesorando e invirtiendo, a lo largo de veinte años, manifestándola en una constante adquisición de casas. Casas que no vivía, que no usaba, que compraba con el pretexto de que su madre siempre le aconsejó no derrochar lo que llegare algún día a ganar, sino invertirlo en casas, en terrenos, en inmuebles, la tierra es la mejor inversión, invierte siempre en tierras, m'ijo -le decía-; casas que Rubens atesoraba con el otro pretexto de que le producían rentas y el día que necesitase dinero podría vender; casas que llegó hasta a olvidar un día que las había comprado y las tenía todavía- como aquélla que compró por el rumbo de Chalco muy barata y en la que puso un local comercial de venta de discos y *cassettes* antes de continuar con sus propios negocios de costumbre y dejar paulatinamente de ir a visitarla-; casas que eran casas y terrenos y departamentos y locales comerciales y edificios y bodegas y todo lo que fuera inmueble y le diera a Rubens la oportunidad de decir que él sólo estaba siguiendo el consejo de su madre que en paz descanse; pero que en el fondo y en esencia eran, esas casas, la representación objetiva de su necesidad angustiosa de sentir que nunca, nunca más volverían ni él ni sus hijos ni sus nietos ni nadie de sus parientes, amigos y descendientes, a quedarse sin un lugar donde comer con calma, donde dormir sin frío, donde pasar al baño y luego platicar y en la noche cenar y los domingos jugar en el jardín y los lunes despertarse para ir a trabajar y en las tardes comentar con sus hijos las cosas que pasaron y siempre saber que no les faltaría nunca una casa ni a ellos ni a los hijos de los hijos de sus hijos y así hasta la milésima generación; y también eran, más en el fondo aun, en un espacio de su corazón que no le gustaba visitar ni reconocer que existía cuando por casualidad se lo encontraba pero que con los años se le iba haciendo más grande, la concretización de una venganza contra las desigualdades de la vida, las injusticias sociales y quienes las provocaban.

Compró su primera casa, chiquita, modesta, por el rumbo de Naucalpan de Juárez, Estado de México, a sus veintiocho años. Luego compró un departamento en la colonia del Valle, por el cine *Manacar* de aquella época. Luego un terreno en el Fraccionamiento "Villa de los Apeninos", en una de las montañas que rodean al Valle de México; la vista del valle y la ciudad, desde ese terreno, era impresionante y Rubens planeó y diseñó una casa de campo, una cabaña que construyó después de cuatro años y a donde cogió costumbre durante un tiempo de ir a pasar los fines de semana. Al salir del trabajo los viernes en la tarde, subía las montañas, llegaba y se pasaba en la cabaña sábado y domingo, principalmente contemplando desde el porche la ciudad allá abajo, soñando, imaginando qué hacer con las propiedades que ya tenía y cuándo y dónde comprar otras nuevas. Hasta ese momento las compras eran esporádicas; después llegaron los años de mayor crecimiento económico y Rubens comenzó a comprar por bloques y a diversificar sus inversiones.

Compró una casa por el rumbo de los Dinamos de Contreras, otro departamento, en Copilco, cerca del Metro Universidad, un par de casas en Cuernavaca, un terreno allá mismo, a unas cuadras de una de las casas, otro terreno en el Fraccionamiento "Villa de los Apeninos", un local comercial en Polanco y otro por la salida a Puebla –precisamente aquél, de Chalco. Entre los años 1993 y 1997 compró una casa enorme en El Pedregal de San Ángel, otra, de tres pisos en la colonia Prado Churubusco, en la que puso una escuela y después la rentó, otras dos en Cuernavaca y tres terrenos en Temixco, una bodega por el Palacio de los Deportes, un edificio grande en la Vía Gustavo Baz, un restaurante en la Colonia Nápoles, una casa en Pachuca y otra más por la subida del Desierto de los Leones. Con la ampliación de sus negocios al extranjero y sus constantes viajes, llegaron las compras de inmuebles fuera del país.

Comenzó comprándole a una amiga en problemas económicos su mansión de McAllen, Texas, luego compró otra en Los Ángeles, California, y mientras supervisaba sus negocios en México, compró una casa cerca de los volcanes Popocatépetl e Iztlaccíhuatl, camino de Puebla, y realizó su sueño de siempre al conseguir comprar el terreno donde estuvo el jacalito de madera y lámina donde nació y pasó con su mamá los primeros años su vida –el papá viajaba constantemente, casi nunca estaba-. Ahí planeó construir el edificio más alto de Minatitlán, Veracruz, sonriendo de satisfacción contenida en las pocas ocasiones en que volvía a la cabaña de la montaña y se sentaba otra vez en el porche, sólo de pensar que él, el paria, el depauperado, el pobretón, le había dado la vuelta al destino y podía levantar con sus propios recursos un hotel de diecinueve pisos en el mismísimo terreno del que un día los habían echado a él y a su familia como si fueran puercos *come-mazorcas*.

A fines de ese año, también en uno de sus viajes a México, se compró una casa con un terreno de diez mil metros en primerísima línea de playa –a Rubens le gustaba platicar que la casa quedaba tan cerca del agua, que cuando el mar crecía amanecían mojadas las partes de sus sábanas que colgaban hasta el piso, y algunas medusas entre los dedos de sus pies–, en una región preciosa cerca de la Barra de Navidad en el Estado de Nayarit. Cuando tuvo oportunidad de conocer las costas del Pacífico, le gustaron tanto, que se prometió ir comprando casas y terrenos a lo largo del litoral, empezando por Manzanillo y siguiéndose por Puerto Vallarta, Mazatlán y hasta, en un descuido...Los Cabos. Por esa época, con tanta nueva propiedad en su cartera, fue que se le olvidó que había una vez comprado la casita de Chalco y que había puesto lo de los discos. Se acordó solamente cuando uno de sus asistentes más viejos, un día en que Rubens comentó que andaba busque y busque un disco que quería regalarle a su esposa y que no lo encontraba por ningún lado, le sugirió en broma que por qué no mandaba traerlo de su discoteca propia de Chalco. Ahí Rubens sólo abrió mucho la boca, levantó luego las cejas y vio para un lado.

La mayoría de las propiedades permanecían desatendidas, sin proporcionar rendimientos y –no siendo el negocio inmobiliario la base de los ingresos y de la riqueza de Rubens– deteriorándose con la falta de mantenimiento por la poca atención que les prestaba.

Algunas estaban rentadas, pero la mayoría quedaba sola y descuidada después de la compra o después de una corta temporada que Rubens acostumbraba pasar casi en cada una de ellas en seguida de haberlas comprado. Más que una fuente de ingresos lo eran de molestias y preocupaciones. Llegaban noticias a la empresa de Rubens de que ya se había secado el pasto de las casas de Cuernavaca y de que las albercas estaban sin agua y cuarteándose por el sol; de que saquearon la casa de la Prado; le robaron la antena parabólica a la cabaña de los Apeninos; unos del PRD se metieron y ocuparon el terreno de la playa en Guerrero; embargaron la casa de Puebla por multas y recargos en los servicios y la falta de pago de los prediales; quemaron la mansión de McAllen y parece un atentado directo contra usted, señor Rubens, porque ya investigó la policía y todo apunta a una cosa que le dicen allá en Estados Unidos: *"arson"*, que dicen que significa "incendio premeditado", y eso dice el acta con el resultado de la pericia de la investigación inductiva técnica criminalogística policíaca que realizaron, señor...

Y así por el estilo.

Pero como, en esencia, lo importante de comprar las casas y tenerlas era precisamente eso, *tenerlas*, y ya, el señor Rubens escuchaba como ausente a sus secretarios, asesores y asistentes y había veces en que hasta estaba leyendo la sección de ventas inmobiliarias del periódico mientras su gente le comunicaba los incidentes y contratiempos en sus propiedades y únicamente decía como respuesta a lo que le notificaban, bajando el periódico, colocándolo sobre el gran escritorio o sobre la mesita del avión y con energía y decisión: "Hágame el favor de llamar a este teléfono –ahí señalaba uno de los anuncios golpeándolo repetidas veces con el dedo, ajustándose con la otra mano los lentes para enfocar bien- y me pregunta los datos de este inmueble de tres millones y medio que anuncian aquí, creo que es una maravillosa oportunidad".

En Santo Domingo, República Dominicana, compró un terreno grande; en España compró una finca cerca de Toledo y otra a unos minutos –en carro- de la ciudad de Málaga.

En Argentina compró una casa en la Provincia del Chaco y un restaurante en Buenos Aires, en el Barrio de la Boca. En Brasil compró un terreno en Playa Seca, en el Estado de Río de Janeiro a sólo unos kilómetros de la *"Cidade Maravilhosa"*, en la región de Los Lagos. En la Vieja Panamá compró un estanquillo y en Costa Rica, cerca de Limón, una hacienda ganadera, como la que su secretaria, siguiendo sus instrucciones le compró en Chihuahua, México, a treinta kilómetros de la ciudad de Camargo. Aquel año lo cerró con broche de oro comprando lo que siempre había sido la máxima ilusión de su esposa: un departamento de lujo en la Torre Trump en Nueva York, sí señor, en donde compraba la *élite* del país más rico del planeta, los Estados Unidos de América.

Habría comprado la islita que le ofrecían en el Mediterráneo, cerca de Mikonos, comenzando de esa forma y de manera brillante su incursión en las transacciones inmobiliarias de la parte más oriental de Europa, el gran mercado de los inversionistas internacionales en aquel entonces, es decir, se habría graduado como "comprador" de primerísimo nivel, entrando de lleno en las ligas mayores, si no hubiera sido por la desgracia que le enchuecó la vida.

Salió en los periódicos inclusive. Él dijo en todo momento que se trataba de una venganza de sus enemigos empresariales y políticos, pero la Procuraduría General de la República sostuvo siempre que la tonelada de cocaína hallada por los agentes del grupo especial de narcóticos en la caja de uno de los *trailers* de otra de las empresas de Rubens y que estaba, además, en la bodega de la colonia Casas Alemán que Rubens compró cinco años antes allá por el Palacio de los Deportes, formaba parte de una serie de cargamentos que el exitoso empresario veracruzano negociaba y transportaba a diversas partes de la República y la Unión Americana.

Cuando Rubens tomó conciencia de la saña con que la Procuraduría redactó los primeros boletines informativos oficiales, se dio cuenta de que estaba en problemas serios y su situación se agravaría con seguridad mucho más en los siguientes años, en vez de resolverse.

En ese punto pasó la primera de las grandes paradojas del destino de Rubens. La gran cantidad de inmuebles adquiridos –una de las propiedades había sido conseguida "gratis" por Rubens después de quedarse con un terreno que colindaba con una de sus casas y, como nadie lo habitaba ni reclamaba, el empresario decidió apropiárselo mediante un juicio de los llamados de prescripción positiva, que ganó –, prácticamente la totalidad de las casas, fue ofrecida como parte de la garantía de pago a un par de abogados ladrones -verdaderos hijos de los seguidores de Alí Baba de Subuta Mader- que dizque se encargaron de la defensa de Rubens al principio y, como unos meses después las cuentas bancarias del hombre de negocios fueron congeladas y se quedó él sin poder disponer de efectivo para sus pagos, tuvo que ver con rabia y totalmente indefenso, cómo esos dos abogados se quedaron a la mala con el noventa por ciento de todos sus inmuebles.

El diez por ciento restante se lo pagó al abogado que entró en su substitución cuando aquéllos completaron el fraude y escaparon con el dinero.

Así que el comprador de inmuebles, el hombre que tenía casas para dar, prestar y regalar, que toda su vida luchó por tener más y más y más casas, inmuebles y propiedades para que ni por equivocación existiese la posibilidad de quedarse otra vez sin un lugar para él en esta tierra…se quedó sin ni siquiera un pedazo de tierra propia, suya, de *él*, para ser enterrado.

Pero entonces ocurrió la otra gran paradoja, aun mayor.

En la cárcel, en la que fue condenado Rubens a permanecer por doce años por delitos contra la salud y asociación para el crimen, encontró él, por fin, insospechadamente, a mediados del cuarto año, lo que buscó por tanto tiempo: una casa, una verdadera casa; de hecho, todo un hogar.

Fue ahí donde se sintió calmado, relajado por primera vez en su vida, sabiendo que *ése* era *su* lugar −como muchas personas en el mundo intuyen en un determinado momento que encontraron *su* lugar-, *su casa*, y hasta comenzó a andar como Juan por la suya en los pasillos y galerías de la prisión e incluso lloró de emoción un día al tener una experiencia mística, casi ontológica, donde se exaltó todo su ser llenándose de la plena conciencia de que todo lo que le había pasado, había pasado *con* un fin supremo, *por* un fin supremo y *para* un fin supremo, aleluya!: encontrar su lugar en el mundo, el lugar donde, estando, no necesitaba ya buscar ningún otro porque ahí él sentía calor y protección, el lugar que le pertenecía y al que él pertenecía; al fin, después de una eternidad de búsqueda infructuosa...*su casa*.

―――――――――――

―――――――――――

Dicen que en la prisión del CE.RE.SO., en la ciudad de Chihuahua, Chih. (y con certeza en muchas otras en el mundo) hay "presos" liberados −de los que ya andan en la calle por haber cumplido su condena- que, especialmente durante las temporadas de fin de año (Navidad, Año Nuevo, etc.) −para muchos, tiempos de frío y soledad insoportables-, cometen delitos, y los cometen de la manera más torpe y evidente posible, a propósito para ser detenidos y encarcelados nuevamente, y a la mayor brevedad, en el presidio. Ahí pasan el fin de año y los que siguen, entre amigos, afectos y conocidos, tienen techo, colchón, cobijas, baño con agua caliente, áreas de juegos, biblioteca y tres comidas al día, y recuerdos, muchos recuerdos, de todas y cada una de las casas por las que pasaron de largo y sin sentir.

VISTA PANORAMICA

Ana Portillo, Anita, no era la típica vendedora de casas de la Costa del Sol. A diferencia de la mayoría de sus colegas, no rebasaba los veintiún años ni provenía de algún lugar de Baviera o del sur de Inglaterra.

Era una muchacha típica, pero no a la manera de aquel Serrat, sino de las que fueron concebidas entre los meneos sincopados de la época Disco y aquellos otros más acentuados de los encuentros sexuales en las camas de la España explosivamente liberada de los años posteriores a los rigores del franquismo: en cierto sentido, una muchacha de aquel cúmulo que fue engendrado más por sexo ocasional que por amor eterno, si es que existe alguna diferencia sustancial entre ambos conceptos.

Para los padres de Ana, la diferencia si existía... no era de ninguna manera "sustancial". Creyeron haberse enamorado entre idas al cine, caminatas por la calle de la Princesa hasta la Plaza de España y sábados veraniegos platicando y bebiendo hasta tarde en algún bar del Paseo de la Castellana, de Alcobendas, o del camino hacia Santos de la Humosa, pero en realidad lo hicieron cuando descubrieron que les encantaba joder a todas horas y pasarse los domingos echando unos polvos. Como Rodrigo le decía a su futura esposa cada vez que sentía el prurito de volver a lamerle el triángulo de bellos húmedos y ensortijados entre las piernas: "Pilar, Pilar, Pilar... polvo eres... y en *polvo* te convertirás". Y mientras la muchacha festejaba las ocurrencias extrañamente poéticas del ingeniero, contorsionándose y metiéndole a él a su vez los dedos en el cabello, seguían ambos convirtiéndose en polvo.

Se casaron en Segovia por petición expresa del padre de Pilar, que no sólo había nacido en esa ciudad, sino también contaba allí con un buen número de amigos y proveedores de servicios, desde restauranteros hasta dueños de salones y párrocos.

Aunque la luna de miel duró más de lo usual en las parejas de esa edad y situación social, terminó finalmente y dio paso a la inmediata espera de la hija de ambos y a la decadencia de la relación. Anita venía en camino.

Rodrigo y Pilar descubrieron a los dos años de casados que casi nunca el amor sobrevive a la atracción y el entendimiento sexuales. Rodrigo lo explicó basándose en la comprensión de que en realidad nunca existió amor entre los dos, sólo ganas de acostarse, y Pilar acomodó en su memoria el episodio del fracaso como el amor que se extingue por haber sido "quemado tan rápida y ardientemente entre dos amantes tan apasionados, que lo que no valió por largo, lo hizo por intenso". Allá ella.

Pero aun para ella estaba claro que aunque fuera amor, resultaba muy difícil insuflarle vida cuando Rodrigo raras veces aparecía por casa para disfrutar juntos; cuando a pesar de hacerlo demostraba una absoluta falta de interés por acercársele a Pilar para algo que no fuese el insípido beso de despedida, y cuando un mal día decidió confesarle entre meneos pusilánimes de cabeza y miradas evasivas típicamente masculinas, que era triste, pero ya no sentía ni tocarla, y menos desde que se había acostado por primera vez –ocho meses antes- con Frances, una secretaria de la empresa donde trabajaba; qué quieres? tenía que decírtelo, ya no aguantaba, le dijo, y en ese mismo momento le pidió irremisiblemente el divorcio a una Pilar que aunque desencantada, habría estado dispuesta a esperar un poco más y, por qué no?, a perdonarlo e intentar el olvido.

Aun sin querer y a pesar de haberse prometido que jamás haría ese tipo de cosas, Pilar enseñó a su hija Anita gran parte de su primer vocabulario, utilizando términos asociados y relativos a su reciente divorcio. La mala experiencia teñía, sin remedio, muchas de las palabras que resonaban en el salón del piso cuando Pilar enseñaba a hablar a Anita en esas tardes tediosas de los sábados en que madre e hija sustituían, casi siempre de manera inconsciente y para beneficio recíproco, al hombre que ya les faltaba. "Pa...pá; pa...pá, malo...ma...lo, ma... a ver, otra vez:... ma..., ma...lo, dilo junto Anita:

ma-lo; di-ne-ro, a ver, di: di-ne-ro…di, di ja,ja,ja, qué curioso! te digo di-di, porque "di" quiere decir que digas, y el segundo "di" es la primera sílaba de di-ne-ro, te fijas? no para que tú digas "didí"; di-ne-ro, a ver… di: di-ne-ro, ¿no sabes qué es eso? ¿qué es una sílaba? Son las partecitas en las que se dividen las palabras…di-ne-ro… di-, como en di-vor-cio, a ver, repite: di-vor-cio…"

Y como que no quería la cosa, a veces a propósito y otras pensando que no, Pilar enseñó a Anita a entender la vida como una lamentable experiencia por la que ambas tenían que pasar como producto de las acciones de un pa-pá ma-lo que le había pedido el di-vor-cio a ma-má y las había dejado sin di-ne-ro.

Pilar no era especialista en conseguirlo, no había estudiado una carrera y nunca había necesitado preocuparse por su situación económica, así que los primeros años la pasaron mal, sobre todo porque Pilar se negó a regresar permanentemente a la casa del abuelo comprensivo que adoraba a Anita y que deseaba tener a su hija y a su nieta con él, allá en Segovia. Pensó Pilar que de nada serviría un paliativo provisional y que no quería ser una carga para el viejo.

Un fin de semana en Marbella, haciendo amigos en un bar, conoció a Margaret O'Sullivan, directora de una empresa inmobiliaria dedicada a vender pisos, chalets y parcelas, y después de conocer, por ella, un poco más sobre el negocio, decidió que a eso se dedicaría.

Se mudó a Torremolinos con Anita, ya de seis años. Después de un tiempo de trabajar para la empresa de Margaret y para otras compañías, se independizó y abrió una pequeñita agencia –ella y una secretaria constituían todo el personal-, cerca de la playa. La competencia entre vendedores de inmuebles en la zona empezaba a resultar feroz y aunque el mercado era grande y noble – especialmente por la gran demanda de propiedades por parte de los europeos del norte-, requería de todo el esfuerzo de Pilar para salir adelante. Ella contestaba casi siempre el teléfono, hacía las citas, entrevistaba a compradores y vendedores, revisaba la documentación, ponía los anuncios en las publicaciones, citaba y se encontraba con los posibles clientes en la esquina del restaurante chino *Kung Tsian* o mero enfrente del *Mc Donalds* y se iba con ellos para mostrarles personalmente, en vivo y a todo color, los chalets y las fincas.

Anita creció acompañando a su madre en sus visitas al notario y mostrando propiedades junto a ella. Pronto memorizó las tácticas, estrategias y sistemas y empezó a vender chalets y parcelas como un juego más de los que ejercitaba con Pilar. Le decía "yo la muestro, mamá, yo la muestro", y Pilar, sonriente y orgullosa permanecía en la puerta de entrada mientras Anita, de nueve años, muy seria, conducía a los matrimonios o familias compradoras por el jardín de cuarenta metros cuadrados, por el garage para dos autos que aquí mismo tiene su trastero, vean ustedes, por los dormitorios amplios, como ustedes verán, de techos altos y cada uno con su baño privado y bañera y ducha, y por el patio interior, miren ustedes qué bonito, de auténtico estilo andaluz y desde el cual se puede apreciar allá al fondo, la piscina, de ocho por cuatro, no vayan ustedes a creer que es pequeña, para nada, que yo la he medido personalmente y me he bañado en ella y está como para quedarse ahí dentro el verano entero…

Era una delicia siempre ver a Anita y escuchar su voz infantil tratando de vender como gente grande; ella, entre juegos, intentos fallidos y correcciones, se convirtió imperceptiblemente y por necesidad en una súper vendedora.

Pero lo que más le gustaba era sin duda la posibilidad de conocer personas, familias, gente de diferente nacionalidad, que en un alarde de alegría e imagen idílicas, le transmitía destellos de ese mundo que ella siempre quiso vivir y que a sus veintiún años se le figuraba que le hacía más falta que nunca: el de la familia numerosa, perfectamente integrada y constituida, en su propio chalet amplio, luminoso, ventilado, mágico…

Cuando le tocaba mostrar propiedades a hombres solos, fantaseaba con la posibilidad de que resultaran solteros, viudos, ya en última instancia divorciados, pero *libres* y capaces de intentar con ella lo que la amargura transmitida por su madre y el desencanto desesperanzado del fracaso del primer matrimonio de Pilar habían convertido en la mente de Ana en el sueño más codiciado y acariciado por la chica: casarse bien casada, enamorada de un hombre que la amara realmente hasta que la muerte los separara; ser, en virtud de eso, *feliz*.

Ése y no otro era su concepto de la felicidad cuando conoció a Karl Bauer, alemán de treinta y dos años que buscaba un chalet en la Costa del Sol para pasar sus tórridos veranos. El alto hombre de negocios, heredero de la fortuna de una familia de magnates de la industria textil deportiva en Alemania, con recia personalidad y grandes ojos azules incrustados en una cara de rasgos increíblemente atractivos, le voló los sesos a Ana, le movió el piso, la puso a temblar y a humedecerse de la boca a las piernas desde el momento en que entró a la oficina de *Torre Properties* por primera vez aquella mañana. "No se me hace agua la boca –le decía Ana a su mamá tratando de explicarle el impacto que el rubio le provocaba-, se me hace agua la vida!".

Pilar sonreía como forzada, con el único deseo arraigado en su interior, de que a Ana, a su dulce Ana, a su Anita, ese hijo de puta que seguramente sería el alemán, no le fuera a hacer una cabronada como la que Rodrigo le había hecho a ella veinte años antes. "No te entusiasmes mucho – le decía-, mira lo que me ha pasado a mí por crédula, por romántica y emotiva, mira la de cosas por las que hemos tenido que pasar por no haberme yo fijado bien con quién me casaba. Llévatelo con calma, Ana".

Y se lo llevó con calma, pero a enseñarle el mundo. Su mundo íntimo personal de fogosa pero reservada españolita moderna donde los continentes eran de hielo puro formado por años y años de alentar la desconfianza inculcada en ella por su madre, pero donde las fuerzas ígneas interiores ya no hallaban el modo de salir, buscando sólo un punto, una vía de escape que se había negado a aparecer en esas relaciones insípidas, irrelevantes e inconsistentes que habían caracterizado a su adolescencia entre muchachos inmaduros en la Costa del Sol.

En el atardecer de ese día, Karl aprendería la importancia de la mezcla de las sangres y los temperamentos, conocería el atractivo de las gotas de sangre árabe que contagiaron a esas otras latinas, desde los antepasados mudéjares de Pilar hasta las presunciones del árbol genealógico de Rodrigo, el papá ausente que decía llevar sangre etrusca en sus venas, todo ello cocinándose aún en los rincones del cuerpo de Ana. Y esa noche, por fin, Ana comprendería por su parte el porqué del irracional miedo de su madre, el porqué del terror que sentía ante los extraños.

Disfrutándolo, anticipándolo, con absoluta premeditación, preparó todo, y se llevó al alemán hacia el piso en venta del edificio en lo alto de Mijas, que tenía una vista panorámica excepcional y desde cuyas alturas se veían el tren, las montañas, la autopista sinuosa, la playa y hasta las costas de África. Platicando con él, tanteando el terreno, absolutamente convencida de que ese era *su hombre*, el único, el de nunca antes y el de siempre, diferente a los chicos incoloros que había besado alguna vez en lugares conocidos de Marbella, en San Pedro, en Estepona, diferente a los turistas constantes, a los amigos de su madre, divertidos pero irrelevantes, diferente en su esencia misma al *homo sapiens*, se lo llevó en su auto contándole cosas, mostrándole el mar, las calles, los faroles, el mundo y sus alrededores, riéndose, sonriéndole,

127

arreglándose el pelo, viéndose de reojo en el espejo del auto, retocándose un labio. Y llegó al departamento sin muebles, con la pura alfombra, y abrió la puerta y pasó primero y no estuvo segura ni de qué dijo exactamente, pero supuso que nada extraño, todo justo, porque se limitó a repetir maquinalmente las frases y expresiones que para tratar de vender un piso le había enseñado su mamá, porque lo único que ella pensó de manera consciente en ese instante, fue en qué momento sería mejor lanzársele a fondo, en qué terraza, en qué dormitorio, en qué parte de la alfombra del salón, sobre qué mueble de la cocina, en cuál ventana, y con qué mano le tomaría y si valdría la pena hablar o estar callada. Y fue en el salón, como si nada. Simplemente le dijo ella: "ven..." y le tomó la mano, pero no usó la izquierda para acariciarle la cara, como había planeado un poco antes, pues el temblor creciente y la emoción la desbordaron y acabó por usar las dos manos para apretarle al hombre el cuello, las mejillas y la espalda, y se le dio sin miedo y lo besó, primero suave y luego fuertemente. Y se quitó la falda y se quitó la blusa y se sintió con ganas de hasta arrancarle al alemán la carne y se le hincó de frente y lo besó por frente y por atrás y le tomó en las manos, amorosamente, el sexo y lo llevó a su boca tomándolo en la lengua con el alma; y lo violó enterito.

Y comprendió.

Comprendió que ésa era la esencia del amor, que el amor se muere y nace cada día, como nosotros con la noche, que cariño y sexo y amor y odio van de lo mismo, que el amor de los viejos que llegan a sus bodas de oro no es más que una costumbre sublimada a duras penas a veces tolerada y no un "amor eterno", que el amor al que llaman "verdadero" no existe, pero, a su vez, aquél que un día se le parece ni se duda ni se acaba, porque en el fondo se nos siembra adentro, y no requiere de dos, eso no es cierto, nace solo, porque sí, de la nada en equis tiempo, como nacen los mundos y los universos, pero es más grande y voluntarioso que ellos porque no precisa ni de dioses ni de cielos, y cuando encuentra a alguien se deposita y crece, como una semilla volando con el viento que va a caer allá en tierra extraña y entonces porque sí, se da y florece, y *es*, al florecer, ya para siempre, aunque se acabe al día siguiente, y hasta si no fuera de esa forma, seguiría volando eternamente, siendo de cualquier forma "amor" y sin dejar de serlo; y comprendió ella también que ese beso, el de Karl, su *primer* beso de *su* vida *suya* en ese piso ajeno, con el Mediterráneo añil al fondo, lejos, y las luces de neón y de tungsteno empezando a encenderse sobre los filos dorados cobres de los cerros y en los edificios y en el puerto, y la melancolía naranja y ocre en Fuengirola que los miraba dulce tras el cristal de acero y la luna distante sobre Málaga, gigante, todo eso... bien valía un desengaño, un largo adiós, una atroz decepción, tal vez otra hija como ella –sin *pa-pá*, o con un *pa-pá ma-lo* y *sin di-ne-ro-*, tal vez hasta una inmoral desilusión y miles de problemas y hasta diez mil divorcios, luego...

VECINOS

Primero lo molestaron los portazos. Luego los ruidos en la noche y la música hasta muy tarde algunos días de madrugada. Especialmente el tipo de música: rock de los setentas, en inglés. Después los martillazos -o eso parecían- en la pared que daba a su dormitorio.

Acabó desarrollando una aversión profunda por la familia que vivía en el departamento de al lado, sus *vecinos* (así, dicho con una entonación irónico-despectiva, pues era una familia *sui generis*, o mejor dicho, *la familia*, por excelencia, el *súmmum*: **1)** un padre... responsable y responsivo, trabajador diario de nueve a cinco, bailador y pachanguero los viernes en la noche al salir del trabajo e irse a divertir –obvio- sin conocimiento de la **2)** esposa... respondona sólo en cuestiones de dinero y de *status* ante sus amigas, por lo demás, sumisa, mentirosa e hipócrita, no demasiado preocupada por su marido, más bien despreocupándose gradualmente de manera inversamente proporcional al a umento del número de sus años de casada, ya inclusive con un par de aventuras amorosas -no del conocimiento del marido, claro- y atenta más o menos a sus **3)** hijos, a quienes decía querer mucho: **a)** una hija... vaga, noviera, gastadora e interesada única y verdaderamente en las diversiones, las fiestas y los encuentros amorosos –para los "amigos" "estudiantes", una "putita"-; y **b)** un hijo en sus catorce años, con lo que significa -simplemente- tener un hijo que está en sus catorce años. Punto).

Pero en lo que al hombre del departamento cuatro molestaba -salvo en los portazos, en los que participaban *todos sus vecinos* del tres- no tenía mucho que ver la familia como *familia* en sí, sino sólo una

131

pariente de la familia -sobrina, por parte de prima lejana, de la mamá-.

Era la sobrina la que había llegado de visita seis meses antes con el pretexto de andar buscando departamento pues comenzaría a estudiar su carrera en la Facultad de Filosofía de la UNAM, y estaba quedándose ya permanentemente, y era ella, esa sí, la responsable por los ruidos a altas horas de la noche, por la música de Led Zeppelin, Black Sabath y Deep Purple a todo volumen casi todas las tardes y los sábados y domingos más…, y por los martillazos en las paredes. Sin embargo, este hombre del cuatro -él mismo con familia (esposa e hijo)- no se enteró hasta el séptimo mes de que la muchacha era la responsable, pues no fue sino hasta seis meses y medio después de que ella llegó a quedarse con sus tíos, que el vecino la descubrió. Y de qué manera.

Era sábado. Su esposa había salido con el niño de seis años a comprar al súper que quedaba cerca del edificio. El hombre fue a la cocina a servirse un refresco. Abrió el refrigerador y mientras buscaba qué más sacar para comer, comenzó a escuchar la dichosa música acompañada de la cantilena de siempre, la voz de una mujer joven –que él hasta ese día siempre había creído que era la joven hija de la familia que vivía en el departamento tres, dispuesto en "L", al lado y frente al suyo- entonando *Smoke on the water*, bastante desafinada…

Él movió la cabeza mientras agarraba un plato con jamón y cerró el refrigerador preguntándose cuánto tiempo duraría esa vez el "concierto". Pero al ver hacia el fregadero notó que la ventana grande del baño del tres estaba abierta y que adentro alguien se movía. En seguida se le enchinó la piel cuando se dio cuenta de que era un cuerpo de mujer… y estaba desnudo. Alcanzó a ver los pezones y el busto que cruzaban por el espacio que dejaba la ventana abierta -de aquellas ventanas que tienen una sola hoja, colocada en sentido vertical y que abren empujándolas por la parte de abajo hacia fuera-; vio también la curva de la cadera y parte de las nalgas. Y ahí fue cuando se le cayó el jamón.

Se agachó para recogerlo pero sin dejar de ver hacia el departamento tres; quería ver la cara de la mujer pues ya la forma y el ancho de la cadera le habían hecho pensar que no se trataba de la hija (mucho más delgada y menos llamativa), ni de la esposa del vecino (mucho máaas gorda), sino de alguna mujer que él no conocía. No vio la colocación exacta de los pedazos de jamón desparramados en el piso, pisó en uno, se resbaló y se cayó él mismo con todo y su vaso de refresco. Cuando se repuso y se levantó… la ventana del baño del tres ya estaba cerrada.

132

A partir de ese momento el departamento de al lado dejó de ser para el hombre motivo de quejas y corajes. A cada momento echaba un vistazo rápido para tratar de ver la cara de la vecina recién descubierta. El hecho de verla desnuda en el baño le hizo pensar que no se trataba de ninguna amiga de la familia en una visita eventual; más bien una pariente.

Si su propia mujer estaba presente en el departamento, el hombre era muy discreto y disimulado para echar las ojeadas, pero nomás salía su esposa, se quedaba largos ratos sentado en la sala, con un periódico o un libro en la mano, haciéndose menso, viendo para ver si veía a la muchacha de nuevo, o se ponía de plano a limpiar con un periódico mojado los vidrios de las ventanas de la sala y el comedor o a lavar hacendosamente los platos, viendo siempre hacia la cocina y el baño del tres. Lo de la lavada de los platos era lo que más le gustaba pues podía ofrecerse para hacerlo diariamente sin despertar sospechas de su esposa -limpiar los vidrios *todos* los días era menos lógico-, quedaba bien con ella y podía permanecer en la parte de su departamento más cercana a la cocina y el baño del departamento tres. En esas ocasiones empezó a fijarse más y en cosas que antes no había ni reparado, y empezó a asociar las apariciones y desapariciones del cuerpo de aquella mujer con los ruidos que al desaparecer ella alcanzaban a oírse como provenientes de las distintas partes del departamento. Así, veía de nuevo por la ventana del baño una parte del cuerpo desnudo, luego el cuerpo pasaba de largo y desaparecía sin que hubiesen cerrado la ventana... y comenzaban los martillazos en la recámara del tres, correspondiente al dormitorio del departamento del hombre, situado "espalda con espalda" –por así decirlo- con aquélla; o alcanzaba a ver -por la pequeña ventana que se distinguía al fondo, en la puerta de la cocina del tres- que *esa* mujer andaba haciendo algo en el comedor de su departamento y ahí, por las apariciones y desapariciones del cuerpo al pasar tras la puerta de aquella cocina, relacionadas con los ruidos característicos que se escuchaban en determinados momentos, podía el hombre deducir que la que hacía esos ruidos era la mujer, la muchacha que ya –y sin conocer aún su cara- empezaba a quitarle el sueño, aunque no supiera él qué era exactamente lo que ella hacía y por qué provocaba esos ruidos.

Pasó dos semanas tratando de observarle la cara, aunque en verdad poco le importaba, pues la línea de la cadera y las nalgas regordetas lo habían dejado tan inquieto que estaba dispuesto a no ser tan exigente con la apariencia facial de la joven. Llegó incluso a salir corriendo de su departamento, para coincidir en la escalera con la persona que supuestamente un momento antes había salido del departamento tres dando los portazos que él escuchaba. Pero nada.

El día en que por fin pudo conocer la cara de la muchacha fue casi -por lo menos en ese momento- sin proponérselo. Estaba él -esposo detallista, sumiso y trabajador de un tiempo a la fecha- talle y talle el mismo platón de la ensalada, para hacer tiempo a que algo pasara, viendo cómo el detergente se escurría por el fregadero, cuando levantó de pronto la cabeza y vio ahí enfrente, nítida, trabajadora como él, hermosa en su cara redonda y sus pechos plenos y viéndolo con sus ojotes bien abiertos, enmarcada por el marco de la ventana de la cocina del departamento tres, como moderna cocinera o lavandera de cualquier cuadro de un Johannes Vermeer tercermundista actual, a la mujer con la cual llegaría casi en seguida a hacer el amor, pero a la que nunca vería de cuerpo completo y de la que nunca conocería ni el nombre.

Dicen algunos que las mujeres flaquitas, ésas de cuerpo muy delgado, casi anémico, con actitudes, poses y expresiones de refugiada de Bangla Desh o Somalia, las que parece que no maten una mosca y si la maten lo hagan callando, son las más calientes, las más fogosas, las ninfómanas más insaciables, atrabancadas y puñeteras que pueda uno encontrarse jamás, pero generalizar así tal vez es peligroso e injusto para con las de complexión regular, y tal vez más para con las gorditas, que según dicen otros, no cantan nada mal las rancheras en cuestiones de sexo y revolcones, y según afirman otros más, son hasta muchísimo más cachondas que las flacas, las que de acuerdo con esto sólo tendrían la fama. Vaya usted a saber.

Lo único que puede decirse a ciencia cierta es que sin importar realmente quiénes se lleven el trofeo a las más activas y apasionadas, la del tres, la lavaplatos sorpresiva ninfa acuática bañista por vocación regordeta nudista gordita simpaticona cuya cara descubriera la mañana de aquel día el hombre del cuatro... era, ella sí y con seguridad, la más acelerada y activa de todas las mujeres en edad de merecer –que son *todas*- de por el rumbo (léase Pueblo de Tacuba, Popotla, Colonia Clavería, Azcapozalco y anexas), y sobre todo, la culera más entusiasmada, incansable y agresiva -en eso de tomar la iniciativa- que el hombre había conocido.

La esposa del hombre nunca se enteró. El padre de familia, su esposa víbora y sus dos hijos adolescentes sanguijueladillas en el departamento tres, tampoco. Pero si alguno de ellos se hubiese enterado de la apasionada relación de la sobrina con el vecino del departamento cuatro, le habría echado la culpa a ella, a la exhibicionista melómana -a excepción de la joven esposa del hombre, que habría afirmado con rabia que el culpable había sido, sin lugar a dudas, su marido.

El propio marido, él también en el principio de sus treintas, pensó después, muchas veces, cuando no podía ni dormir por estar necesitando otra sesión amorosa con la vecina, que la culpa de la aventura había sido de *ella*, pero reflexionando bien en las causas llegó a lo que a él le pareció una conclusión lógica y por demás evidente: la culpa la tuvieron los huevos.

Los huevos del Infonavit.

"Sí, los huevos cada vez más huevos del Infonavit". Y se lo repetía para justificar su infidelidad. Ya desde décadas atrás la gente de pocos recursos, clase baja con aspiraciones de propietarios de casa clase media -como él y su esposa- se quejaban del tamaño ridículo, casi un huevo, de los departamentitos del Infonavit (similares y anexas) -en pocas palabras, de cualquier departamento en edificios o construcciones de interés social-. Se quejaban también del diseño sin chiste y de los materiales de baja calidad, así como de los defectos de construcción y de los accidentes provocados por los mismos. Con el paso del tiempo los nuevos departamentos construidos fueron siendo cada vez más y más chicos, y los materiales, peores. Como en el caso de los departamentos del edificio donde vivían el hombre y su esposa, y enfrente, a unos *centímetros*: la familia feliz con la sobrina visitante. En estricto sentido sí, la construcción y el tipo de departamento tuvieron mucho que ver en la relación fugaz del hombre y la muchacha.

Comenzó él una tarde del acostumbrado baño incitante por estirar el cuerpo un poco más para alcanzarle a ver a la mujer más abajo. Luego ella se dio cuenta, se subió en la taza del *wáter* y así pudo ya él verle el pubis desnudo y parte de las piernas; enternecida ella, al ver la expresión embelesada casi idiota en la cara del hombre por la visión de sus encantos, se bajó de la taza, se aproximó a la ventana del baño, sacó la mano, estiró el brazo y movió sus dedos invitando al hombre a tomárselos. Él, disimuladamente, extendió la suya desde donde estaba en el fregadero lavando trastes, y alcanzó a encontrar la mano de la mujer a la mitad del espacio pequeño entre los departamentos cuatro y tres, en medio del cubo de luz. Así, permanecieron, tomados de la mano, ayudados un poco por la oscuridad creciente de las siete de la tarde del mes de mayo en la capital. Ella movía sus dedos y retorcía su mano acomodándola de mil formas en la del hombre, simulando movimientos del cuerpo completo en el acto del amor, le tallaba suavemente las muñecas y le hacía cosquillas en el huequito de la palma de la mano hasta ponerlo a él al rojo vivo. Él se dejaba hacer, escuchaba los jadeos derretidos de la mujer, que por la cercanía de las ventanas de los departamentos parecían soplados en su oído..., y se retorcía. Luego, otros días de lo mismo, comenzó a hacerle a ella las mismas cosas y a acariciarse él sus partes mientras ella le repetía el procedimiento y le enseñaba otros.

Al quinto día descubrieron que las paredes de sus dormitorios eran tan, tan delgadas, que casi podían conversar de un cuarto al otro, pero para amplificar un poco el volumen usaron unos vasos de cristal poniendo la boca de ellos contra el muro, para hablar y oírse. Al sexto día en la tarde, clavando otro de sus cuadros, sin proponérselo, sólo como efecto colateral del martillazo, la muchacha rompió la delgadísima pared que separaba los dormitorios. Con el agujerito tuvo para hablarle mejor al hombre y para espiarlo por la noche, excitada, cuando él (pensando en *ella*) hacía el amor con su mujer. Al día siguiente se pusieron de acuerdo para que ella con el martillo hiciera otro agujero, un poco mayor y ya en la parte de la pared que quedaba atrás de un ropero que el hombre tenía en su habitación -específicamente de la parte donde él guardaba sus ropas-, y en el ropero mismo inclusive. La delgadez de los materiales de los muebles económicos modernos de "madera" facilitó la obra; el hombre le echaría siempre la culpa también a eso.

El agujero quedó discretísimo, tenía unos nueve centímetros cuadrados y les dio ya para tocarse un poco, olerse los cuellos, percibir sus alientos, darse de besos y lamerse. Para lamerse más abajo hicieron otro agujero similar a la altura de la ingle y, para satisfacer una inclinación de ella de toda la vida, hicieron otro agujero más, al nivel de los pies, pegado al piso del ropero. Les bastaba dar un par de toquidos en la pared, era la clave, abría él la puerta del ropero y comenzaban con sus caricias y sus juegos eróticos.

Al octavo día, con desesperación, él mismo, no ella, abrió con uno de los cuchillos de la cocina un círculo de unos veinticinco centímetros de diámetro en la parte posterior del ropero y después en la pared. Esa noche, mientras la esposa del hombre dormía tranquilamente y la familia de la sobrina hacía lo mismo del otro lado -como a las tres de la mañana-, hicieron los dos el amor, de pie; primero los dos de frente, luego ella de espaldas y agachada, recibiendo por detrás y por enfrente, pero por detrás, ambos conteniendo los gritos de placer que se les antojaba dar, comprendiendo que lo único que era razonable hacer era callarse y jadear, bajito, para no despertar a nadie ni provocar un escándalo.

Por ese mismo miedo de ser descubiertos no decidieron hacer un agujero de cuerpo entero en la pared, atrás del ropero, para mirarse, tocarse y entregarse de golpe y por completo, incluso pasando ya enteramente de una habitación a otra, y se quedaron haciendo las cosas así nada más, como hasta esa noche. También quizá por miedo de causar un problema, por excitación fetichista, desviación o como quieran llamarle los entendidos... o por temor a comprometerse o simple miedo de llegar a enamorarse, vaya usted a saber, continuaron haciendo el amor, acariciándose, lamiéndose y tocándose de esa manera y en ningún momento ninguno de los dos sugirió encontrarse de otra forma, salir, visitarse -a pesar de lo fácil que les habría sido, por lo menos, "socialmente"-, ni platicar de ventana a ventana; ni siquiera por teléfono. Nunca en los quince días que duro la relación.

La décima sexta noche él se cansó de esperar por ella con la puerta del ropero abierta, después comenzó a hacer pssst pssst, muy quedo, y ya cerca de las cinco de la mañana y casi durmiéndose de pie, se fue a acostar -ni modo- junto a su mujer.

Nunca más vio pasar a la muchacha por los claros del departamento de enfrente, nunca volvió a ver una parte de su cuerpo desnudo por la ventana semiabierta del baño, nunca más le tocó una parte del cuerpo ni la oyó jadear como cabrita en celo ni sintió la lengua y los dedos de ella meterse por los agujeros del mundo, de las paredes de su cuarto, de su propio cuerpo para acariciarle y sorberle las mejillas, el cuello, la nuca, sus partes; nunca más se metió en la boca sus cabellos y sus pelos; nunca más hicieron el amor de pie de recámara a recámara, cada uno en la suya.

Nadie se dio por enterado. Gracias a Dios, pensó él.

Pero una nostalgia especial lo invadía a partir del siguiente mes a aquél en que dejó de ver a la muchacha. Luego se enteró por una plática casual de su esposa que la sobrina de los de al lado ya se había regresado "por fin" a su tierra. La esposa lo dijo así, de una manera tan natural como si siempre hubiesen conversado de ella, como si él supiera perfectamente de quién se trataba. La nostalgia se le cargó de más. Empezó a no poder dormir, a elaborar planes posibles para comenzar a visitar socialmente a la familia del tres para llegar a sacarles un día el pueblo y la dirección donde podría encontrar a la muchacha de los huecos, como él en su cabeza había empezado preferentemente a llamarla entre los mil apodos con los que pretendía bautizar a aquélla de la que acabó por preferir no investigar ni el nombre; empezó a dejar de ir al trabajo, a enfermarse. Y hasta le ofrecía a su esposa lavar los trastes sólo porque sí, ya no por la esperanza de ver a la gordita mágica, aquélla que cuando aparecía, aparecía por partes, cuando metía la mano, la metía en serio y cuando desapareció lo hizo por completo y sin volver, pedir, ni reclamar nada, a diferencia de la mayoría de las mujeres que él había conocido..., sino para poder soñar mejor con ella y masturbarse más intensamente con un recuerdo más "ambientado". Al final, llegó a tapar definitivamente los agujeros que antes, esperanzado, sólo camuflaba.

La tristeza creciente sólo se le detuvo el día en que notó que la hija del tres, la flaquita, andaba lavando los trastes con más frecuencia que la acostumbrada y se quedaba ahí en el fregadero mucho más tiempo que el razonable hasta para lavar una vajilla de veinticuatro personas.

Él no supo si había empezado a gustarle a la joven, si ella había llegado a la edad de más actividad sexual, si ya era de por sí muy activa -como decían que eran las de su complexión física (pero él nunca lo notó antes)-, si se había peleado con el novio o si la prima lejana de la joven, antes de irse, le había comunicado los secretos de los dormitorios comunicantes. No supo bien pero ni le importó; aunque la joven nunca le había llamado realmente la atención él la empezó a encontrar interesante y atractiva, y una mañana fue él el que le extendió la mano desde donde se encontraba lavando los platos, esposo desconsolado, ausente observador hipnotizado de ella que en la cocina de enfrente lavaba los suyos, para tomar la de la muchacha que dócilmente se extendió, dedos ávidos, carentes, jabonosos, brillantes, jovencitos, mano anhelante derretida elástica en ese momento para encontrar la del hombre como si ya lo hubiera sabido, presentido o practicado desde siempre.

Comenzaron a acariciarse ahí, a enamorarse tácticamente a la mitad de los dos centímetros del cubo de luz que separaba sus departamentos.

RANCHO SAN MIGUEL

Las ramas del sauce se mueven lentamente, como con sueño. El mismo sueño de la siesta de las tres de la tarde que los campesinos duermen bajo otros árboles a un lado de la carretera. A esta hora ni los perros ladran.

El auto con la pareja acaba de cruzar el pueblito, un simple caserío que comenzó como un puesto de tacos de suadero hace veinte años. Luego, le agregaron chorizos de Toluca y bistec y tripa, y después, viendo el éxito de Don Carlos, llegaron su sobrino, un par de amigos y hasta Raúl, el llantero. Al final del tercer año los autos hacían un alto ahí no sólo para comer tacos y quesadillas, dulces de la región, camotes, pambazos y tamales, sino también para reparar alguna llanta ponchada, arreglar el carburador y comprar revistas, cobijas de lana, cestas de palma teñida y suéteres con grecas multicolores.

La pareja no se detiene nunca cuando pasa por ahí. Encuentran al pueblito sucio, vulgar, corriente y pobretón, y de hecho, ese detalle de estar ubicado precisamente *allí*, a cinco kilómetros de la entrada del "Rancho San Miguel", fue lo que los hizo dudar algún tiempo si comprar o no una casa en el lujoso fraccionamiento. Cruzan las pocas casas y los puestos siempre como ahora: sin dignarse a ver hacia los lados, a los puestos, a los negocios, a la gente, casi como con miedo de contagiarse de algo, una enfermedad, el subdesarrollo, la pobreza…

Cuando ven a lo lejos las grandes letras en la entrada del rancho, el corazón se les ilumina, se tranquilizan. Es la señal de llegada al paraíso recobrado, el arco triunfal, marco de entrada al mundo de los ricos, bellos y poderosos. Por lo menos así lo entiende la pareja, dentro de su concepto de "posición social". Y no están, quizá, tan alejados: un terreno de 700 metros cuadrados –el más pequeño que se consigue aquí-: $ 850,000.00 (ochocientos cincuenta mil US dólares 00%). Así, sin más; sin un árbol siquiera, apenas el puro pasto amarillento requemado en estas regiones por el frío y las heladas, y uno que otro maguey…chiquitito. Ya si se quiere un terreno con un arbolito o unas flores de origen, ahí el precio se va hasta novecientos cincuenta mil o un millón. Y en dólares, que eso ya de entrada, al escuchar el precio que los vendedores con trajes Armani les cacarean con orgullo a los posibles compradores frente a la maqueta del fraccionamiento, es todo un símbolo de *status*, y el ser "aceptado" como vecino después, si uno tuvo la fortuna de contar con ese dinero y satisfacer los niveles de educación, herencia, nivel socio-económico, tradición familiar y belleza física que la empresa propietaria y la Honorable Junta de Condóminos de "Rancho San Miguel" requieren de los nuevos compradores y analizan e investigan hasta el cansancio con base en los cuestionarios de los enormes formularios que les hacen llenar y la documentación exhaustiva que presentan –eso ya, esa dichosa "aceptación"–, viene siendo como una bendición de Dios, o por lo menos, del Papa, su bendito y legítimo representante en esta tierra de penurias. Bueno, de penurias tal vez para los zarrapastrosos habitantes del caserío que la pareja dejó atrás, sin mirar, hace unos momentos, porque para los habitantes del hermoso fraccionamiento cuya entrada la pareja franquea en este momento entregándole al trío de vigilantes de la caseta con cámaras y dispositivos electrónicos de seguridad máxima su pase de "Comprador Pre-aceptado Junior" –denominación supuestamente adjudicada a los compradores menores de cuarenta años, pero que en realidad sirve para designar a los potenciales futuros vecinos que no poseen ni un cargo político de Senador para arriba, ni sueldos verdaderamente elevados, ni son dueños de empresas grandes ni cuentan en su patrimonio con más de tres millones de dólares–, para *estos* habitantes, esta tierra y todas las tierras son tierras de bonanza y promisión.

La pareja desciende del auto y sube los cinco escalones de piedra de cantera color miel hasta llegar a la Oficina de Ventas del fraccionamiento. La compra del terreno está casi cerrada; falta sólo un par de trámites. Vivir aquí tal vez ni sea la maravilla que los anuncios impresos en papel italiano con incrustaciones holográficas dicen; quizá ese aire puro y la vista hacia el oriente – donde a lo lejos, chiquitita, se divisa la ciudad más poblada del mundo y de noche, cuando el smog sobre ella cede un poco, pueden verse los millones de luces como nacimiento intergaláctico del niño Jesús - sean lo menos importante. Lo que la gente que viene aquí a comprar terreno y construir casa quiere, lo que en el fondo de los temblores de su personalidad realmente desea es sentir que ya compró una propiedad en "Rancho San Miguel" y ya puede contárselo a sus amistades, sentir también cómo la figura artística más famosa de México, el cómico mundialmente conocido que es además el accionista mayoritario de la empresa que posee y es dueña del fraccionamiento, pasa cualquier día caminando por una de las calles curvas empedradas y saluda gentilmente a las familias paseantes, sentir que se codean durante las juntas y asambleas de condóminos, si no con los dueños de las casas y terrenos, por lo menos con su hijos, sobrinos, secretarios y cuidadores del jardín, sentir que son vecinos de un artista plástico que también cotiza en dólares, en muchos dólares, sus pinturas y esculturas de motivos mexicanos multicolores, vecinos del dueño de la mayor cadena de estaciones de radio del país, de los dueños de una decena de empresas mexicanas transnacionales que venden sus productos en Norte América, en la Unión Europea y hasta en Hong Kong y de la red de pastelerías de más prestigio en la zona centro, y de un par de artistas del disco y la televisión cuyos escándalos personales y amorosos no han sido tan desproporcionados ni tan graves como para no ser admitidos, *ellos*, como vecinos en este selecto enclave de la moderna aristocracia mexicana de principios del siglo XXI.

Y es hablando de escándalos cuando uno piensa en la pareja que ahora ya está sentada entregando los últimos papeles y revisando el contrato de compra-venta del terreno. La Honorable Junta de Condóminos tuvo que reunirse tres veces para decidir si abrirían una excepción en cuanto a la aceptación exclusiva de familias tradicionales y permitirían la compra del terreno de mil quinientos metros cuadrados marcado con el Lote 85, en el número 235 del Paseo La Llorona del Fraccionamiento Campestre "Rancho San Miguel", a la pareja de prósperos empresarios jóvenes dueños de la compañía de espectáculos "Michelet", originarios del estado de Zacatecas, novios ellos, haciendo vida en común desde hace quince años y únicamente no casados aún porque las leyes mexicanas de aquel estado no contemplan la legalidad del matrimonio entre dos hombres -en este caso: Gonzalo y Juliano.

Aunado a su extraordinario suceso en la representación de artistas y organización de espectáculos –favorecido por sus contactos en los círculos y circuitos gays y políticos, cada vez menos demarcados-, vino el caso de la demanda que le ganaron a otro empresario y que les dio varios cientos de miles de dólares, y la recepción de una herencia de un tío lejano de Juliano, que le dejó tres casas, un rancho en Zacatecas y el equivalente a la cantidad de dos millones de dólares en pesos mexicanos. Muchos, *muchos* pesos mexicanos. Así que la Honorable Junta consideró no sólo la estrella creciente de la pareja sino el buen dinero que ésta dejaría ahí con la compra del terreno y la construcción posterior de la casa y, sobre todo, el acercamiento que haría el par de enamorados, de otros artistas famosos importantes que llevarían más dólares a las arcas de la empresa, cuando decidió manejar el asunto con amplitud de criterio y discreción, y aceptar a los jóvenes empresarios como nuevos propietarios y vecinos. Alguien señaló que el trabajo de convencimiento general sólo pudo llevarse a cabo porque fue promovido por el administrador del fraccionamiento, Luis Eulogio Marret -también gay-, enamorado hasta la médula de Juliano… y de Gonzalo.

Los dos hombres firman el contrato, extienden el cheque y pasan con el Gerente de Planeamiento y Construcción para ver la definición de la casa que comenzará a construirse probablemente el mes que entra. En estilo colonial mexicano, siglo XVIII, típico del Bajío y de las casas de Hacienda que diseñaba y construía en aquella época el arquitecto criollo autodidacta Miguel Cienfuegos "El Andalucita". No podría ser de otra manera: el fraccionamiento exige permanentemente uniformidad absoluta en el estilo de las construcciones, con limitantes estrictas respecto al número de habitaciones, el tamaño de las mismas, el porcentaje del terreno que puede destinarse a la construcción, la altura máxima de las casas y hasta el tipo y la disposición de los elementos de adorno, decoración exterior y jardinería. Y a los ricos – especialmente a los "nuevos ricos"- como que les gusta. Les gusta sentir que los limitan, que les dicen lo que se puede y lo que no se puede, que les lean la cartilla y les comuniquen las normas y reglas y estatutos de esa nueva cofradía a la que están teniendo la dicha de entrar y pertenecer de ahí en adelante. Como si ingresasen a secta pitagórica. Sienten que ya por eso pertenecen a la casta superior, la de los elegidos.

Gonzalo y Juliano salen después acompañados por el Gerente de Planeamiento y por Luis Eulogio Marret y suben al pequeño carrito de cuatro plazas eléctrico – en el fraccionamiento no se permiten los desplazamientos internos en automóvil; ése, sólo para entrar y llegar al *garage* de la casa o para salir de ella rumbo a la carretera; por dentro, *sólo* "los migueléctricos", como les dicen-, para ir a ver por fuera algunas de las mansiones construidas por los vecinos viejos. Avanzan descendiendo sobre el *migueléctrico* por la curva de la calzada empedrada que da a la Sección Imperio, pasan por la calle Emperatriz Carlota, por la Maximiliano de Habsburgo, por la Placita Zaragoza y cruzan el Callejón Napoleón III para subir y regresar por la Sección Conquista, donde la casa de Don Luis Sotomayor Solana en la calle Capitán Alvarado, emociona al trío de correligionarios (el gerente de planeamiento no participa, únicamente maneja el carrito mirando muy serio hacia el frente) que generan exclamaciones de deslumbramiento y se abrazan de gusto, de placer y de exaltación existencial. La vida les sonríe, se sienten jóvenes, libres, con dinero y, lo fundamental, *aceptados*.

En uno de los extremos del fraccionamiento, casi en los límites con el municipio de San Agustín Mezquilongo, el Grande, comen los cuatro personajes en un restaurante lujosísimo de comida mexicana - *Fonda Iturbide*- que la administración del "Rancho San Miguel" ha construido más allá del campo de golf para dar servicio a colonos y visitantes distinguidos y especiales. Ahí permanecen toda la tarde, disfrutando la sobremesa y el *cognac* y después otra vez las botanas de pedazos de tamales de mole negro, taquitos de tuétano y tragos de Cuervo Añejo Especial hasta las nueve de la noche, porque hoy es viernes y los viernes en la noche hay hasta *show* con tríos y Mariachi Constelación de Jesús Ramírez de la Cuesta y toda la cosa.

Platican, ríen, juguetean entre ellos. Luis Eulogio Marret le pone la mano en las piernas y en la ingle por debajo de la mesa, disimuladamente, a Juliano, mientras éste acaricia relajadamente el cuello de Gonzalo; el Gerente de Planeamiento hace como que no nota nada de lo que los otros tres están haciendo y continúa bebiendo y pellizcando los nachos y metiéndolos en la salsa roja sin dejar de ver muy serio hacia el frente– como cuando en la tarde manejaba el *migueléctrico* por las calles empedradas entre los amplios jardines y las mansiones. Gonzalo dibuja en una servilleta un detalle especial que le gustaría que pudiera incluirse en la fachada de la casa y también por dentro, en una de las paredes de la sala: un nicho grande y profundo con un bajo relieve en tamaño natural de una *causeuse* donde dos figuras vestidas únicamente con una tela sobre el bajo vientre –a la manera de los antiguos Apolos pero en sentido neo-clásico, un poco como del francés Jaques-Louis David pero con los rasgos de Gonzalo y Juliano– platicarían animadamente; Luis Eulogio piensa que eso ya sería demasiado, mas por su relación con los nuevos terratenientes les promete pensarlo y plantearlo de la mejor manera a la Honorable Junta en la próxima asamblea. Le da un beso discreto cerca de la boca a Gonzalo sin dejar de agarrar la ingle de Juliano. Los equipales en que están sentados crujen con los movimientos tensos de sus cuerpos.

El espectáculo acaba con *La Tumba* y los tres amigos aún cantan bajito– las reglas del decoro y el comportamiento en público del fraccionamiento no lo permiten de otra manera– a la salida del restaurante "... *nomás por ser tan cobarde, por no decirle que lo quería...*". Llega el carrito eléctrico con el de Planeamiento manejando, hacen el camino de regreso bajo la noche estrellada y entre la vegetación perfumada hasta la casa de la Oficina de Ventas. Aquí adentro del rancho la pareja sí admira las ramas colgantes de los sauces que llegan hasta el suelo acariciando su tierra prometida; la poca luz de la luna les define los contornos y les da un aire de gravedad y elegancia; Gonzalo y Juliano mudos, pensativos, piensan cada uno por su cuenta y a su modo en el día en que la casa de sus sueños en el fraccionamiento de sus ilusiones esté terminada y puedan pasar la primera noche de sus fantasías maravillosas en la cama adoselada de latón que vieron en la mueblería *Guermantes* y que desde el momento en que la descubrieron se prometieron comprar para estrenarla en la nueva casa, si conseguían que les vendieran el terreno en "Rancho San Miguel" y les hicieran la construcción.

La noche, con lo ya conseguido profesional y socialmente, y lo que promete de emociones sensuales ese fantástico lugar que ahora recorren sintiéndolo ya suyo, es, tal vez, la más maravillosa de su vida común.

Al llegar a la Oficina de Ventas se despiden del hombre de Planeamiento y de Luis Eulogio Marret y abordan su Mercedes gris plata. Cruzan de salida la caseta de vigilancia donde uno de los guardias ahora trae lentes infrarrojos para la oscuridad y dos mecanismos exhiben el enrejado de unas células fotoeléctricas. Juliano se fija momentáneamente en varias pantallas de televisión de circuito cerrado que otro de los elementos de seguridad observa en el interior de la caseta; Gonzalo, viendo por uno de los espejos retrovisores de los lados del auto, alcanza a distinguir la figura pequeña de Luis Eulogio que, lejos, desde la entrada de la casa de la Oficina de Ventas, sacude la mano izquierda diciéndoles "adiós".

El auto sale del fraccionamiento y se enfila a la derecha, rumbo a la capital. Al llegar a la gran ciudad irán derecho a su departamento en la colonia Nápoles. Juliano ha insistido mucho en cambiarse para Santa Fe y quedar de paso más cerca del Rancho, pero Gonzalo no ha querido salir de esa zona en donde todo queda cerca, desde el World Trade Center y el boliche, hasta la casa de sus padres, personas ya mayores.

Pero ahora están a punto de llegar al pueblito de los antojitos, la farmacia, las tiendas de artesanías y la vulcanizadora. Por costumbre, mecánicamente, miran directo y de frente, a la distancia, para ni por error voltear a ver las taquerías, los sombrerudos y los perros.

Después de haber pasado se relajan. Es por ello que, sin querer, Gonzalo alcanza a ver un grupo de mujeres con tipo de india que caminan al lado de la carretera. Mueve la cabeza negando y le comenta a Juliano que las mexicanas tienen una forma de caminar especial, que a él en particular le desagrada y saca de onda, caminan siempre como echando un poco el cuerpo hacia el frente, como encogidas, apretadas de arriba y siempre agachadas, con la cabeza hacia abajo…"Fíjate" –le dice y señala primero el espejo y luego, con el pulgar, hacia atrás; Juliano ve el espejo pero no distingue ningún cuerpo en la oscuridad del camino, el negro opaco de la noche y la sensación de las apariciones fantasmales le hacen coger inconscientemente con una de sus manos la cruz de Caravaca que le cuelga siempre a la mitad del pecho. Maneja así, conjurando lo malo, la mano entre la camisa y los vellos y músculos del tórax. Siente de pronto en el brazo con el que dirige el volante, la mano izquierda de Gonzalo que se cansó de juguetear con el teléfono celular instalado entre los dos asientos y se ha deslizado hacia arriba hasta llegar a hacerle un cariñito respetuoso. El auto corre silencioso, estable, por la carretera de dos carriles y a los pocos minutos entra como pez al agua, dinámico, en la autopista de cuota. Unos kilómetros más adelante del paso entre las montañas, ya con la hermosa vista –al frente y hacia abajo de ellos– de la medianoche sobre el Valle de México, iluminado y acogedor como nunca en esa romántica salida de abril, Juliano toma demasiado rápido la curva cerrada que por el declive hace que el Mercedes patine a la izquierda, golpee en el muro intermedio y de contención, se desplace a la derecha y le haga frenar indebidamente y en seco, el auto vuelve a enfilar hacia el muro de contención y esta vez lo embiste casi de frente derribando uno de los bloques de concreto armado, gira sobre sí mismo al pasar por encima del muro para ir a caer en los carriles del otro lado de la autopista, ya envuelto en llamas y continúa su carrera, no sobre las llantas sino sobre el techo que saca chispas del asfalto y rechina con el estruendo metálico de la destrucción del vehículo que llega hasta el pequeño barandal de la barrera de protección del otro extremo de la autopista, lo despedaza y se precipita desde las alturas, primero dando de tumbos entre las piedras y arbustos por el costado de la montaña y después, ya volando incandescente por el vacío, entre las paredes del Barranco de la Carmelita.

SE VENDE O SE RENTA

Hay quienes sienten una pasión intensa e inexplicable por las armas de fuego. Se vuelven locos con ellas.

Les encanta mirarlas, sentirlas, acariciarlas, llevarlas consigo. Olerlas.

Se sienten seres humanos incompletos si no consiguen percibir el roce de una "veintidós" entre la camisa y el cinturón, el peso de una "cuarenta y cinco" en la funda bajo el sobaco, la presencia de una Magnum 44 en la cajuelilla del carro, el frío de una Beretta al meter la mano en la bolsa para agarrar el lápiz de labios o el polvo para retocarse el maquillaje, el poder de una 350 en la parte de atrás, bien oculta y guardada, pegada a la columna vertebral, con el cañón cerquita de las nalgas.

Y están, claro, los fusiles y las metralletas. Ésos son capítulo aparte. Un M-16, un Kalaschnykov o una Uzi 9 milímetros los enajenan. Las escopetas de cañón recortado ni se diga.

Los Morteros.

Las bazookas.

Serían felices si pudieran ir todos los días al trabajo o a la escuela en un tanque de guerra.

Los psicólogos tratan de explicarlo de múltiples maneras: carencia afectiva, complejo de inferioridad, de castración, niñez reprimida, falta de hierro en la alimentación de la madre embarazada, homosexualidad latente, necesidad de un miembro competente, pulsión sexual exageradamente grande e incontenible, proyección de miedos, extensión del pene…

Para Pedro Higgins todo se reducía a una cuestión más práctica. Necesitaba las mejores armas para sus robos, secuestros y ejecuciones, tanto para cometerlos como para protegerse de que se los fueran a cometer a él. Y protegerse, sobre todo, de la policía. Él no las quería, como otros, para colgarlas en paredes o ponerlas en vitrinas. Él las mantenía listas, en el mejor estado, aceitadas, brillantes, y las llevaba consigo o las guardaba en escondrijos y bodegas en lugares estratégicos.

Como la bodega que construyó en el sótano del baño de la planta baja de la casa que utilizó para mantener preso al viejo dueño de los Supermercados *Carrefive* cuando lo secuestró.

Eran tiempos de recesión económica, pocas ventas, pocas compras, robos, violencia, asaltos, inestabilidad política, actos terroristas, el mercado inmobiliario –y en general, todos- en picada.

La casa llevaba más de dos años con el anuncio de "Se vende o se renta", estaba en un barrio familiar tranquilo de las afueras de la ciudad y en medio de un terreno grande. Las casas vecinas quedaban a no menos de cincuenta metros, entre árboles. Nadie notaba la entrada y salida de un carro, una camioneta, una *Pick-up* con materiales, una *Van* con los secuestradores y el secuestrado de cuando en cuando y usualmente muy tarde en la noche o muy temprano en la mañana.

Nadie oía tampoco los trabajos de ampliación del baño, hacia abajo.

El dueño de la casa –un tal José Mustafá Barak- nunca iba, y pasaba grandes temporadas en la capital del país o en Arabia Saudita, donde acababa de abrir una subsidiaria de su empresa *Tu-nika*, de aparatos audiovisuales electrónicos. La gente de la Inmobiliaria encargada de mostrar la casa para venderla o rentarla, hallaba enfadoso –e improductivo, pues por lo caro y alejado del inmueble nadie cerraba ningún trato- ir hasta allá a mostrarla. Muchas veces daban las llaves a los interesados para que fueran solos a verla y ya después las devolvieran y dijeran qué les había parecido.

A Pedro Higgins y a su cuadrilla ese sistema les resultó el ideal, y ése les resultó el lugar perfecto para llevar a sus queridas, hacer reuniones y planes, festejos con prostitutas y ya –viendo que ni quien se importara con el inmueble- después, hasta construir un par de cuartos abajo del baño: uno para armas y explosivos, otro para rehenes.

Para asegurarse de que realmente nadie fuera a una hora inoportuna con el chincual de ver la propiedad, habían inclusive presentado una oferta de compra que parecía seria y que mantenían con largas y con es en serio, espérennos tantito, aguántennos por favor, sin falta el mes que viene, sí nos interesa, somos serios.

Y sí les interesaba. Y sí eran serios. Pensaron comprarla realmente, o matar a los dueños –y a los de la inmobiliaria de pasada- si no aceptaban las condiciones finales de su posible propuesta de compra.

Mientras, seguían las obras. No molestaban a nadie y nadie los molestaba.

El cuartito subterráneo de los rehenes fue inaugurado con Míster George, el dueño de la gigantesca cadena de tiendas de autoservicio. "Hi! George, jau ar yu?" –le decían cada tres días, cuando abrían el sótano para pasarle los paquetes de Kentucky Fried Chicken y verlo físicamente. Él contestaba con un gruñido de coraje y miedo por detrás de la capucha negra con agujeros en nariz y boca, y extendía las manos esposadas para recibir las cajitas.

El cuarto tenía sólo una cama y un retrete. Permanecía con la luz encendida todo el tiempo para poder vigilar los movimientos del viejo por medio de las cámaras del circuito cerrado de televisión que llevaban la señal hasta el otro cuarto, contiguo, donde estaban los monitores, las armas, las cajas de granadas y municiones, una mesa, otro retrete y otra cama; ésos, para el bandido en turno que hacía la vigilancia.

Tanto el sistema de ventilación como el de sonido, como las otras cámaras que Pedro instaló para vigilar calle y jardín, los consideraban los de la banda: "mejoras" al inmueble que ellos mismos seguirían aprovechando cuando tuvieran la propiedad. La *posesión* ya la tenían. La casa, en sentido práctico, era de ellos. Incluso Juan Poblete, uno de los más instruidos de la banda, señaló la posibilidad de dejar pasar el tiempo, amueblarla bien, vivirla y a partir del quinto año de ocupación entrar con un juicio de prescripción civil, con todas las de la ley, todo en orden, derecho…, sólo tendrían que darle una "ayudadita" final al abogado del dueño o de la Inmobiliaria, si es que decidían ir, temerarios, a litigio.

Valía la pena, se habían encariñado con el inmueble y cada vez pasaban más tiempo ahí. Era una casa acogedora y se parecía a la que varios de ellos habían querido comprar desde siempre en sus sueños de pobres. Cuando Pedro Higgins ponía los *Nocturnos* de Federico Chopin –la versión de Alfred Brendel- en el sistema estéreo que alcanzaba los cuartos, el jardín, la piscina, el asador de carne y hasta el cuarto del rehén, se sentían todos relajados, bien con la vida y en un mundo diferente…

El resultado final no pudo haber sido mejor para la cuadrilla, excepto que no pudieron quedarse con la casa y perdieron gran parte del arsenal; calcularon después que el ochenta por ciento de las armas. Pero la negociación del secuestro, aunque lenta –casi tres meses- fue exitosísima para ellos. Tres millones de dólares en billetes chicos -"de baja denominación", corregía siempre Juan Poblete-, la entrega del dinero, impecable, limpia -a pesar de que la policía ya había entrado en el asunto (o quizá por eso, el caso es que nadie vio, aun con cámaras y todo (!), nadie supo cómo, quién exactamente ni en qué momento los delincuentes agarraron la maleta de dentro del Museo de Antropología (!)-; la liberación del rehén fue educada, considerada, atenta inclusive, mostró clase. No soltaron al viejo en una calle perdida de alguna colonia miserable, no; lo llevaron hasta la puerta de su casa al amanecer de un lunes (!), y de eso tampoco nadie se dio cuenta, ni los dos policías de la patrulla que las autoridades habían apostado mero enfrente de la casa de Míster George.

Con el dinero, Pedro y su banda tuvieron tiempo de planear con calma su siguiente golpe, se mudaron de ciudad, hicieron algunas inversiones, adquirieron más armas, consiguieron la colección completa de las *Mazurkas* y la obra para piano de Chopin (inclusive los *Nocturnos* en la versión de Vladimir Feltsman) y hasta se compraron una casa parecida –aunque un poco más pequeña- en la nueva ciudad, para llevar parte del dinero y curarse la nostalgia de la propiedad aquélla…

Negocio redondo.

A José Mustafá Barak –dueño de la casa donde Míster George pasó tres meses de angustia, tristeza y desesperación y oyó varias veces todos los *Nocturnos* de aquél al que Pedro Higgins ya le decía simplemente "Federiko"-… no le fue tan bien.

Por los datos auditivos, de tiempo y orientación que el rehén liberado pudo dar a la policía –y unos contactos del teniente que dirigía la investigación-, dos horas después de que el viejo llegó a su casa, un grupo de Choque y Operaciones Especiales llegó a la casa del secuestro, descubrió la bodega, buena parte de las armas y municiones de la banda, las sofisticadas cámaras y monitores del modernísimo sistema de vigilancia, las huellas dactilares del viejo secuestrado, el teléfono de la Inmobiliaria… y fue girada orden de aprehensión internacional por

150

medio de la INTERPOL a la Ciudad de Riyâd para interrogatorio del hombre que la policía supuso que había planeado y orquestado todo a distancia; algunas fechas de sus actividades, viajes, llamadas y movimientos financieros no checaban como para proporcionarle una buena, sólida coartada; los aparatos del sistema electrónico eran todos *Tu-nika* y para colmo, él mismo, el dueño de la casa, estaba realmente en tratos con unos terroristas para venderles equipo. Hasta pensaron que tenía que ver con los últimos atentados en América. Pero en el fondo, nada que ver con el secuestro. De veras. Con ese asunto él no había tenido absolutamente nada que ver.

Aunque era verdad, pasó detenido un buen tiempo y le costó trabajo probarlo. En el proceso salieron al sol varios trapos sucios que él tenía en otras áreas, le sacaron a relucir un par de cosas graves y acabó siendo condenado a ocho años de cárcel. Obtuvo libertad condicional en cinco.

Gastó una buena parte de su dinero reivindicándose. Ni la demanda que le ganó a la Inmobiliaria por daños y perjuicios (*"desgraciados incompetentes, flojos, descuidados"*) lo resarció económicamente. Juró que viviría por siempre en un departamento en condominio, modesto.

Y se prometió que nunca más, nunca, nunca, nunca, por muchos millones que llegase a recuperar, a tener de nuevo, conservaría la propiedad de una casa que no estuviera él mismo –*él mismo, personalmente*- habitando. Ese maldito, irracional afán de acumular riqueza...

UNA CASA EN EL LIMBO

-¡Pero es que su hijo compra casas como comprar tortillas!

-Todo lo que él quería era darme un buen regalo de Día de las Madres… y a tiempo.

-Pues sí, pero si luego se iba a poner tan puntilloso, entonces mejor se hubiera esperado a que yo regularizara todo y ya después comprar el inmueble…

-¿Él qué iba a saber que usted después le pondría tantos peros y que todo sería tan complicado, señor?; y usted ni le aclaró que era divorciado y su señora vivía en Estados Unidos y no podía venir a firmar las escrituras, ¿él cómo iba a saber?

-Por eso le digo que compró la casa como si comprara un kilo de tortillas: llegó, la vio, le gustó… me hizo un cheque y la pagó! Y dese de santos que yo soy un hombre honrado, porque otro se hubiera quedado con el dinero y no le habría dado ni las llaves! Además él vio las fotos en la sala y era obvio que yo era casado, o… *separado*, pero que había una mujer en el asunto y él sabe que siempre o casi siempre las cosas son de los dos, marido y mujer, y los dos tienen que firmar… él ni siquiera me preguntó si mi esposa estaba de acuerdo en vender la casa y firmaría sin ningún problema!

-Pobrecito; mi'ijito lo único que quería era darnos una satisfacción a mí y a su abuelita, mi mamá, que en paz descanse, darnos la casa como regalo exactamente el Diez de Mayo; él qué va a saber de todos esos pormenores si a lo que se dedica es a vender rebanadoras eléctricas!

-Pues por eso le digo…

En ese tenor y por ese estilo fue la conversación. Ni la mamá homenajeada con el regalazo consiguió que el vendedor pusiera más de su parte para ayudar a regularizar rápidamente la situación de la casa y poder firmar las escrituras definitivas a nombre de la señora, ni él consiguió que ella entendiera que no podía obligar a su ex mujer a viajar de los Estados Unidos a México sólo para una simple firma de escrituras, y que él ya había hecho todo lo posible, pero que en última instancia ya no era su problema.

Cuando el hijo amantísimo de la señora reconoció la esterilidad de la conversación telefónica entre su madre y el dueño anterior de la casa -de hecho todavía *el dueño*, pues al no haber formalizado legalmente y ante notario la compra-venta, seguía siéndolo-, le recriminó haber llamado *ella* a ese "patán" -como solía apodarlo:

-¿Para qué le habló usted, mamá? Le dije que yo resolvería esa situación.

-Pues sí, m'ijito, pero tú siempre andas muy ocupado para arriba y para abajo con tus ventas y tus premios y tus convenciones y viajes... y la casa es mía... y a ti ese hombre que te la vendió no te hace ningún caso... y yo soy la que debe arreglar ese asunto, tú ya bastante hiciste con darnos ese regalo tan bonito a tu abuelita y a mí...

Efectivamente, el regalo de él había sido para las dos: su mamá y la mamá de ella. Habían pasado ya los años de privaciones y pobreza y Rafaelito -como mamá y abuela le decían eternamente- pudo ahorrar lo suficiente con su sueldo y comisiones como vendedor estrella de la empresa Rebanadoras Eléctricas y Automáticas del Centro S.A. de C.V., para comprar por fin lo que su mamá y su abuelita nunca tuvieron: una casa propia, de ellas, para ellas. Habían vivido siempre de arrimadas o pagando rentas bajísimas en cuartitos de vecindad con el miserable dinero que –a veces- el esposo divorciado de la abuela y el esposo separado de la madre les hacían llegar a las dos mujeres, o alquilando departamentuchos de amigos o familiares compasivos. Y él –el hijo, el nieto- viendo todo eso, dándose cuenta de las cosas y padeciendo en carne propia menosprecios y humillaciones, aprendiendo a vivir mirando siempre lo de los demás, con disciplina, para no desearlo demasiado, pasando de una casa a otra, de una colonia a otra y de una ciudad a otra como en tribu de parias, él, sus cuatro hermanos menores, su madre y su abuela, siempre a la búsqueda de la tierra prometida.

Aunque siempre trabajó en lo usual: bolero, voceador, recadero, ayudante de mecánico, de herrero, cuida-niños, vendedor ambulante, limpiador de parabrisas y hasta gritón de algunos sorteos de la Lotería Nacional, no fue sino hasta que entró de ayudante de carnicero, con Don

Arturo, en *"El Buey Solo..."*, que se le ocurrió la idea que lo sacaría de pobre. Pasó a vender moledoras de carne y cortadoras eléctricas y un tiempo después se especializó únicamente en rebanadoras. Las ventas se le daban con una naturalidad asombrosa, ganaba premios de zona, regionales y nacionales y para los veintiocho años estaba convertido en el vendedor número uno de la compañía, ganaba extraordinariamente bien entre sueldo y comisiones, había rentado un magnífico departamento en la parte cara de la Irrigación, se había comprado un carro Mustang nuevecito y había ahorrado ya lo suficiente para comprar el sueño de toda una vida, mejor dicho, de tres vidas -la suya, la de su mamá y la de su abuelita-: una casa.

Fue entonces cuando un día pasó por una calle de la colonia López Mateos, en el Estado de México, y vio la casita de dos pisos, en blanco y rojo, con ventanas de cristales ahumados y marcos de aluminio y unas jardineras coquetísimas llenas de rosas y claveles amarillos colocadas a la entrada del garaje, en el segundo piso bajo la ventanas estrechas verticales de los dormitorios, en los balcones y frente a la terraza superior. Una chulada.

Era veintiocho de abril. Se bajó del Mustang, la vio por dentro, le gustó aun más y sólo le puso como condición al dueño, el licenciado Gutiérrez Morell, para la compra inmediata, con cheque y todo, que la casa estuviera completamente desocupada para el día nueve de mayo –a más tardar-, pues si la estaba comprando así, tan decidido y de esa manera, era sólo porque se la quería regalar, como presente del día de las madres, a su mamá y su abuela. Hecho.

El día de las madres, después de la comida típica en el restaurante donde estuvieron todos juntos, les pidió a sus hermanos que se adelantaran a la casa que rentaban allá por Villa Coapa y prepararan algo para festejar ahí mismo en la noche. Él quería llevar antes a la mamá y la abuelita a un lugar especial para darles una sorpresa especial. Lo dijo con una gran sonrisa de autocomplicidad y satisfacción y partió con las dos señoras muy arregladas rumbo a la López Mateos.

En el camino la mamá preguntó innumerables veces adónde iban y a hacer qué y ya estaba poniéndose hasta de malas cuando el hijo detuvo el auto, se bajó para abrirles la puerta a las damas y le contestó a su mamá:

-¿A dónde crees que vamos? Pues a tu casa... bueno, a la casa de las dos –continuaba hablando mientras las jalaba materialmente para sacarlas

155

del auto-; aquí la tienen   -señaló a todo lo ancho la casita, muy orgulloso-, y aquí -sacó las llaves del bolsillo y se las mostró- están sus llaves. Feliz Día de las Madres! ¡Pásenle! La casa es suya.

Las llevó del brazo hacia la puerta de entrada. Avanzaron. La mamá viendo hacia el segundo piso extrañada, casi asustada, el hijo volteando sonriente a verla. Luego vio a la abuela: caminaba con la cabeza agachada, viendo al piso, silenciosa; las lágrimas resbalaban sin parar por sus mejillas.

La abuela murió dos años después y la madre prefirió irse a vivir con una sobrina cercana de donde vivían antes, por Villa Coapa, y rentó a unos parientes de unas amistades que había hecho mientras vivió en la colonia López Mateos, la casita que su hijo le había regalado. Durante todo ese tiempo la casa permaneció sin escriturar, el hijo se cansó de hablarle en todos los tonos al licenciado Gutiérrez Morell –inclusive llegó a considerar la posibilidad de ir hasta afuera del edificio donde éste tenía sus oficinas y darle de martillazos a su carro, echarle encima una cubeta de ácido sulfúrico o por lo menos navajearle las cuatro llantas (y la de refacción); luego pensó que esas eran actitudes de aprendiz de mafioso tercermundista y lo dejó para después-, la mamá se desesperó pues quería la casa en regla por si un día tenía necesidad de venderla y comenzó a llamar ella misma al licenciado para reclamarle y pedirle completar los trámites faltantes. Que le cumpliera, en otras palabras.

Cuando la señora se dio cuenta de que no conseguiría nada del licenciado ni con súplicas ni con amenazas, fue cuando él le dijo en un tono prepotente que le hicieran ella y su hijo como quisieran, que hasta si querían lo demandaran o llevasen adelante un "juicio de escrituración en rebeldía". La señora intentó entonces, ayudada por un sobrino pasante de la carrera de leyes, poner en orden toda la papelería atrasada y escriturar por su cuenta. Entre los estudios y las informalidades del sobrino, todo el procedimiento se alargó y se pasaron tres años más.

Ahí, alguien sugirió que promoviesen un juicio de "prescripción positiva" y que así sería mucho más fácil. Comenzaron.

El hijo vendedor viajaba mucho. Los otros, casados, no tenían tiempo para estar al tanto de las complicaciones simples pero importantes de la vida de una señora mayor como su mamá. La sobrina con la que la señora fue a vivir andaba encandilada con un instructor de una academia de aerobics de por el rumbo y cuando no se encerraba en su recámara con él, se la pasaba paseando o desvelándose con él en las discotecas o yéndose de días de campo con él y unos amigos de él y todo con él, él, él, y nada más *él* para todos lados y para aquí y para allá. El juicio de prescripción para la adjudicación y escrituración definitivas de la casa entró en una fase latente, estacionaria, simbólica.

A veces, el hijo vendedor enviaba su carro con chofer para pasear a la mamá y a veces ella aprovechaba las salidas para ir hasta las oficinas de la Receptoría de Rentas correspondiente a la casa, en el Municipio de Tlalnepantla. Quería escriturar la casa porque a su edad había descubierto que el dinero cada día más devaluado de las rentas le era insuficiente para pagarse sus pequeños gustos (desayunos con un grupo de amigas en *Sanborns* los fines de semana, visitas a la casa de su hermana, salidas ocasionales al cine y a cenar con un amigo de toda la vida), aficiones de "digna anciana citadina", como con singular buen humor le gustaba autollamarse, y decidido mejor vender la casita y quemarse el dinero de la venta en pasarla bien los pocos años que le quedaren de vida.

Pero las filas y esperas que tenía que soportar eran demasiado. Sus piernas ya no estaban para eso y sus visitas a la Receptoría y al Catastro, para insistir, rogar y completar los trámites, fueron haciéndose cada vez más esporádicas.

La familia que rentó la casa, aunque interesada en comprarla, no quería hacer nada hasta no ver las escrituras originales a nombre del dueño anterior, en este caso, la señora que se las rentaba.

Ante tanto pero, retraso, informalidad e incertidumbre, la señora desistió de la venta y se acomodó a la cantidad que mes con mes le pagaban sus arrendatarios, eso sí, con bastante puntualidad. Se ajustó a su presupuesto y se la llevó tranquila. Sólo sufría en serio cuando con cada nueva devaluación importante de la moneda, usualmente cada cambio de administración gubernamental, se daba cuenta de que el dinero que recibía de la renta le alcanzaba para menos molletes en los desayunos, menos invitaciones a las amigas y menos idas al cine. El contrato de renta no hacía posible ajustar el monto de la misma a las continuas bajas monetarias y los aumentos de la renta siempre iban atrás, muy atrás del incremento en el costo de la vida.

Quince años después de comprada –para hablar con precisión: *ocupada*, porque legal y oficialmente nunca fue "comprada"– la casa seguía sin escriturar y toda ella y la situación y la vida misma de la señora "dueña", en aquellos aspectos que tenían que ver con la casa, habían caído en el limbo. Luego a ella se le hizo cada vez más difícil e incómodo ir a recoger los cheques de las mensualidades para después depositarlos en el banco y aceptó en eso la ayuda de su solícita sobrina, que después de unos meses de pasar a cobrar a los inquilinos el dinero del alquiler, no tardó en decirle a su tía que lo mejor era que repartieran una renta para la señora y otra para ella, una y una, así, ve usted?, para ayudar un poco con los gastos de la estancia de la señora en la casa, a la fecha ya una estancia bastante prolongada, años de estar viviendo la señora aquí, en esta casa, y pues los gastos, usted sabe y se da cuenta por sí misma cómo ha subido todo y está tan cara la vida... Claro!, y más desde que la sobrina se llevó a vivir ahí con ellas, en la misma casa, al dichoso instructor de aerobics.

Así que un día que el hijo amoroso y dedicado, que casi veinte años antes decidiera comprarle a su mamá y su abuela aquella casa, volvió de una de sus convenciones de ventas en Europa, cayó en la cuenta de cuánto había pasado el tiempo, cuánto había envejecido su señora madre, imperceptiblemente para él que con las visitas relativamente constantes no lo había notado pero al volver esa vez después de once meses de no verla lo notó de golpe al encontrarla acabada, decrépita, y sintió que se le encogía el alma al sentir entre sus brazos el cuerpo también encogido de su madre.

Supo por ella que la casa no sólo no estaba aún escriturada, después de esa eternidad, sino que además ya ni siquiera la mamá disfrutaba plenamente de todas y cada una de las rentas, para colmo también disminuidas por las constantes devaluaciones del dinero. La conservó estrechada entre sus brazos un largo rato –los dos sin hablar, arrepentidos- y le prometió no viajar más hasta no haberle solucionado a ella sus problemas, incluido el de la casa rentada sin escriturar y el de dónde vivir decentemente, *dignamente* -complementó ella.

La mamá murió siete meses después de esa conversación y fue enterrada en *Jardines de la Arcadia*. No todos los hijos estuvieron presentes. Uno había muerto y otro vivía en Italia desde hacía doce años. Cuando iban saliendo del panteón, la sobrina y su amante se acercaron a la familia que llevaba años rentando la casa y le dieron a entender que estarían dispuestos a vendérsela en un buen precio si se efectuaba la compra rápido, y así como estaba, con "algunas irregularidades en la documentación", que por otra parte no eran importantes pues la familia había rentado la casa por años y años y sabía, le constaba, que no había ningún problema, verdad? La familia respondió que lo platicarían y le resolverían a la sobrina la siguiente semana, porque ellos preferían que todos los papeles estuviesen en orden y además ya estaban pensando en cambiar de rumbos y querían irse a vivir del otro lado de la ciudad, por la salida a Cuernavaca.

Esa noche, sentado en el estudio de su casa, solo, ya tarde, el hijo de la señora recordó la tarde en que llevó a su mamá y a su abuela a presentarles la casa que había comprado para regalarles, aquel día de las madres. Recordó los vestidos que llevaban y la cara de desconfianza de su madre al ir entrando y el andar renqueante y las lágrimas en el rostro de su abuela, y el color de los postes y hasta la disposición de las nubes en aquel cielo, el mismo de siempre y tan diferente; recordó hasta la forma en que dos abejas se disputaban una de las rosas, y las junturas de las piedras del piso del *garage* y la inclinación exagerada de uno de los tres dígitos que señalaban en la pared de la fachada el número de la casa y cómo se tuvo él que agachar a recoger el llavero que al intentar abrir la puerta de entrada de la casa y por los nervios se le cayó…

Después se preguntó si su esposa estaría arriba ya dormida y permaneció así un buen tiempo, ausente, recargado hacia atrás en el sillón, sin pensar ni sentir nada. Tomó de encima de su escritorio los papeles del contrato de la cripta que escogió para colocar el cuerpo de su madre en el Panteón *Jardines de la Arcadia* y los sostuvo frente a sus ojos leyendo cuidadosa y minuciosamente el montón de cláusulas que en letra muy pequeña aparecían desde la primera hasta la quinceava hoja, por los dos lados. Pronto dejó de leer el texto, pero no bajó la mano ni sus ojos dejaron de ver hacia el papel, enfocándose solamente en un punto distante, más allá, a lo lejos, viendo el vacío, la eternidad.

SE VENDE ESTA CASA

Las familias de clase media-alta de la ciudad de México han tenido por costumbre, desde hace muchos años, comprar una segunda casa – para descansar y pasar fines de semana y vacaciones de fin de año- en la ciudad de la eterna primavera, como de manera cursi ellos mismos llaman a Cuernavaca. Ciudad de muy rápido crecimiento y embotellamientos de tráfico cada vez más molestos, va pareciéndose gradualmente a la Ciudad de México.

Pero el creciente tamaño de la ciudad de descanso, no afecta a aquellos valores que durante siglos ha podido ofrecer a sus visitantes y que hacen que de todas las ciudades que rodean a la capital de la República Mexicana en un radio no mayor al de ciento cincuenta kilómetros, sea ésa precisamente la favorita de la inmensa mayoría de capitalinos para celebrar sus días de fiesta. Incluso la escogen invariablemente los estudiantes de nivel medio y profesional para pasar el rato los días en que deciden volarse las clases. A pesar del continuo ir y venir de visitantes, del aumento de su población y de los gigantescos supermercados y centros comerciales que han empezado a proliferar desde hace algunos años, Cuernavaca se encuentra lejos todavía de ser igual a esas ciudades sobrepobladas, contaminadas y desesperantes. Ni qué decir que aún, comparada con su gigantesca vecina -la Ciudad de México-, resulta un paraíso inmaculado, en toda la extensión de las palabras. Ahí sí.

Habrá sido por eso que Hernán Cortés, el conquistador español, y otros reconocidos colonizadores la escogieron como lugar de residencia, así como también políticos importantes, revolucionarios y uno que otro despistado emperador europeo ("despistado" en sus sueños desorientados de grandeza, no en su gusto por la bellísima ciudad).

Puede decirse que una inmensa cantidad de gente llega, ve... y se queda. Ve los enormes árboles centenarios, los miles de verdes realmente vivos de la vegetación, los jardines de buganvilias y guayacanes, las casas coloniales, las calles empedradas, la gente, y se queda encantada a vivir. Uno se encuentra por sus calles: alemanes, gringos, escandinavos, españoles, italianos y, por supuesto, mexicanos de muchos estados del país y de la Unión Americana que visitan Cuernavaca para no irse jamás, acogidos por ese clima cálido y húmedo, pero sin excesos, que se prolonga durante prácticamente todo el año, aun en invierno, salpicado por una breve temporada de lluvias torrenciales que en su tibieza fértil, resultan hasta agradables. Las parejas de novios de esas mismas familias de clase alta y media-alta dirían: "hasta románticas".

Así que no resultaba extraño que una pareja de esposos de edad, como los Aguilera, hubiesen decidido vender su caserón de la Colonia del Valle en el Distrito Federal, para adquirir con parte de ese dinero – dejando el excedente en inversiones a largo plazo para ir viviendo-, una propiedad en Cuernavaca. Después de visitar algunas casas en la ciudad misma y ver los altos precios, decidieron buscar en algunas de las colonias y fraccionamientos que se encuentran en las afueras o a sólo unos cuantos kilómetros, para localizar la casa de tamaño y precio ideales para ellos. Ése fue, quizá, su primer error.

El segundo, fue la costumbre del señor Aguilera de hacer –por desesperado- las cosas por su cuenta, sin tener la paciencia necesaria para esperar a que otros las hicieran o para darle tiempo a las cosas. Él no conocía el budismo zen, ni las prácticas de yoga ni de meditación oriental, nadie le habló nunca de esas cosas y no, él no sabía *nada* de eso: que el mesero del restaurante se tardaba en pasarles a él y a su esposa el salero... él se levantaba negando ostentosamente con la cabeza y lo tomaba de alguna de las mesas; que el niño del súper se tardaba en embolsar las diferentes mercancías compradas... el señor Aguilera decía trae acá muchacho atolondrado, y empezaba a guardar rápidamente las cosas él mismo; que el maletero del aeropuerto llevaba el equipaje con lentitud... Don Pepe Aguilera hacía una mueca de desesperación y, sin decir nada, arrebataba prácticamente la maleta de su señora y el baúl de él de las manos del lento cargador que se quedaba atónito pero tenía que reconocer al final que, a pesar de sus años, el viejito impaciente conservaba una gran cantidad de rapidez y energía.

De cualquier forma ni la rapidez ni la energía le sirvieron de mucho cuando cometió su tercer –el definitivo- error, uno que no realizaba con frecuencia pero que ese día, para su desdicha, o mejor dicho, para la desdicha de sus hijos y nietos, cometió: subestimar el carácter de los morelenses.

Ciudad de Cuernavaca; Estado de Morelos.

Morelos, cuna de hombres recios, curtidos, renegridos por el sol. Tierra de frutas que se revientan antes de caer al suelo porque las cáscaras no pueden contener tanta pulpa. Estado de cañaverales, de zafra, de macheteros expertos que comen, trabajan y aman con pasión y se encorajinan a las primeras de cambio, de guerrilleros y aprendices de revolucionarios, de albañiles fuertes y aguantadores que en el descuido de una diferencia de opinión por la lubricación de los tragos de mezcal, se la juegan por la vida y consiguen la muerte o la cárcel, pero, sobre todo, estado de hombres rencorosos que no olvidan. Y volátiles.

Don Pepe Aguilera sabía todo eso porque durante muchos años se había llevado con un mecánico de Jojutla que alguna vez le arregló su auto, y había tenido oportunidad de verlo en su trato con clientes, amigos y mujeres; pero nunca imaginó que sufriría en carne propia, aquel domingo trágico de visitas a casas en venta, los vaivenes del humor y la determinación inexorable de uno de esos morelenses categóricos.

Había visitado con su señora Amelia varias casas en las afueras de Cuernavaca y antes de comer decidió hacer una última parada en una casa blanca de dos pisos que se encontraba en venta a unos kilómetros de la entrada de Jiutepec, como quien dice, a unos minutos, nada más, de Cuernavaca.

La casa, austera y discreta, tenía un rótulo de venta al lado de una de las ventanas de la planta alta. Era uno de esos rótulos elaborados por el dueño de la casa, por un particular, no el típico de agencia inmobiliaria; si hubiera sido esto último, Don Pepe habría llamado para hacer una cita y todo el asunto se habría llevado con un proceso más normal y se habría mantenido dentro de los estándares naturales del control de situaciones entre recién conocidos.

Don Pepe bajó de su auto dejando a su señora a bordo. ¿Qué caso tenía que Doña Amelia sufriera el ardiente sol de las dos de la tarde y caminara los pasos hasta la entrada de la casa, si nadie iba a poder mostrar la propiedad? Él caminó hasta la reja que cercaba el jardín y tocó el timbre.

Nada.

Dio un par de gritos; dijo "¡Hola!, hay alguien aquí?".

Nada.

Volteó a ver a Doña Amelia que lo observaba desde el auto y le sonreía. Él le hizo un gesto de aprobación mientras señalaba la casa, dándole a entender a su señora lo que ella ya sabía: que la casa efectivamente se parecía a lo que andaban buscando. Motivado por la sonrisa y el gesto de animación de la viejita, Don Pepe volvió a tocar, esta vez golpeando con su manojo de llaves del auto directamente contra la lámina de la reja.

El ruido metálico resonó en la soledad de la calle.

Nada.

Entonces descubrió que la reja, aunque tenía puesto el pasador por dentro, no tenía ningún candado que impidiera descorrerlo. Lo descorrió y abrió la reja pensando en acercarse hasta la puerta de acceso a la casa; tal vez no habían escuchado sus toquidos desde el interior. A ver si sí, aquéllos que daría en la puerta de madera de la casa.   Después del cuarto toquido comprendió que no había nadie, pero la parte del jardín que se alcanzaba a ver desde ese nuevo punto de observación le resultó encantadora; pensó dar una vuelta por el terreno y ver algo más de la casa. Qué caso tenía esperar hasta el día siguiente y hacer una cita, si en ese momento podía husmear un poco y decidir si valdría la pena ver otro día bien la casa por dentro o era mejor olvidarse de ella.

Pensó ir por Doña Amelia, pero luego lo pensó mejor y decidió no hacerlo. Caminó alrededor de la casa, lentamente, con una actitud paradójicamente inconsistente. Por una parte llamaba, aunque en voz no muy alta, a alguien que pudiera aparecer y, por otra, caminaba tratando de hacer con sus pisadas sobre las hojas el menor ruido posible, como temeroso de revelar su presencia a algún posible habitante de la casa. Tal vez todo ello no fuera más que la natural reserva ante la posibilidad de darse de frente con un Rotweiller o algo por el estilo.

Pero nada.

La parte de atrás, que daba paso a la cocina y al área de servicio, estaba abierta. Don Pepe empujó la puerta cuidadosamente y entró. Después de ver la planta baja, comprendió que no había nadie y dejó de decir "Buenas tardes…buenas tardes… se puede? Hay alguien aquí?". La planta alta la recorrió en silencio, pensando en bajar a buscar a Doña Amelia para que lo acompañara en un segundo recorrido por la propiedad. Había cosas que a él definitivamente le gustaban, pero otras no tanto, y estaba además la necesidad de que su esposa diera su opinión, tan importante.

Cuando salió por la puerta de atrás de la cocina se dio cuenta de que la casa tenía una especie de *bungalow* rústico, *interesante*, en la parte del fondo del jardín. Pensó echarle una ojeada antes de ir por su esposa. Mientras más se acercaba a la pequeña construcción, más le iba gustando. Se imaginó pasando ahí algunas noches románticas con su señora, viendo desde la ventana los cielos iluminados por estrellas y cometas, como cuando jóvenes, o invitando a uno de sus hijos con esposa a pasar un fin de semana, y, por qué no?, hasta yéndose él y Doña Amelia a vivir ahí por una temporada en lo que rentaban a alguien el cuerpo principal de la casa; eso ayudaría a la economía de la familia, pero sobre todo, los ayudaría a sobrellevar el tedio de algunas de sus tardes de vejez.

Abrió la puerta del *bungalow* pero ni bien hubo asomado la cabeza, un crujido de algo plástico lo hizo girar en redondo sobresaltado.

Entonces lo vio.

Era un hombre fornido, pero de carnes magras, sumamente moreno, con unos pelillos que salían obstinados de algunos puntos de su barbilla, el blanco de sus ojos era amarillo y se encontraba cruzado por filamentos rojos, como si hubiera estado bebiendo. Vestía pantalón caqui, camisa blanca abierta hasta la mitad del lampiño pecho broncíneo, y huaraches. Era feo; concretamente, así: un tipo *feo*.

De nada sirvieron las explicaciones de Don Pepe, que por otra parte sonaban algo absurdas. El morelense se fue alterando cada vez más, construyendo su furia con los ladrillos del valor que a Don Pepe se le iba derrumbando poco a poco; esa vez le faltaron a Don Pepe la decisión y la energía acostumbradas, algo en el ambiente le decía al viejo que ésa era una situación delicada, mucho más delicada que cualquier otra en la que se hubiese encontrado jamás. Entre los gritos y los empujones de incitación e intimidación por parte del hombre, Don Pepe alcanzó a vislumbrar la posibilidad de que el extraño – aunque allí el extraño realmente era *él* – lo estuviera confundiendo con alguien, o esperase a alguien, o creyera que era un enviado de alguien para hacerle daño y por eso se había puesto tan tenso por su atrevimiento de colarse sin tocar. La entereza resquebrajada le permitía a Don Pepe sólo medio articular intentos de apaciguamiento, de justificación. Le dijo al hombre que únicamente pretendía ver la casa que se vendía, no es cierto?, que su esposa lo estaba esperando en su auto ahí afuera, que era un hombre de bien; en algunos momentos se desesperó, gritó, intentó unas groserías a las que no estaba acostumbrado –y que le salieron burdas, inofensivas-, sólo para ver si de algún modo detenía la agresión; hasta trató de empujar al tipo, pero únicamente logró él mismo rebotar hacia atrás. El de Morelos repetía una y otra vez que qué se creía, que quién se creía que era, que qué quería, que cómo se le ocurría meterse así en un lugar que no era el suyo, que si no había visto el letrero de "PROPIEDAD PRIVADA, PROHIBIDO EL PASO" a la entrada del jardín, y un montón de cosas más. Fue empujando a Don Pepe hasta el interior del *bungalow* y ahí dentro, sacando un machete quién sabe de dónde -Don Pepe se quedó con la impresión última de su vida de que el instrumento le había aparecido de repente en la mano al tipo –, le asestó al viejo el golpe de gracia en mitad del cráneo, uno sólo, contundente, seco, definitivo.

Lo dejó tirado desangrándose, y con absoluta sangre fría y economía de movimientos se dirigió al automóvil. Le dijo con su acento de tierra caliente a Doña Amelia, que su esposo lo había mandado a buscarla para que viera la casa junto con él. Le abrió la puerta -hasta eso, amable-, la ayudó a bajar y la condujo con propiedad, con algo que casi podía confundirse con la ternura, hasta el *bungalow*. Doña Amelia se dejó llevar dócil, confiada, hacia la muerte.

Nadie sabía donde se encontraban los señores Aguilera en aquel día, en aquel momento. Nadie los vio entrar. Nadie fue testigo de nada. Su familia los dio por desaparecidos en circunstancias misteriosas. El hombre del machete guardó el auto en el garage cubierto de la casa y tres meses después lo sacó, recién pintado y con las placas ya del Estado de Morelos, para vendérselo a unos amigos que tenía por Xochitepec.

Todo lo hizo con absoluta calma. Con la tranquilidad de saber que nadie lo sorprendería ni interrumpiría, pues los dueños de la casa de la que él sólo era el cuidador acostumbraban llegar hasta mediados de diciembre para pasar allí el fin de año. Mientras, antes y después, él seguiría disfrutando de la casa que en esencia, en estricto sentido, ya era suya: él la habitaba, él la cuidaba, él la disfrutaba bronceándose y recostándose para recibir el sol diario precenital en todo su cuerpo desnudo echado plácidamente junto a la alberca; él se encargaría de desanimar a todos los posibles compradores, como lo había hecho desde muchos meses atrás diciéndoles cosas negativas sobre la propiedad o aumentándoles el precio, y también, por supuesto, acabaría con ellos si, como ese viejo intruso irrespetuoso de lo ajeno, se saltaban las trancas y se pasaban de tueste, de metiches y confianzudos. La ciudad de Cuernavaca y sus alrededores eran su paraíso, su lugar mágico y su tierra, y *ésa* era la casa que él, a pesar de haberla soñado, nunca había logrado, por sí mismo, tener; pero que en el fondo, ya tenía.

Y para siempre.

Ahí – esperaba que después de muchos años-, entre las plantas tropicales, las flores lilas y las grandes mariposas blancas adoradoras de la meticulosidad, él también, un día, en carne propia, experimentaría la muerte.

HEAVEN PROPERTIES LTD.

Conocí al señor Mejía un día después de que las cenizas de su cuerpo cremado fueron colocadas en la cripta 3084-B del Panteón *Jardines de la Esperanza*.

Aunque aquella mañana yo había leído en el periódico que el viejo multimillonario ingeniero en sistemas de computación había muerto dos días antes, verlo entrar en mi despacho de la agencia funeraria, muy serio y bien vestido, arreglado casi con afectación, me hizo pensar que yo no había leído correctamente el nombre o no había comprendido la noticia.

Así que no quedé muy confundido.

Sus maneras eran amables pero muy concretas y decididas. Preguntó sin mucho protocolo si existía un lugar *especial*, un espacio especial que yo pudiera venderle para el descanso eterno de una persona. Le respondí orgulloso que todos nuestros lugares eran *especiales* y saqué del primer cajón de mi escritorio el folleto publicitario de nuestro más moderno desarrollo funerario en las proximidades de La Marquesa, entre pinos y paisajes casi suizos; me dio pena, sin embargo –por su aspecto decrépito- hacer alguna pregunta que sugiriera que yo sabía que el lugar por el que preguntaba sería destinado a él mismo cuando muriese. Él me ahorró los cuidados y rápidamente señaló que estaba tomando las debidas providencias para su propio descanso eterno y me pidió, con impaciencia, mostrarle algo más *especial*.

-¿Qué quiere usted decir exactamente con "*especial*"? –le dije- ¿Qué es lo que anda usted buscando exactamente?

-Un lugar apropiado... - comenzó a responderme.

-Para su condición...- lo interrumpí, pero en seguida me di cuenta de que tenía que escoger con cuidado las palabras; el viejo magnate había hecho el camino inverso al de muchos mafiosos que comienzan en el mundo del crimen y van desarrollando su dinastía hasta llegar a hacerla funcionar legalmente y adquirir un tinte de respetabilidad social: él comenzó haciendo negocios serios con los sistemas informáticos y luego de veinticinco años de legalidad se asoció con grupos de la delincuencia organizada para incursionar en negocios que le parecieron más excitantes, llegando a tener el mismo éxito, o más, que con su ingeniería de sistemas-... condición de figura respetable -continué-, que es famosa públicamente y que tal vez desee aunar a unos servicios fastuosos la discreción y la formalidad que han caracterizado sus actividades a través de todos estos años...

-Deje usted de lamerme el culo –me dijo pronunciando claramente las palabras pero en un tono de voz bajo, viéndome fijamente a los ojos-, no sea usted tan lambiscón.

-Señor Mejía... - comencé.

-No tiene usted por qué tratar de quedar bien conmigo; ni usted me debe nada ni yo le debo nada, ni es usted mi enemigo ni hay posibilidad de que lo incluya en mi herencia. Está hecha y documentada hace tiempo.

-Señor Me...

-Limítese a mostrarme lo que tiene. La pregunta es: ¿Tiene algo especial para mí? ¿Para un caso como el mío? ¿Sí o no? –dijo en el mismo tono casi monótono, como si tratara de mantenerse calmo y no quisiera despertar curiosidad en las personas que de repente cruzaban frente a la puerta de mi despacho.

-Decía usted hace un momento que quería un lugar "apropiado" para...- yo también trataba de contenerme, su actitud prepotente y dominante me estaba cayendo *muy* mal- ... para "descansar" de manera "especial"...

-Vea usted - se corrió al extremo de su silla para quedar más cerca de mí y colocó los codos sobre mi escritorio-, quiero reposar en un lugar bello y discreto, frecuentado por nadie, que sólo conozca y pueda tener acceso a él mi familia, que tenga paredes enormes y gruesísimas de concreto armado, que nadie pueda violar...para que no se vayan a meter a hacerme nada ni a robarme, porque aún existen muchos ladrones de tumbas, sabe? No crea que eso nomás es cosa de leyendas o de la antigüedad; y quiero que tenga también un sistema automatizado de música ambiental permanente, que yo programaré y le entregaré la lista de canciones, un sistema de ventilación y de conservación de la pureza del aire y de la temperatura adecuada, luces gradativas ajustables por

170

computadora de acuerdo a situaciones y a condiciones que yo también he previsto y programado, pantalla plana de alta definición, conexión a la red, teléfono de línea y dos celulares...bueno, bueno... uno de ellos realmente un *teléfono satelital*, circuito cerrado de televisión con cuatro cámaras, además...tres cámaras fotográficas, una de ellas *Hasselblad* original con doscientos cuarenta rollos de película virgen para transparencias de seis por seis, una bicicleta...no recuerdo la marca ni el modelo ahora...pero es la mejor que hay hoy en el mercado, creo que es una marca finlandesa..., un automóvil *Volvo* año 1993..., una cava para vinos diversos y un refrigerador industrial con capacidad para dieciocho toneladas de carne de res sin hueso, no porque vaya a estar lleno únicamente con carne de res, es sólo para que usted me entienda el tamaño, pero ahí adentro pondremos carnes de todo tipo, quesos, lácteos en general, vinos blancos, cervezas, refrescos, huevos...ah! y claro que en la cámara donde repose mi cuerpo tendremos también estufa y utensilios para cocinar –concluyó asintiendo con la cabeza y viendo hacia abajo, ya como si hablara consigo mismo.

Yo me quedé con la quijada caída y los labios a punto de separárseme; una expresión de perfecto idiota. Si no se tratase de *ese* señor, habría pensado en una estúpida broma de mal gusto. Llegué a pensar que lo más lógico era que quería fingir su muerte y quedarse ahí una buena temporada para escapar de sus enemigos mortales o del gobierno. Sobre esa hipótesis trabajé:

-Mmmmm...ya entiendo señor Mejía –le sonreí y cerré un ojo asintiendo a mi vez en señal de complicidad-, por supuesto que *nadie* sabrá, cuente usted conmigo.

-Eso espero –dijo el viejo multimillonario-, para mí la discreción es lo más importante...usted comprenderá que no toda la gente cree en la vida después de la muerte; la vida en el más allá es una realidad que desgraciadamente muy pocos toman en serio, y es absurdo, pues ya hace ocho mil años, fíjese bien: *ocho mil* años, los egipcios tenían el asunto muy claro y sabían cuan necesario era preservar el cuerpo y enterrarlo junto con víveres, ropa, alimentos y todo lo que se requiriera para su existencia *post-mortem*.

-Claro –le dije otra vez sonriéndole y cerrándole el ojo-, yo entiendo yo entiendo... -un brillo de comprensión cruzó su mirada y me di cuenta de que él supo lo que yo pensaba-, usted no se preocupe, cuente conmigo, por supuesto que *nadie* sabrá.

-*Por supuesto* que nadie sabrá –dijo levantándose, sacó la pistola y me disparó los cinco tiros seguidos.

171

Yo no morí de los tiros. No podría haberme muerto de *esos* cinco balazos.

Morí del susto de ver que al levantarse y echarse hacia delante para dispararme a quemarropa, el viejo Mejía dejó al descubierto, por el movimiento de su saco, la parte de su panza donde a él mismo alguien le había descargado dos días antes todo un revólver completito, justo como decía el artículo del periódico que yo había leído sobre su muerte, y vi también que la imagen de su cuerpo estaba borrosa de sus rodillas para abajo y que a través (a través!) de una parte de sus hombros y su cuello podía yo en ese momento ver claramente la pared de mi despacho donde tenía yo colgados mis diplomas…; eso fue lo que me dio muchísimo miedo, un miedo fantasmal atroz, y me fui haciendo para atrás hasta con ganas de hacer con mi pulgar y mi índice o con mis dos antebrazos (para esas alturas yo ya no sabía ni qué) la señal de la cruz, y me tropecé con algo (tal vez con el mismo antepecho de la ventana, que era baja) y me caí hacia atrás en el vacío de los veintitrés pisos del edificio de la agencia.

Todo mundo pensó, lógico, que fue suicidio. Por las condiciones en que mi seguro de vida estaba contratado no quisieron pagarlo y mi familia quedó desprotegida. Me enterraron por parte y cortesía de la agencia funeraria en uno de los espacios de *Páramos del Río*, el cementerio que teníamos para empleados de la agencia y personas de pocos recursos, como yo -en ambas categorías. Mi esposa y mis dos hijas lloraron y lloraron y nunca comprendieron –como otra mucha gente- el porqué de mi "suicidio".

Yo nunca creí en la vida después de la muerte, hasta ahora, que estoy en esta especie de "jardines" celestiales (no se me ocurre otra forma de llamarlos), aunque sé bien que no son exactamente *jardines* –son algo indefinible- y sé mejor todavía que no sé exactamente dónde están; supongo que en lo que las mitologías llaman *cielo*.

No como ni voy al baño ni duermo ni corro ni me canso ni me masturbo ni respiro ni nada. No escucho ni veo nada…pero me parece sentir que de alguna manera percibo muchas cosas. En esencia no podría admitir el *cogito, ergo sum* en ninguna de sus variables, no podría colocar al principio del "   , luego existo", ninguna palabra para construir una oración que expresase mi convicción de que realmente existo; más bien me parece que sólo *estoy* en algún lado. A veces –como si no fuera poca la confusión en que me encuentro- me parece que sueño, sin dormir, algunas cosas; es como si pensase en algo pero sin verlo, sólo sintiéndolo completamente en todo mi ser... y como si ese "algo" fuese a la vez un recuerdo borroso y una experiencia actual muy vívida. Eso me pasó hace... un rato: "Soñé"..., "sueño" (ahora) que platico con aquel poderoso y multimillonario señor Mejía, que lo veo arreglado igual que como se me presentó aquel día, que me dice muy serio que yo no debí haberme burlado de sus creencias, que a él el tipo que lo mató se le adelantó unos días -cuando precisamente iba a encargar su mausoleo para cuando muriera y con todas las comodidades que de acuerdo con sus creencias religiosas él sabía que un túmulo debería tener-, que cuando se dio cuenta que la muerte le había ganado quiso volver del más allá a encargar aunque fuera tardíamente todas las condiciones y servicios que necesitaba y había querido para su cuerpo en el descanso eterno, pero que al hacerme yo un poco hacía atrás, por la forma en que me empecé a mover cuando primero hallé ridículas sus peticiones y después las atribuí al hecho de que se quería hacer pasar por muerto, dejé al descubierto una parte del periódico donde hablaban de las condiciones de su muerte y de su servicio funerario y alcanzó él a ver la parte del reportaje en que se referían a sus *cenizas* y leyó rápidamente y con angustia un poco más y comprendió que la desgraciada de su mujer –"hija de la chingada", dice agriamente-, por estúpida o mala leche, había desobedecido sus instrucciones y en vez de por lo menos enterrarlo normalmente –pues ni a ella había tenido el valor de confesarle sus verdaderos planes para cuando se muriera y sólo la había sondeado algunas veces contándole sobre las prácticas funerarias en algunas culturas antiguas, principalmente en la egipcia, para recibir invariablemente por parte de ella unas sonoras carcajadas en las que él siempre reconocía la burla soez, seguidas después de un beso que la mujer le dejaba pintado en la mejilla arrugada, con todo el desenfado, la inconsciencia y la despreocupación de sus veinticuatro años– ...su mujer lo había mandado incinerar!; así que él en ese momento entendió que no habían respetado su cuerpo sino que lo habían cremado por completo, convertido en cenizas, desbarajustado, en suma, haciendo con eso ya imposible la realización de sus planes para la eternidad, y aun más, al ver mi actitud burlona, se le juntaron todos los resentimientos acumulados por los descaros de su última mujer, la de las carcajadas, con la rabia de que, por no haber compartido ella sus inquietudes, él había preferido callarse siempre sus pretensiones y había decidido irlas dejando para realizarlas más tarde, lo que acabó por ya no ser posible cuando lo asesinaron. Por la idiotez de su espectacular mujer, para la que sólo había una vida y era ésa y después nada, tuvo él hasta que intentar hacer los trámites volviendo del más allá, y acabó por cobrárselas conmigo cuando estalló pensando que yo me burlaba.

Cuando soñé, por decir "soñé", las explicaciones que el señor Mejía me daba, ya no sentí aquel miedo de cuando en mi oficina me di cuenta de que estaba tratando con un muerto; sentí solamente una profunda tristeza. Creo que por la costumbre de mis veinte años de trabajo en una funeraria se me salió ofrecerle la posibilidad de arreglar el descanso de su cuerpo y de su alma de una manera definitiva y para siempre. Por eso aquí me tiene usted. Él no vino, pero supongo que hará contacto conmigo de un momento a otro pues le prometí resolver su asunto; él ya no está en mal plan ni resentido conmigo, ya comprendió que aunque yo no hubiera creído en aquellas prácticas de enterrar a los muertos con todo el equipaje y esas cosas, yo no me estaba riendo de eso sino de que pensé que todo era un plan para simular su muerte.

Estoy percibiendo de alguna manera que muchas de mis creencias se han transformado...pues cómo no? después de estar...*percibiendo* (no puedo usar otra palabra) todo esto...todas estas...como "experiencias" nuevas; y yo no sé respecto a mi cuerpo...pero como que "siento" la obligación de hacer algo por el señor Mejía, que él sí fue muy...o *es* muy creyente en todo eso. No sé si lo que estoy percibiendo: que está alguien frente o cerca de mí...y que es...*usted* (sea usted lo que sea y como quiera que se llame) sea reflejo de alguna realidad. Se me ocurre que su nombre quizá pueda ser...tal vez sea...*Pedro*?... *Jesús*? y que con, o por intermedio de usted pueda yo arreglar algunas cosas de la estancia del señor Mejía en...este...lugar,...bueno, y de mi propia estancia... si es que van a durar las cosas como de alguna forma las percibo...aunque creo entender que eso de "*Pedro*" es también otro convencionalismo y que usted ni fue ni es ayudante de nadie ni tiene usted ningún manojo de llaves en la mano (si es que tiene manos –las mías no las siento-), ni le dicen "*San*", ni "*Santo*" ni cosa por el estilo. Se me ocurre que tal vez usted ni me escucha ni yo estoy dándome a entender ni voy a poder al final ni por intermedio suyo ni de nadie ayudar al señor Mejía a tener su lugarcito para descansar en cuerpo y alma en paz...ya ni aquí...donde quiera que esté...que *estemos*...ni allá, donde ahora siento (y me arrepiento, usted no sabe cómo de no haberlo hecho!) que debí hacer algo concreto por ayudar a ese señor en lo que quería él preparar para cuando se muriera...pero de cualquier forma...él *ya* estaba muerto...así que...no sé, ya ni sé...discúlpeme...es todo tan confuso...yo ni sé si es con usted con quien se ven esas cosas y se arreglan esos asuntos aquí, o con quién?; ni sé si hay algo que arreglar o voy a permanecer mucho tiempo aquí...ni sé si volveré a soñar a aquel señor Mejía...ni sé realmente si usted me percibe a mí de la forma en que yo lo percibo a usted, sólo... *"percibiendo"* (disculpe, ha de decir que ya no sé ni hablar), percibiendo que estoy cerca...no sé ni siquiera si está usted cerca o no... de hecho no estoy ni absolutamente seguro de su presencia... ni de si hay algo para hacer en este sentido de *ayudar a alguien* ya aquí...o no...; si es que hay *algo que hacer* en general aquí....o sólo *estar*...

SHAVE EN MANO

La historia del gordo mongol, como Diego y sho lo llamaríamos para siempre desdel momento en que lo conocimos, empezó como una bacanal muy particular quel Sargento y sho nos corrimos por gandallas.

Fue hace algunos años y sho acababa de llegar de Foz de Iguazú, donde durante un buen tiempo le atoré chingón a los putos contrabandistas desmadrosos paraguayos que se pensaban queste policial era su burro... cuál! si sho ya me había pasado mis buenos años de poli en la capirucha mexicana y después de meter en chirona mil y un perros, tres mil gatas y ocho ratas, ques lo único que aí hay, me había pirado para los Iunaites y aterrizado una temporadita en Ist-el-ei, donde quemé a los batos y a los wetbacks y me cogí hasta a unos de la Mara, hasta que me promovieron... también pasé algún tiempo en Tijuana, luego en el Salvador, y hace poco, un año siete meses destacado en Río de Janeiro, Cidade maravilhosa, oléee, olé, olé, oláaa, que si no, city chingona!, antes de que me lanzara para Foz a partirles su madre a esos cabrones chaparros guaranís......, así que sho tengo mis años en esto, no se crean, dejátedejoder, soy policial nicaragüense y de los buenos, nacido en Atlanta y criado en Bluefields, en la Costa de los Mosquitos en la Nicaragua Atlántica, pero sha viajado, che, por todo el mundo, sha hasta con siete años viviendo aquí en la Boca, junto al Riachuelo, todo un cosmopolita, che, por eso me traen en chinga echándoles la mano a escuadrones especialistas y ni tanto..., tengo mi tiempo en esto y a

177

quien le sepa un poco a las fuerzas del orden, sabrá como es a veces la bagunza, el pije, el *disorder*, el desmadre, y que a veces hay que entrarle a una party, relajar la mollera, entrarle a la gandalla… de gandalla pues, che.

Porque vos no podés calificar de otra forma a un par de tipos que como nosotros, en vez de andar faenando la seguridad del mundo y ganándonos honradamente la plata para el sostén de la familia, nos tomamos la tarde de ese jueves, libre, para atorarles a unas pibas que conocimos en el Paseo del Libertador o en la Nueve de Julio, y qué se sho? Sho la neta ni me acuerdo muy bien del rumbo pues andaba pijas, cruzado de alcoholes y de soda, y hasta creo que desden la mañana con un poco de maconha de la que me ficaba ainda de Foz, maconha de primeira… qué goldenmex ni qué su abuelatrófolis…

El Sargento había finiquitado recién la venta de su casa en La Plata para salir de un par de deudas que lo traían gastado, creo que deudas por droga, no estoy cierto, no lo sé, pa'qué te miento, che. Eso y su divorcio de tres meses de Angélica, una rubia buenotota…esculotural –con el debido respeto-, le provocaban a mi Sargento un mal humor del carajo. Deai quese día, casi como un acto de exorcismo de los demonioválidos de su depresión y su fracaso, decidimos apagar la radio del auto de la policía, guardar muy bien guardadita la luciérnaga roja del techo y matizarnos tallando por la Gran Buenos Aires confundidos con la gente normal…con los argentinos normales, ay! güey, si es que existe esa especie, dejátedejoder, che.

Nos ayudó también un poco de la plata que a mi Sargento le había ficado de la venta de la propiedad; una parte sustanciosa había sido para Angélica y la otra para pagarle al Petuco y al Cantaor. A pesar de no ser mucha la que sobró, tenía la gran bondad de estar sha libre de taxes y de impuestos y de no estar comprometida, ni con putas ni con narcos; hablando en breve, ninguna piraña nos la mascaría, era solita sha, *alone*, toda ella –suavecita- para el Sargent, just for the sargent… y para mí, que para eso de las farras, era sho el siamés de mi Sargento.

Habíamos dejado la tartana frente al cine de por el Obelisco y decidimos caminar por el Paseo bebiendo mate y comiendo cacahuates (peanuts, pues), castañas de cajú o la chingada, y sho qué sé? La noche era fría y las manos velludas del Sargento Diego se le salían mucho de las mangas arrugadas de su saco a cuadros rojisflótidos –ay! cabrón-, moviéndose sus manoplas como arañas inquietas entre la bolsita de plástico de las semillas y el agujero sucio bajo su moustachhh. La gente ensimismada de sus cosas ni nos notaba ni pelaba ni creo sho que se llegaran a imaginar al salir de sus trabajos y escritorios, que allí, quietecitos, *slow down*, junto a ellos, casi sin pastarla, caminaban dos verdaderos rufianes hijos de puta defensores de la pinche ley.

Pero esa noche más que ganas de defenderla, teníamos unas ganas profundas –que no nos atrevíamos a aceptar en voz alta pero que con un poquito más habríamos gritado chingón a los cuatro vientos, espacios, latitudes, qué ganas!- de violarla. Violar la ley, pasárnosla por los cojones; sentir esa maravillosa güevuda sensación que a Diego y a mí nos estaba oficialmente vedada en nuestras tareas boludas cotidianas (a excepción de las sextas, pues era en los viernes por la noche cuando recogíamos la pasta, las pills, la maconha y the coke en el *Café de Cacho*; ése era el único desliz que nos permitíamos y no lo considerábamos trucado pues no sólo nos daba chance de acechar las gaitas de los compas, sino también allegarnos un poco del valor para los trueques de candela que a veces ocurrían). Por supuesto que esa noche, por ser jueves, no violaríamos ni la ley ni a nadie. Pero aunque nos mantuvimos bastante seriesófilos con las pibas nenorronas que levantamos y no hicimos más que lo que todo gaucho -aunque no sea de nascencia mas sólo de corazón– debe hacer con regularidad para mantener en buen estado y bien lubrificada su canefa…, la noche acabó despertando un efecto colterálico estragado, viste?, por lo loco del modo y el efecto de la situación en que nos vimos envueltos, envueltos…sí señor, dejátederreír, che, questo es en serio, bato; aunque tenés razón… salga mejor decir: en que nos envolvimos; o mejor aun: en que nos *desenvolvimos*, pues sha a solas, *alone*, no se trataba por supuesto más que de desenvolvernos de nuestras garruchas las dos pibetas y nós, para quedar empelotados y listos para cotejar matraces y probetas .

Primero las llevamos a un bar. Las habíamos conocido en la esquina de *La Quinta*. No es que fueran muchachas malas (y cómo! che, si estaban requebuenas!) ni que anduvieran trabajando alquilando el coño; simplemente esperaban a unos amigos que no llegaron (mirá Dios, viste, che? es increíble dejar enfaroladas a dos morras como ellas, bueno, sies ques cierto y verdade lo del plantón); y por supuesto allí estábamos nosotros por obra y gracia del Espíritu Santo y la Divina Providencia y Nossa Senhora Aparecida do Brasil y la Virgencita Mexicana Morena de Guadalupe para efectuar el quite. No nos costó trabajo porque el aspecto viril y la pelambrera en cara y pecho de mi viejo Sargento causaban estragos entre las pibas -hasta entre las más pibitas, las garotitas-, a pesar de su mandíbula inferior excesivamente salida y su poca estatura, ah! qué mi Sargent... Sho por mi parte tenía a mi favor la juventud, un cuerpo muy delgado quen nada se asemejaba al que me ves agora, y unas nalgas...*unas nalgas*...! que según Martana, la secre de la estación de policía, causaban más comezón en los entremuslos y las paredes vulvosas de las mequitas garotitas chavitas que los pelos en pecho del Sargento, y qué sé sho?

Nos tomamos varias copas, quizá más de las convenientes. Sha calientes por los roces y los acercamientos y los llegues de pierna, pompas y mamilos, como que no quiere, che, se nos presentó el problema de soquichar en dónde podríamos desenvolvernos a gusto para lo siguiente. Entrel poco dinero, las ganas de impresionarlas porque no estábamos seguros todavía de que se prestarían a la cotejada, y los vapores de los wiskys, y los brandys, a mi Sargento Diego se le encendió la lumbrera de usar las shaves que todavía conservaba de su casa y que llevaba en el bolsilltrúfico del pantalón, agarrándolas nervioso, (tal vez por la saudosa nostalgia de saber que ya nunca más dormiría allí), para irnos por una única solita solitaria *alone* última postrera noche a La Plata, abrir la puerta con ellas, y utilizar su ex casa pa'lo que se requería:
-Ni modo que las llevemos a un hotelucho- me dijo mi Sargento al oído mientras las tipas destilaban sus líquidos en el baño del bar-, encima la familia que me compró la casa no está en Buenos Aires, ellos son de Cochabamba y me dijo el papá, que aquí entre nos es un tipazo importantísimo que acaban de contratar como agregado en la Cancillería y por eso se traerá a toda la familia para acá, que *saldría* a recoger a la señora y los hijos un día después de la firma de la escritura y *volvería* a Buenos Aires hasta el quince de éste —mi Sargento sonaba entusiasmado y se le notaba un brillo diabolicón y travieso en los ojos sha abotagados por el alcohol-, y encima, Javierín —me dijo poniéndome muy sonriente la mano en el hombrótico, exagerando la intención pícara a propósito- se las vendí con parte de los muebles!, para sacarle más plata...!, así que vos tomás el sofá de la sala y te apoquinás a la rubita bacana, y yo me sancocho a la morena, que es una diosa -eso lo dijo sha haciéndose más hacia mí, agarrándome la nalga y cerrándome el ojo (sho se lo pasé porque sha lo conocía)-, y me la tiro bien, con todo y mi *Kama Sutra* de bolsillo en lo que era la alcoba del Dieguito, que tiene una cama matrimonial, vos sabés que siempre fue grandulón...

En algún punto de los acontecimientos perdí la claridad de la perspectiva y me puse en automático, viste? Porque hay cosas que no recuerdo y hasta me angustio de no saber, che; por ejemplo, por qué nos fuimos en el auto dellas, sin llevar el nuestro para eso del alunizaje del

180

regreso? o, por qué terminamos los cuatro cotejando en la cama del Dieguito en vez de repartirnos los espacios del primero y el segundo piso como mi Sargento había planificado?

El caso es que ahí estamos, mi Sargento con Zulmita, y sho con la Sandrana... casi casi como el cuarteto de los Rufino cuando jóvenes("*Voooy a pásar mi luna de miel en Puer-to Jri-co*"), pero más guapos, moviéndonos en pelotas para todos lados... metiendo, sacando, bombeando y cogiendo lo que se pudiera... y haciendo saltar y rechinar la camáfera del Dieguito como él jamás se imaginó – o quién sabe?, che, porque con eso de que los pibes están tan avanzados en esta época...,y sho qué se? Creo que hasta favorecidos por la penumbra, entusiasmados por la oportunidad y superexcitados por los jadeos rebolantes de las pibas, hasta le atoramos él a la mía, sho a la de él, y si mal no recuerdo en algún momento hasta mutuamente entre nosotros porque la mano velluda que me acariciaba la canefa con tánta experiencia y dominio de la técnica comprendo ahora que no pudo haber sido ni de la rubita ni de Sandrana, viste? Tambor sha sin las brumas del alcohol me cae la ficha de que aquella boca que me succionaba tan insistentemente el pituflín, no podía haber sido de hembra alguna, con ese mostachote negro... Así quen medio del festín de nuestros caligulescos excesos no nos dimos cuenta de a qué hora entró, ni cómo llegó, ni comprendimos qué hacía allí el bulto que a pesar de la azufrera nos paró los pelos de punta a todos, y por todos lados, cuando lo distinguimos.

Estábamos en la pose del misionero, cada uno con nuestra cada cuáltica, bombeándoles el chocho, cuando de repente lo vimos el Sargento y sho. Supongo que fue a la vez, porque a ambos se nos escapó una especie de chillido y nos detuvimos en seco: sobre la cama, tirando hacia donde se ponen los pies, en la esquina derecha del colchón (visto desde donde sho estaba), más espectacular por el contraste con la habitación sin más muebles que la cama, semialumbrado por los pocos rayos de la luz de la moon de Buenos Aires, que se colaban esa noite junto a los brillos de una star por entre los espacios que las por pequeños golpes de aire desplazadas cortinas dejaban libres por momentos (no habíamos prendido la luz para no llamar la atención) -y que por la forma de reflejarse en su *bodyfat*, cabrón, qué cuerpo! lo hacían aun ver más voluminoso e impresionante-, estaba sentado ahí un *gordo*, no digo gordo, viste?, digo GORDO, che... GOOO-R-D-O, un monumento a la obesidad completamente desnudo, en cuerostraquios, sentado en flor de loto de espaldas a nosotros y observando fijamente a la pared que tenía frente a él. La piel le brillaba como si la tuviera aceitada o hubiera transpirado demás. A pesar de sólo ver su espalda, un cacho de sus nalgófilas y la parte de atrás de su cabeztrífica, comprendí que era bastante joven. Estoy seguro –aunque eso nunca lo comentamos-, que Diego y sho supimos en seguida que la extraña aparición llevaba allí sentada varios minutos sha para cuando la vimos. Mas en ese momento no dio muestras de clachearnos, ni de que le importase lo que estábamos haciendo, ni se alteró cuando el Sargento, después de calmar a Zulmita tapándole la boca y abriendo desmesuradamente los ojos como diciéndole cálmate te digo, y hacernos con el dedo peludo a todos indicación de callarnos y quedarnos quietos, se levantó y poco a poco fue avanzando aproximándosele y dándole vuelta para irle viendo desde el otro lado la cara y el cuerpo por completo.

A mí me llamó la atención sha desde ese momento la expresión en la cara de mi Sargento… qué onda? güey!; de ver la cara del gordo, pasó a verle el pecho y conforme avanzaba despacio y le iba dando la vuelta caminando en su órbita, empezó a verle sus partes bajas y a fruncir la cara y a hacer muecas como de espanto y asco… la neta, che, viste? The trut, shost de trut, an nathing bat the trut, sério, man… mi Sargento en personalísima poniendo cara de asco y espanto! Dónde se había visto eso, bato?! Mirá quel Sargento estaba más curtido que sho mismo y había vivido y policiado en más países queste que te parla, sacás? Algo sinistro, muito sinistro demáis tenía que estar clickando!. A mí se menfrió el cogollo, la molleja y el anídrido cuando calé cómo estaba de impresionado el Sargentón. Sudé frió, te lo juro, pero luego vi quél mismo como que se calmó un poquito y sho ahí mismo le bajé a mis neuras, qué ojo? brotho! caniche, che!. Dos segundos después el Sargento, sha recuperado de la impresión y ante la impasibilidad indiferente del gordo, le pasó la mano derecha muy cerca frente a los ojos impávidos del bodoquiux y lo sacudió de los hombros y le dio de golpecitos respetuosos en el pecho, con cuidado, como templando la vihuela, y le apretó un tanto aquí los brazos y le picó la panza un tanto allá semblanteándolo sin obtener respuesta alguna.

Sho llegué a sospechar que el gordo estaba muerto, y sha me estaba preparando para sacar mi canefa del chocho de la morenaza (lo que por otra parte me habría resultado muy fácil porque por el sustote el pingulín se me estaba achicando con rapidez ultrasonídica) y para levantarme a hacer frente como los machos a la situación, (*alone*), cuando alcancé a percibir en el silencio de la habitación, silencio cabrón, che, yo sé lo que te digo (se oía hasta una pestaña batir en la otra), alcancé a percibir, te digo, che, el sonido apagado pero constante -por el susto no lo había notado anteriormente, brothy- de la respiración del gordo que a manera de mantra de gangoso, ronroneo sobrenatural the

182

prophecy, ¡ay! güey, me desacompasaba los latidos.

Mi Sargento y yo nos miramos y antes de que las pibas hicieran estallar su hasta ese momento por no haber caído en la cuenta bien de las características del gordo y lo que significaba su insólita presencia allí histeria muda, pero que amenazaba con convertirse en tumultuosa y despatarrar la fiesta, decidimos, pa' librar la tensión, darle tiempo al tiempo, pasar por alto la grasosa quimera y dejar para más adelante las lucubraciones sobre su origen, causa, destino y procedencia, volviendo a nuestro sereno ejercicio del placer. Aunque las garotas buenototas se recuperaron más rápido del susto, por otra parte por ellas experimentado a medias pues no vieron la parte del frente del gordo y, más bébadas, bien servidas y calientes, dispuestas tradicionalmente por su género con más afectividad para la procreación que nosotros, se comenzaron a retorcer de nuevo en la cama estirando las manos y los brazos en convidándonos con arrumacos a lubricarles el botón, chuparles el melón, morderles el melocotón, subirles la grupa y cabalgarles la pampa, me costó trabajo recuperar el ánimo -creo que a mi Sargento también después de que volvió a encimársele a la rubita-, pero acabamos no sé ni cómo che por abstraernos de la presencia de al que dos gestos rápidos de manos cerca de la propia boca babeante del Sargento habían definido acertadísimamente como mongolito (mongol, mongolote!), y les dimos cerrado, seco, duro y macizo y perforamos por todos lados y nos comimos de mil formas y en mil estilos y posiciones a las callejeras de la Nueve de Julio. ¿O era otra? ¿Y sho qué sé?.

Cuando a la mañana siguiente despertamos, las minas sha no estaban. El gordo mongol tampoco. Por un buen rato, ¿viste? –mientras trajinábamos buscando por toda la casa y el jardín algún lugar donde pudieran haberse metido- llegamos a pensar, forzando nuestro por la tomadera y chingona good bacana cogedera adolorido cerebro, para reinstalarlo en su posición de máquina e instrumento de raciocinio y dilucidación, ¡ay! güey…, que los tres se habían ido juntos o el gordo se las había llevado, pero minutos más tarde descubrimos la ropa de la Sandrana echa bolas junto al wáter del baño de visitas, y la cartera de Zulmita en un recanto debajo de la cama. Entendimos que, al menos de forma natural, no habían dejado voluntariamente la casa y su auto estacionado afuera exxxato como había quedado la noche anterior, cuando hasta la Zulma lo cerró.

El gordo tampoco apareció y de hecho no lo volvimos a ver nunca. Regresamos en el auto de las minas al lugar de la Nueve de Julio donde habíamos dejado el nuestro y nos integramos a nuestras actividades de los viernes, que era lo mismo prácticamente, viejo, que continuar la farra. Pero había que faenar y reportarse, tampoco está el desmadre como para no medirlo.

Fuimos ese anochecer a la casa y todavía tres veces más la semana siguiente tratando de sacar algo en claridad y descubrir algún indicio para concluir lo que había pasado; pero no obtuvimos nada. Del gordo nada; de las mujeres menos, chegüey. Después de un tiempo, cuando watchamos en algunos cortes de estación de la televisión que sus dos familias las buscaban, comprendimos que nuestras peores sospechtrufias podían estar saliendo certas. Luego regresamos a la casa para poder hablar con la familia que se la había comprado a mi Sargento, que sha estaba instalada allí. El nuevo dueño, como buen diplomático de carrera, nos recibió amablemente. Fuimos con el pretexto de mostrarle el funcionamiento de los sistemas eléctrico y de riego de la casa, pero en realidad tentábamos solamente sacarle information.

Vimos la foto de familia colgada en la pared sobre la chimenea. Supimos de quién se trataba: era el hijo con síndrome de Down del nuevo dueño. El muchacho se encontraba interno en Estados Unidos en una escuela de educación especial para jóvenes con problemas del chollo, de la mollera y –según nos enteramos- una tía había pasado a dejarlo a la casa aquella noche en que él nos ignoró y nosotros lo descubrimos a *él*. La tía lo cuidaba, viste? en Argentina, cuando por necesidades de sus tratamientos, consultas médicas y educación escolastística, el joven debía venir a pasar temporadas largas en la capitólica del país. Aquella noche, por compromisos personales que mi Sargento y sho nos imaginamos muy similares a los chipocludisímos que nos ocuparon a nosotros con las pibas, che -en aquel mismo momento-, la tía había decidido dejar al joven Porky en la nueva casa, sha cenado y listo para dormir, de hecho sha hasta en la cama, para recogerlo tempranito al día siguiente. Pinche tía egoísta piranha cabulera descuidada!

Nunca supimos qué pudo haber pasado realmente, pero nos lo imaginamos, a pesar de que en las llamadas que ligamos al Centro de Educación en Nueva York nos informaron que el gordo Mateo "X" -así, sin apellido, che, para la discreción, bato- era un interno muy tranquilo, que no presentaba explosiones de ira ni siquiera esporádicamente y era, por decirlo en nuestro provinciano y musical indioma: un mongolito modelo. Un tanguito de Gardel. Era lógico que en la posición diplomática tan gruesa en que se encontraba shael nuevo dueño de la ex casa de mi Sargento, tampoco sintiera él inclinación por comentar los pormenores clínicos y sexuales de la intimidad de su querido hijolín.

El Sargento Diego se tardó en contármelo. Tal vez lo amenazó el mismo comprador sin sho por mis preocupaciones casi obsesivas notarlo aquella tarde en que lo visitamos. Quizá le envió un mensaje en un aparte che, ¿qué sé sho?

Pero acabó diciéndome.

Ante la oscuridad de los caminos que sho no sabía tomar a pesar de mi experiencia de años y años en sha cinco países de andar haciéndole al comando investigando muertes, pegando al criminoso, sancochando putos, le insistí a mi parceiro en que sabía, sabía sho, che, sho *sabía*, que ese momento de suspensión caótica en que mi Sargento Diego se quedó mudo y absorto frente al gordo, mirándole sus partes... era la clave del problema.

Y él me lo reconoció. En voz bajita, ai en el bar, como la noche en que me dijo que a las minas había que llevarlas a algún lado apropiado y acabamos marchando pa' su ex casa. En esta otra ocasión me dijo que al ir avanzando poco a poco y viendo al gordo de frente, le llamó la atención primero la expresión de satisfacción que vio en su cara, parecía Buda en Nirvana, che, y luego se fijó mi Sargent en un ligero temblor en su busto derecho que hacía que al gordo mongol le brincara un poco la pielcita, brincando de a poquito hasta más abajo, como un nervio hinchado excitado a todo lo largo... y bajó más la vista pero ni llegó a verle las partes, porque a la altura del bajo vientre se le detuvo su mirada: el gordo tenía la parte baja del abdomen abierta, en *carne viva*, qué digo carne, che... en *víscera viva*! Sí, che, fíjate lo que digo, dejáte de joder!: el apéndice del bato, su mismísimo apéndice, ese que nos sacan a veces porque dicen que no nos sirve para nada y de pronto se inflama, estaba medio afuera, medio salidito, entre una masa medio cicatrizada e informe, gelatinosa, de sus propios intestinos y músculos que debieron haberlo recubierto en algún momento, pero que ahora estaban fuera, separados de él, y sha como estables, como un conducto establecido permanente por donde asomaba el apéndice del gordo, sólo un poco, como un poco de tripa, y él, el gordinéfico, se lo tallaba y tallaba y manoseaba acariciándoselo suavecito él mismo cachondamente y casi sin moverse y obteniendo con esa masturbación apendicítica, che, pensáte un poco en lo que digo, dejáte de burlar y boludeces, estaba obteniendo *placer*, el placer más sublime... el éxtasis más largurial... pinche gordo cabrón! Como jodiéndo con él mismo, sacás?...míralo! ¡más cabrón que bonito!.

185

Dice el Sargento que él mismo investigó a la chita callando de qué se trataba, y que eso del "placer" lo sacó en claro después de hablar del asunto con unos médicos. Le explicaron que hay ocasiones en que por mutación o problemas congénitos, los nervios que normalmente alimentan el pene, riquísimos en terminaciones nerviudas, quedan desplazados hacía otras áreas y ubicados en ellas, dándoles una sensibilidad, che, extraordinaria, idéntica a la que tendrían si estuvieran normalmente en el organóscomo de la reproducción. El gordo debe haber descubierto de algún modo que tallándose allí se venía igual que masturbándose en el penelaco, o, en su caso, mejor. Tal vez después de una operación quedó su apéndice más expuesto, o luego de una herida…, o tal vez el mismo gordo fue abriéndose camino hasta llegar a su apéndice, que a la mayoría de nosotros no nos sirve para nadín, sólo para hincharnos las pelotas, y que hasta a algunos por eso nos lo sacan, entendés?, pero que a él le daba los momentos más tremendos de placer en su sensualidad aislada, egoísta, adolescente, aumentada por su enfermetrucha otra. Mescuchás? Mentendés, che? Y él agarrado a eso de maneira tan simple como comerse una uña! Fijátenadamás: de seguro él mismo se fue perforando entre los pliegues de grasa poco a poco hasta hacerse un conducto abierto permanente por donde asomarse su apéndice, por donde él alcanzárselo.

Pero eso me lo dijo el Sargento Diego mucho después. Sho al principio y sin saberlo, insistí mucho en la investigación, y sé que aún ahora debería de insistir, embora *alone*, pues lo que el gordo tuviera no era obstáculo para llegar a la verdad de lo que podía haber hecho con las pibas, *nuestras* pibas, viste?; pero te confieso, carnalillo, que cada vez que sho abordaba la investigación, primero ni sé por qué, y después de que el Sargent me contó el detail, por razones obvias, me daba un chingo de tristeza.

Aunque a mí en lo personal –tal vez porque me excitó a posteriori el acontecimiento- se me antojaba mucho repetir la experiencia con unas minas nuevas, diferentes, carnuditas, pomponas y bundonas como las putas de Foz, te recuerdas, che? qué noites de prazer!, bato carnal canela, y tal vez por eso insistí en darle vida a nuestra investigación "particular" por algún tiempo, acabé por dejar todo cuando conocí a Noemí. Hay putas para platicar, otras para recoger en una esquina, otras para hacerlas amigas de uno de por vida y otras para acabar casándonos con ellas. Y sho acabé matrimoniándome, sha ni llorar es bueno.

Y sha no le movimos muito porque en última instancia eran aguas profundas, siempre lo son cuando entra en juego la política, the money, los diplomáticos, y ni sabíamos bien por dónde ni nos sentíamos cómodos explicando las verdaderas razones o siguiendo el camino más lógico de la investigaciónpica. Sencillamente nosotros: el Sargento Diego Rossino y su compañero Javier Pérez Verdaguer, el que te parla, no teníamos nada qué estar haciendo aquella noite, la misma noche de la luna que alumbraba en ese mismo instante los chalets alemanoides de General Belgrano y las carnicerías y las mueblerías cerradas de las colindancias del barrio de La Matanza, tranquilita en esos otros lugares, che, pero caliente y cachonda en el nuestro; nada que estar haciendo cotejando con las pibas, pues estábamos en horario de trabajo y debíamos haber estado cumpliendo con nuestro deber. Deputyduty. Mucho menos tenía que haber entrado mi Sargento en esa house que sha no era la suya ni, en un momento tan inoportuno –aunque él no lo pretendiera de ese modo-, estar en un lugar que simple y llanamente *sha no le correspondía*. Aun más, nuestra entrada en esa casa sin autorización del dueño y sin mandato judicial había sido absolutamente ilegálquica, ni qué decir, mucho peor! che, por andar haciendo lo que hicimos; y por supuesto, tampoco teníamos, por ningún motivo, por nada del mundanal noise, nathing, nathing, nathing, ni por Saudade ni nostalgia de mi prima hermana pubercita de la Costa de los Mosquitos, por qué haber usado un juego de shaves que mi Sargento Diego *debió* haber entregado junto con todos los demás al nuevo dueño el día que firmó las escrituras y concluyó con el diplomático ante escribano, frente a notorio notario, la operación de compraventa de la casa que –obvia y lógicamente, no me cansaré de repetirlo, carnal, cara, brody, hermano perro, hermano lobo, batuquino, juat, chepibe, chegüey- a partir de ese momento *no* era sha, no era, te digo, no era *sha de ningún modo* de su propiedad. Discúlpamé.

UNA FELIZ SOLUCIÓN

Los líderes del partido de oposición los llevaron a la zona, nomás para ayudar a provocar disturbios; los políticos del gobierno les vieron utilidad para las elecciones siguientes y les ofrecieron las cinco hectáreas que rodeaban el cerro, y ellos recibieron con beneplácito la oferta y se movieron rápido para allá con la ilusión de hacer su casita aunque fuera con adobe, ladrillos prestados, robados o lo que fuera.

Desgraciadamente toda la zona sufría de una sequía histórica y no había ni heno ni paja ni cosa alguna para darle forma a nada y ellos tuvieron que agenciarse su casa de otra forma.

En la parte oriental del cerro una constructora desgajaba porciones y procuraba feldespato, y la primera vez que la excavadora dejó abierta una pequeña cavidad en la pared de ese costado, a uno de los desarrapados de los alrededores, que estaban a duras penas sobreviviendo en sus tiendas improvisadas de campaña y peleándose con los políticos engañabobos por haberles dado una tierra inservible, se le ocurrió que tal vez podría subir con su esposa y sus cinco hijos por la ladera del cerro hasta donde había quedado el orificio e instalarse ahí, por lo menos provisionalmente y hasta que los de la constructora dijeran algo.

Por desidia e indecisión no vino a hacerlo hasta que se soltó la primera ventolera. El aire cortaba la cara y levantaba las telas y cartones de la tienda a cada momento, dejándolos a él y a su familia en medio de la tormenta de arena y de las risas de los habitantes de los tendajuchos de al lado que, como ellos, se habían quedado a la espera de quién sabe

189

qué en lo que ya estaba claro para todos que no había resultado ninguna tierra de promisión…, hasta que a los vecinos depauperados mismos se les quitaba lo risueño porque a ellos a su vez el aire les levantaba también sus miserables construcciones remedos de casuchas y los dejaba como a él: sorprendidos y desamparados a la mitad de lo que les parecía el fin del mundo.

Él no se esperó hasta el final de la tormenta. En el centro de los azotes de lo que se les figuraba un huracán, tomó sus cosas y, con las puntas de las telas de la tienda golpeándole el cuerpo y la cara, y la arena metiéndosele en la boca a cada instrucción desesperada que daba a sus niños y su mujer, consiguió poner un poco de orden en la mudanza, se colgó hasta el anafre, les colgó a los niños el poquito de ropa, las chucherías que habían ido guardando para comercializar o para sentir que tenían "algo", y a la señora le gritó no olvidar las latas y el pequeño radio. Luego fueron siete sombras siendo empujadas de lado, dificultándoseles el avanzar por entre las otras familias sobrevivientes luchadoras nerviosas por lo prolongado de la tormenta que trataban de reponer en pie sus tendajones, agarrar las cosas que se les iban volando y recuperar las que se desplazaban por el piso con vida propia (vasos, hojas, camisas, petates y hasta colchones), todas en una danza frenética de salvación y recuperación diseminadas por la explanada.

La calma chicha encontró el llano al lado de la montaña, con una serie abigarrada de personajes entierrados que lloraban los más chicos y se reían los más grandes tanto de su aspecto marciano de aridez emplastada en la piel y pelos polvosos desordenados, cuanto del reguerío que quedó de objetos por todos lados, todos mezclados, perdidos y desarreglados –un calcetín sobre la cabeza de la anciana abuela de Raúl, el mecánico, un huarache dentro de una sartén, un perro con un calzón enredándole las patas-, pero más que nada nerviosos con la sensación de haber sobrevivido sin tragedias mayores, una vez más, a otra de las consecuencias previsibles de su mayor tragedia: la pobreza, y con la familia de los que se mudaron a la hora del zafarrancho, allá, chiquitos, en el hueco excavado casi de manera natural por las maquinarias unos días antes en las alturas de la ladera del monte, viendo pasmados y tranquilos hacia abajo a sus ex vecinos y más allá, tras lomita, por encima de las montañas y los cerros que delimitaban el pequeño llano por el lado del sureste, divisando con cierta alegría las luces que empezaban a encenderse en el crepúsculo de la magnífica metrópoli de la que habían huido un mes antes, como todos, tratando de *vivir.*

Cuando se hizo de noche y se cansaron de mirar las lucecitas de la ciudad y las estrellas y las fogatas de los compañeros dispersas en ese otro cielo emplastado en la llanura, comenzaron a acomodarse en la cueva y trataron de darle un orden y una cierta dignidad. Se sentían con casa nueva. *Tenían* casa nueva. Para dormir, el padre –Miguel- tapó con algunos cartones la entrada, y con las pocas mantas y el anafre prendido todo el tiempo el frío no les resultó tan intolerable.

De mañana, mientras desayunaban sólo unas tortillas, Miguel les dijo a su mujer, y a los niños que veían arriba y a todos lados azorados por el aspecto de las paredes de la cueva, que tal vez el gusto les duraría poco pues con certeza los de la constructora les pedirían desalojar el lugar en cuanto llegaren y los vieren allí. Contemplaron varias posibilidades: bajarse y sumarse de nuevo al grupo de los compañeros que aún se encontraban rehaciendo sus tiendas de campaña; irse para más arriba o incluso hasta el otro lado del cerro para tratar de instalarse de manera un poco diferente; agarrar sus chivas y largarse para los sembradíos de por su pueblo olvidándose de la capital, de sus alrededores y de sus sueños de vivir como la gente… "parece que en ningún lado se nos dan las cosas, parece que estamos salados y no sólo es la gente la que no nos quiere sino también la ciudad, la tierra, el mundo…".

Pero a los de la constructora no les importó; o no los vieron. Siguieron excavando y tirándole y quitándole pedazos a la montaña un poco a la izquierda de donde ellos se encontraban, y toda la mañana los niños vieron asombrados las palas gigantes y los tentáculos de fierro de las maquinarias pasar, por enfrente de la abertura de la cueva, a unos centímetros de sus cabezas. Miguel y la mujer les gritaban constantemente "háganse para atrás", "métanse más", "tengan cuidado, niños, los va agarrar la pala a ustedes y se los va a llevar a tirarlos en un basurero…", pero al único que le hicieron efecto las amonestaciones fue al más pequeño, que corrió a abrazar a su madre cuando una de las palas carraspeó al pasar muy cerca.

Bajó por un poco de comida y por un zapato que no encontraron de una de las niñas.

Desde que iba llegando a las faldas del monte unos amigos le gritaron y le hicieron bromas sobre su nuevo "pent-house". Que si cuánto estaba pagando de renta, que si cuántas habitaciones tenía, que si se lo había heredado algún tío millonario y cosas por el estilo. Él sólo bajaba la cabeza y sonreía apenado caminando entre ellos rumbo a donde había estado colocada su tienda entre el montón de las de sus amigos. Llegó hasta el lugar, buscó el zapato y alguna otra cosa que le pudiera servir, platicó un rato con sus antiguas vecinas, consiguió un poco de comida y algo de periódicos usados y se regresó. Ya casi cuando empezaba a subir el monte otra vez rumbo a su nuevo "departamento", se volteó y les dijo a los burlones incansables:

-En vez de estarse pitorreando de mí, deberían hacer lo mismo; por lo menos allá se tiene mejor vista... es como vivir en un rascacielos...

-¡Entonces ráscame éstos! –le gritó tocándose sus partes el mecánico Raúl y todos rieron.

Pero también todos, más tarde, en la privacidad de sus tiendas familiares, comenzarían a pensar en salirse de ahí y mudarse para donde fuera.

Él llegó a su cueva y fue recibido con algarabía y sacaron el poco de comida y la empezaron a calentar sobre el comal en el anafre y festejaron desde la novedad y el buen clima hasta los rayones que todos los niños habían hecho con unas piedras porosas blancas en una de las paredes. Habían dibujado una montaña que tenía un hueco cerca de la cumbre y dentro del hueco una casita con techo de dos aguas y dentro de la casita un papá, una mamá, tres hijos, dos hijas y un anafre humeante.

El anochecer fue más tranquilo incluso que el anterior y durmieron tal vez con el vislumbre del primer presentimiento de que podrían quedarse ahí mucho tiempo, tanto que Miguel se levantó el sábado muy motivado con la idea de hacerle algunos arreglos a la cueva, limpió las paredes, quitó unas piedras del fondo consiguiendo aumentar el espacio en unos ochenta centímetros y se puso a pensar cómo resolver los problemas de lo del agua, la luz y el baño. "Agua y luz tampoco teníamos allá abajo –le dijo la esposa-, y cagábamos ahí mismo...".

-Sí -le contestó él-, pero aquí sólo vamos con eso a apestar la casa".

Con la tranquilidad de la ausencia de máquinas durante el fin de semana, la limpieza a fondo del piso, que hizo la esposa, y la decoración de una parte de los muros con un par de fotografías enmarcadas viejas que la familia conservaba desde la muerte del padre de la mujer, la cueva pareció acogedora y se sintieron felices cuando esa misma noche se sentaron a la boca del agujero en la montaña y prendieron el pequeño radio de baterías para oír cumbias mientras veían todos juntos, abrazados o tomados de las manos, como hipnotizados, el espectáculo de las luces de la ciudad gigante.

El lunes volvieron las máquinas pero nunca más tocaron esa parte del cerro y Miguel y su familia fueron agarrando confianza y ampliando poco a poco la cueva por la parte del fondo, donde originalmente habían quitado sólo unas piedras; a las dos semanas ya estaban instalados lo mejor que podían y la señora y los niños subían y bajaban de manera normal por el camino que ellos mismos fueron marcando al salir a dar la vuelta y regresar con comida.

Miguel sintió la esperanza renovada y se decidió a levantarse mucho más temprano e irse a buscar trabajo hasta los límites de la capital. Había dejado un tiempo la albañilería pero ahora estaba decidido a echarle ganas y contratarse en una obra. Incluso, con los primeros sueldos, compró unas piezas y unos tubos, diseñó y construyo una especie de taza de baño y un desaguadero y consiguió un generador de gasolina para, colocando unas precarias instalaciones, ponerle luz a la cueva.

Entonces fueron los vecinos del llano los que pasaban momentos de ensoñación viendo por las noches desde abajo las luces pequeñas que se veían en la entrada de la cueva de "Los Hernández" allá en lo alto del monte, no lejos de la cumbre.

De cualquier forma el problema del agua subsistía y Miguel y todos los Hernández seguían teniendo que hacer constantes viajes hasta el paso del Arroyo de Rancho Morelos, cuatro kilómetros hacia el suroeste. Fue en uno de esos viajes que Doña Chole interceptó a la señora cuando ésta llegó con su hijo el mayor hasta el nivel donde se encontraba la colonia de tendajones de los acarreados al llano por los políticos. Antes de verla, la señora Hernández escuchó el jadeo de Doña Chole y se volvió para mirar qué sucedía.

-Espéreme, Leticia- le dijo casi sin aliento Doña Chole.

-¿Qué le pasa? ¿Qué tiene?- le preguntó la señora Hernández frunciendo el ceño y colocando sus dos garrafones en el suelo.

-Es que… cómo le diré?... es que… verá… mi hija Fernanda y yo hemos platicado y… verá… a ella y a mí nos gustaría mucho pos… ver si podemos ir a visitarla… disculpe usted…

-Pero ¿cuál es el problema?-preguntó casi riéndose Leticia- No han ido porque no han querido. Yo nomás veo que se la pasan cuchichee y cuchichee cada que me ven pasar, y entre eso y que yo he estado muy ocupada echando a andar las cosas allá arriba –giró la cabeza en dirección a la cueva- pues mejor ni les he dicho que si quieren subir.

-La verdad… no es por fisgonear -le dijo sincerándose Doña Chole-, es que… como que vemos que andan recontentos y muy animados y suben y bajan y su Miguelito lleva y trae cosas y… pensamos que pos se está tal vez mejor ái arriba que acá abajo… y queremos… la verdad queremos echar una ojeada pa' ver si no hay otra cueva como ésa por ái… pero nos daba pena… como nos hemos burlado tanto de ustedes desde que se subieron ái… -Leticia iba a decirle que ni se preocupara por esas cosas, pero Doña Chole continuó sin dejarla hablar- y la mera y puritita verdad pos es que sí, también queremos además echarle un ojito a su nueva casa –eso ya lo dijo Doña Chole sonriendo, con buen humor noble y dándole a la señora Leticia un empujón amistoso en el hombro.

A raíz de aquella plática y de la consecuente visita, ampliamente motivados por el hallazgo, tras unos enormes matorrales secos, de otra entrada de cueva a unos quince metros de la primera, y por la formación en otro de los muros de la excavación, cerca de la ladera sur, de otra boca de caverna que había quedado al descubierto, más y más vecinos del llano fueron subiendo e instalándose, ya fuera en cuevas naturales que iban descubriendo, en pasadizos hacia el interior de la montaña a los que se llegaba por las cuevas originales, o en otras que se revelaban después de que las excavadoras desgajaban otros fragmentos del monte.

Al final del tercer mes eran ya treinta y ocho las familias viviendo en cuevas, pasajes y ampliaciones en la parte oriental del cerro.

La estructura central del "tejido" de las cuevas en el interior de la montaña era una inmensa galería de aproximadamente nueve metros por treinta que albergaba a veinticuatro de las familias; habían llegado a ella a través de pasadizos de hasta treinta centímetros de diámetro y le hicieron accesos grandes desde diferentes puntos de las otras entradas y cavernas. Las familias le dieron una funcionalidad aceptable y se sintieron infinitamente mejor que a ras del suelo, allá abajo en el llano. Eran familias en estado de resurrección.

Nunca nadie de la constructora trató de echarlas fuera; nunca ninguna autoridad las cuestionó ni molestó. Parecía un acuerdo tácito conveniente para todas las partes. ¿Por qué? Sólo Dios, realmente, lo sabía.

Y hacia el final de aquel año hasta remedos de arbolitos de navidad colocaron y las improvisadas instalaciones de luz se habían generalizado en todas las cuevas, las grandes y las chicas; sin embargo, tenían cuidado de no colocar los focos cerca de las entradas para no llamar demasiado la atención. Estaba muy claro que el ofrecimiento de permiso para permanecer por ahí se refería siempre a "... las cinco hectáreas que *rodeaban* el cerro de la Asunción...", no al *interior* del cerro mismo.

A la vuelta del año subieron y entraron más familias de las del llano y ya para mayo no quedaba nadie instalado abajo, en la "colonia". Las cuevas proporcionaban abrigo contra las ventoleras, el polvo, la tierra y las muy ocasionales tormentas y aguaceros; además, los protegían del lío que armaban las pesadas maquinarias al entrar, salir y trabajar, y les permitían una vista preciosa del llano, las montañas circundantes y la capital; casi casi como estar ahí juntito de ella y viendo las casas y avenidas brillantes desde un auténtico *pent-house* o un rascacielos.

Los que no consiguieron espacio, ni cueva nueva, ni una parte de las ampliaciones que los otros iban haciendo por dentro del monte, se alojaron con amigos y conocidos o incluso se instalaron provisionalmente en tiendas cerca de las entradas existentes y directamente sobre las laderas de la montaña, especialmente en la ladera nororiental, desde donde en días claros, también se vislumbraban las cúpulas de la Basílica de Nuestra Señora la Virgen de la Concepción.

El Diez de mayo organizaron, como una especie de consagración del nuevo "fraccionamiento", bendición de las instalaciones, festejo a las madrecitas presentes y ausentes, y una reafirmación del ánimo y la esperanza recobrados, "un fiestón -como dijo Pedro, amigo de Raúl y Miguel-: tamaño caguama". Cada quien aportó su mejor comida, se puso sus mejores ropas y llevó dulces, tortillas, carne y botellas de mezcal, sotol y tequila para compartir con los demás. El núcleo del festejo estuvo la mayor parte del tiempo en la "galería central" del complejo de cuevas, pero prácticamente todos entraban y salían de ahí de a uno, de a dos, en grupos, niños y grandes y hasta perros y gallinas, alegres, excitados, confiantes, cantando a su manera la música que en una parte de la galería cantaban y bailaban muchos al compás de un cuarteto de música tropical acústico que se formaba siempre que se reunían para festejar, todos avanzando y desfilando alborozados por los diversos pasajes y túneles internos hechos entre las cuevas, la galería y el exterior.

Y ahí, se vino abajo la montaña.

Por lo menos toda esa parte donde estaban instalados los

festejantes, ahora realmente exánimes.

Se salvaron únicamente cuatro jóvenes (dos muchachos y dos muchachas que se habían salido disimuladamente para irse a recostar y acariciarse en una pequeña hondonada del llano bajo las estrellas y lejos del barullo), y dos señoras que habían ido hasta el arroyo para traer agua y conversar algunas cosas sólo entre ellas. Ellos seis, con el estruendo del derrumbe y la tragedia en sus corazones, corrieron para tratar de salvar a sus familias, avanzando sin aliento y ciegos entre la gran nube parda y gris al nivel del suelo y sorteando los pedruscos que con estrépito rodaban a su encuentro a punto de aplastarlos.

Usaron las mismas excavadoras que usaban en descascar el monte, para tratar de salvar a algunos, de rescatar al que fuera con vida; eran las que estaban más a la mano. Pero, a pesar de eso, se tardaron en llegar, y aunque para el mediodía siguiente estaban no sólo ellas, sino otras del rancho Morelos, un tractor de la hacienda de Don Luis, máquinas del municipio, de una de las delegaciones de la capital, elementos de la Cruz Roja, de la Verde, de la constructora y hasta del ejército y otros espontáneos voluntarios, sólo consiguieron rescatar más cuerpos muertos; y sólo algunos.

Para el sábado de esa misma semana quedó claro que de las trescientas cuatro personas que allí habitaban, sólo seguirían vivas las que no se encontraban en la montaña al momento del derrumbe. Las demás descansarían en paz para siempre.

Esa misma tarde suspendieron las búsquedas. Los trabajadores de la constructora al cargo de las máquinas de extracción de materiales, ya cansados de procurar hallar sobrevivientes y agobiados por la pena, movían negativamente las cabezas y se secaban las lágrimas y el sudor. El subdirector y uno de los ingenieros de la compañía vieron cómo uno de los muchachos que se habían salvado, llevaba cargando el cuerpo sin vida de un animal, tal vez un perro, *su* perro; lo abrazaba con pasión en los brazos, pero con la expresión ausente y la mirada vaga, perdida. El ingeniero volvió la cabeza para mirar serio al subdirector, y luego bajó los ojos. El superior resintió la mirada del ingeniero cuando éste ya estaba mirando hacia el piso, se volvió para verlo y le dijo mientras sacaba una cajetilla de cigarros del bolsillo interior de su chamarra:

—No sé por qué, pero yo siempre estuve seguro de que esta bola de invasores jamás sería un problema.

ÍNDICE

¿ *A CUENTO DE QUÉ* ?...7

PAISAJES CELESTIALES..11

MI PAPÁ NO TIENE TIEMPO...21

LA CASA DE LOS SUSURROS CLARÍSIMOS................................27

..LA CASA DE DIOS...41

EL LUGAR DE LOS HECHOS...53

AHÍ SÍ NO DA... ASÍ NO SE PUEDE...65

LES URGE VENDER..75

LA CASA RENTADA..81

UNA SEÑORA ESPECIAL..89

RECUERDOS DE UN SUEÑO COMPARTIDO.................................99

AQUÍ NO FALTA EL AGUA..109

EL COMPRADOR...115

VISTA PANORÁMICA...123

VECINOS..131

RANCHO SAN MIGUEL..139

SE VENDE O SE RENTA...147

UNA CASA EN EL LIMBO...153

SE VENDE ESTA CASA...161

HEAVEN PROPERTIES LTD. 169

*SHA*VE EN MANO..177

UNA FELIZ SOLUCIÓN...189

www.ingramcontent.com/pod-product-compliance
Lightning Source LLC
Chambersburg PA
CBHW030248130626
46549CB00002B/442